长篇社会话题小说系列

庄锋妹 著

今年，我们
学而思

② 校园霸凌

中国青年出版社

图书在版编目（CIP）数据

今年，我们学而思 .2 / 庄锋妹著 .—北京：中国青年出版社，2018.4
ISBN 978-7-5153-5079-0

I. ①今… II. ①无… III. ①长篇小说 – 中国 – 当代 IV. ① I247.5

中国版本图书馆 CIP 数据核字（2018）第 070859 号

书　　名：今年，我们学而思 2
著　　者：庄锋妹
责任编辑：庄庸　陈静
特约编辑：于晓娟　张瑞霞
出版发行：中国青年出版社
社　　址：北京东四十二条 21 号
邮　　编：100708
网　　址：www.cyp.com.cn
门 市 部：(010) 57350370
印　　刷：三河市君旺印务有限公司
经　　销：新华书店
开　　本：710mm×1000mm　1/16
插　　页：1
印　　张：20
字　　数：300 千字
版　　次：2018 年 8 月北京第 1 版
印　　次：2018 年 8 月河北第 1 次印刷
印　　数：0,001 ～ 5,000 册
定　　价：38.00 元

本图书如有印装质量问题，请凭购书发票与质检部联系调换。
联系电话：(010) 57350337

目录

楔 子

不管我怎么哭怎么闹，不管我耍尽所有的"心机"，妈妈还是在那个突然起雾的清晨，牵起我的小手，走向了那个陌生又未知的城市。从此，童年所有的记忆留在了那个生我的北方小城市，而我的少年时代，将不知以怎样的姿态和色彩绽开。

阳光是明媚的。妈妈一出门就对我说。

在这个才来一个多星期的陌生小区，我假装抬起头，目光穿过香樟树的叶子。阳光是碎的，四分五裂。

开学日，第一天。

我站在这个上周来过一次的新学校门口，突然想起了那个戴着又方又大、厚厚镜片的老校长。说话时，他的嘴角总是喜欢往右一扯一扯，像极了那个在家乡时和小伙伴们玩的抽线木偶人。

"扑哧！"我咧开嘴笑了，两颗大门牙趁机跑了出来。

"今天将是你美好又崭新的一天。"妈妈弯下腰，整理了一下我粉色的羽绒服，柔声说道。

"一切都会顺利的。"爸爸推了推他的金丝框眼镜，鼓励道。

他们走了，没有看到我那怯懦的小眼神。

教室好宽敞啊，整齐地排列着原木色的课桌椅，雪白的前后墙壁上，两块形状大小一样的黑板，后面的黑板上是漂亮又吸睛的黑板报；前面的黑板上用朱红色的粉笔龙飞凤舞地写着"新年新气象，携手共进步"。

我咧嘴一笑。这是我最典型的笑容。爷爷奶奶说，孩子的笑容就应该这样，纯粹简单；但妈妈说，女孩子笑的时候要文雅，学会笑不露齿。

我不管！我就是我，不一样的烟火。

可是，面对那些假期结束返校后兴高采烈簇拥在一起的陌生同学，我还是不知所措。一双麋鹿般的小眼睛偷偷地穿梭在这群小团体中，我不属于其中任何一个人，得不到问候、微笑、拥抱，连一个好奇的眼神都没有从我身上飘过。

我真的是烟火，还是烟花绽放后冷却已久的那种，我想。一种前所未有的失落包围了我，我想逃离，逃离回那个有着好多小伙伴们的小镇上……

欢笑、拥抱、跳跃、歌唱……

铃声就在这个时候响起。

确切地说不是铃声，应该是一首歌曲，只是这首歌曲对于我来说是陌生的，不像小镇上的那个"丁零零"来得清脆又实在。

热闹非凡的教室瞬间鸦雀无声。

刚刚还像麻雀一样叽叽喳喳的同学们各自坐在了位置上，几十双眼睛齐刷刷地盯着站在门口的我。

我抿紧嘴巴，假装勇敢地抬起头直视他们。他们穿着统一的校服，雪白雪白的，在这个冬季的早晨，很耀眼，又让我想起了早晨小区里那些细碎的阳光。

我是个想象力丰富的孩子。小镇上很多人这么说。但妈妈却说，想象力丰富的人最容易敏感，不好。

只是我还是情不自禁地会去想象，想象自己踩着这些细碎的阳光会跳一曲什么样的舞蹈……

"同学，你怎么不进去？"一声黄鹂般的声音从我身后响起。

猛地转身，是一张白皙又干净的脸蛋。她同样穿着白色的大衣，围着一条大红色的围巾，手里捧着一叠课本，正笑盈盈地看着我。

我想咧嘴笑笑，但没有。用力撑开那双单眼皮的小眼睛，巴眨巴眨地看着她。

"新来的吧？"她再次露出微笑，伸出右手，搭在我瘦弱的肩膀上，带我走进这间新鲜又神秘的教室。

她的手好白好嫩。而我的手，即便被妈妈用洗手液洗了好几次还是看上去有点黑，有点脏，没办法，这是北方小镇上的特色，就像我的脸蛋，总飘着两小块"红富士"。

"同学们，新学期好！"黄鹂般的声音再次响起，"这位是我们班新转来的同学，大家欢迎。"说完，她带头鼓起了掌。

V

教室里响起了零零落落的掌声，还有好奇打量的眼神。

在掌声接近尾声时，老师转过头对我柔声道，"来，向大家介绍一下自己。"

我慌乱地拉了拉身上粉色的羽绒服，盯着脚上大红色的棉鞋，从眼角的余光里，我看到课桌下好多双五颜六色的运动鞋，像匍匐在那里的蝴蝶。

我又想起了那个小镇，那个一到春天就漫天飞舞着蝴蝶的小镇。爸爸在我七岁上一年级的时候就离开小镇到了现在这座大城市，妈妈在我十一岁上四年级的时候，跟着爸爸一起过来了。而我一直跟着爷爷奶奶，过着天真烂漫的生活。我的童年像极了一双翅膀，偶尔飞在想念的天空不知所措，而更多的时候都是收拢着栖息在小镇的怀抱中享受家的快乐和自在。

春节时，爸爸妈妈回到了小镇，告诉爷爷奶奶要把我带到他们的城市读书。他们说孩子需要接受更好的教育，这个教育应该从小抓起，不能让我输在起跑线上……

我不懂父母嘴里的起跑线是什么，但我知道小镇的学校操场上也有好几条起跑线，每一次我都跑在最前面。

"来，不要紧张，让同学们认识一下你。"老师轻轻拍了拍我的肩膀。

这一次，我抬起头，抿嘴笑了笑。

"我叫于漫漫，来自一个美丽又……"我突然顿住了，不知道用什么样的词语去形容我曾经的小镇，"美丽又自由的小镇。"说完，我咧嘴一笑，因为看到了同学们好奇又向往的眼神。

我心生窃喜。

"好，于漫漫同学，你去坐姜昕语旁边。"老师再次轻轻拍了拍我的肩膀，指着教室里空着的一个座位和我说道。

　　她一头披肩直发，柔顺又漂亮，就像是电视广告里的那样。脸色有点苍白，薄薄的嘴唇紧抿着，一双鹰般锐利的大眼睛冷冷地盯着我，透着一股与她这个年龄不相称的成熟。

　　我的少年时代，即将在这所"海阳中学"六年级（三）班拉开帷幕。

第一章

糟糕透顶的一天

她很热情，很活泼，甚至很仗义。她会和全班所有的同学说话、玩耍，除了和我。她把我当做了时态，我也把她当做了时态，只是她把我当成了一般过去时，而我把她当成了一般现在时。

我只用了一天不到的时间就让同学们都记住了我，或者说，让我的同桌姜昕语讨厌了我。

英语课上，我们美丽又可亲的杨老师在黑板上写出一连串漂亮又连贯的英语例句时，我明显地发现自己脑海一片空白，还被蒙上了白霜。我好奇地瞪大单眼皮，思索着写这些例句是什么意思。偷偷瞅了瞅身边的姜昕语，她双手摆放在课桌上，脊背挺直，下巴微抬，盯着黑板，嘴里嘀咕着。

我身子往她旁边凑了凑，想听听她在自言自语些什么。杨老师的声音突兀地响了起来。她的声音很奇怪，像是从瓦罐里发出来的，很闷很沉。

"有哪位同学来读读这两句例句？"她甩了甩齐肩秀发，笑容洋溢，眼睛迅速地扫了一遍整个教室。

"刷刷刷……"我看到一只又一只的右手举了起来，包括我的同桌。慌乱中，我也急急地举起了右手，因为我是个很要面子的女孩。

"那么，"杨老师眼睛定格在我身上，笑着说道，"就这位同学吧。"

我急急地站起来，听到椅子脚摩擦水泥地发出"滋"的声音，不好听，很刺耳。

"老师，我叫于漫漫。"我紧张地介绍自己。

杨老师笑着点头。全班同学的眼睛刷地看向了我，里面包含着很多猜不透的神情。我懒得管，身体挺直，眼睛直视黑板，张大嘴巴，一本正经地念道："We……sometimes go to the……park on……Sunday."

我看到杨老师眉头微微蹙了一下。

"We sometimes……went to the park on Sunday……last year."我结结巴巴地念完了第二句。

不得不承认，这两句例句里有些单词对于我来说是陌生的，陌生到我只能含糊地糊弄过去。关键是我的发音很不标准。

"于漫漫，"杨老师咽了一口口水，半信半疑地问道，"你确定这些单词都会吗？"

我略微迟疑一下后，用力地点点头，很用力的那种。

"哈哈……"一阵哄堂大笑。

我茫然地盯着这群突然莫名其妙笑得前俯后仰的家伙，眼里噙着泪，小嘴倔强地紧抿着，不发一言。眼角的余光中，我发现姜昕语没有笑，但满脸的嘲讽和漠视。

"好了，安静！"杨老师举起双手，眉头微蹙，叫道。随后她走到了我的面前，完全换了一种口吻，柔声问道，"于漫漫，那么你能告诉我这两句例句各代表着什么时态吗？"

"时态？"我一脸茫然。眼睛直直地盯着黑板，努力搜索小镇上老师教我的英语知识。

"现在……现在进行时……"我轻声回应，不敢看老师的眼睛。搜遍整个脑海，能想到的时态只有这个了。

又是一阵大笑。有些同学不停地回头看我，眼神里都是嘲笑和不怀好意。

我看到杨老师猛地一愣，然后忍不住也嘴角抽动了一下。

"于漫漫，你先坐下。"杨老师摆摆手，示意我先坐下，随后又补充道，"中午休息时，你来老师办公室吧。"

"姜昕语，你来回答刚刚的问题。"杨老师把目光看向了我的同桌，眼神里满满都是宠爱。

"第一句是一般现在时，第二句是一般过去时。"姜昕语口齿清晰地回答道。

杨老师赞许地点点头，"那么这两种时态有什么区别呢？"

"一般现在时表示现阶段发生的动作或状态，以及永恒不变的事实、真理和自然规律，常与时间状语 today、every day、on Sunday 等连用；一般过去时表示过去阶段发生的动作或状态，常与时间状语 yesterday、last year、the day before yesterday 等连用。"姜昕语回答完毕后，一双大眼睛扑闪着盯着杨老师。

"非常棒，回答得非常到位。请坐！"杨老师很用力地点头赞许。随后又把目光移向了我，顿了顿后说道，"平时你不懂的时候就问姜昕语，她是英语课代表。"

"嗯。"我点点头。又迅速地瞄了眼姜昕语，她脸上洋溢着一种学霸的气势，脸上丝毫看不出任何情绪的波动。其实我知道，她应该是嫌弃我的，从我坐在她旁边到现在为止，她不曾和我说过一个字，更别说是一个友好的微笑了。

我委屈地瘪着嘴，暗自发誓，一定不能让这帮家伙笑话我。

但，这只是开始……

第三节数学课刚结束，膀胱处的疼痛告诉我不能再憋尿了。而向来路盲的我根本不知道厕所在哪里，只能左脚和右脚不停地来回交叉，紧紧夹住。

"嗳，我们一起去上厕所吧。"同桌姜昕语突然说道，这是我第一次听到她主动和我说话，声音干净又带有甜味，像前几天吃过的肯德基冰激凌。

我兴奋又激动地站起来，目光热切地迎向她。

而她的大眼睛却分明对着前排女同学在笑。

"好啊。"那个叫童心的女同学漾起两个美丽的酒窝。

姜昕语开心地跳到那女同学身边。

"嗳……"我张嘴轻声叫了一声，想和她们结伴而行。但她们似乎根本就没有听见我的声音，手牵手地朝着教室门口走去。

看着她们蹦蹦跳跳的背影，我垂头丧气地坐了下来，目光黯淡。而肚子越来越疼痛根本就容不得我去难过，我直接冲出了教室。

走廊里很喧闹，大家都在相互嬉戏。操场上很安静，看不到半个人。这和我们小镇的学校不同，课间十分钟，我们都是在操场上玩耍，笑声都会响彻整个天空。

沿着教室的走廊，我仔细地找寻。终于在走廊的拐角处找到了厕所，我眼睛一亮，急急地冲进去，迎头就和从里面走出来的老师撞了个满怀。

"上厕所跑什么呢？注意安全。"老师一把扶住了我，有点不悦地说道。

我红着脸，尴尬地想挖个地洞钻进去。旁边传来同学的嘲笑声，一看，原来是刚刚和姜昕语一起来上厕所的童心，而姜昕语没有笑，冷冷地瞥了一眼，就拉着童心走开了，那样子高傲得像个公主。

我从厕所里走出来的时候，忘记了方向。看着两栋完全相似的教学楼，像一只无头苍蝇到处乱撞，迷糊又害怕。当我终于找到六（三）班的教室，班主任兼语文老师林玲已经站在讲台上了。

"于漫漫，你去哪里了？"林老师黄鹂般的声音分贝有点高，透着一股淡淡的不满。

"我……"我低下头，双手用力揉搓着，支支吾吾地说，"我迷路了……"

话音刚落，教室里笑声一片。

"别笑了，同学之间应该友爱，于漫漫同学新来的，我们应该要多帮助她，而不是取笑她。"

"漫漫，你先进来，"林老师轻声命令道，"姜昕语，你是班干部又是她的同桌，以后你要多帮助于漫漫，好吗？"

我在坐下的瞬间，瞄了一眼姜昕语，她竟然对着老师点点头。

"于时态，杨老师让你去她办公室。"一个大嗓门在我耳边响起。

我慌乱地从课桌上抬起头，疑惑地看着坐在最前排那个叫钱多多的瘦小男孩，他薄薄的镜片后面，那双小眼睛露出不怀好意的笑。

"你，你在叫我？"我用手指了指自己，狐疑地问道。

"当然，不然是谁？"钱多多用力地吸了一下鼻翼，大声回应。临走时还不忘挑了挑眉毛，充满了捉弄后的喜悦。

我什么时候叫"于时态"了？是不是他忘记我的名字啦？唉，真搞不懂，这么瘦小的人怎么会有这么大的嗓门？

但我没有心思去研究这些问题，因为我面临着另一个问题——老师的办公室在哪里？

正是午饭休息时间，教室里基本上没什么学生，有几个也是凑在一起玩耍，而我根本没有胆量过去问他们。

一筹莫展之时，姜昕语一蹦一跳地跳进了教室。

"姜昕语……"我急急地迎上去。

她一惊，本能地往后一退，警惕地盯着我。

"我，"我紧张又害羞，吞吞吐吐地请求道，"你……你能不能……能不能带我去一趟杨老师办公室？"说完，扬起了期待的目光。

她皱了皱眉头，看都不看我一眼就拒绝道："不能，我没空。"那声音就像是融化的冰激凌掉到了手上，黏稠又冰冷。

"噢。"我嘟起小嘴巴，无可奈何地回到了座位，考虑要不要像找厕所那样去找老师的办公室。

窗外不知何时竟然飘起了雪花，像圣诞老爷爷撒下的棉花糖，一朵接着一朵。走廊上开始传来同学们的尖叫声、大呼声，就像发现了新大陆一样。

我突然开始同情这些同学，虽然生在这个国际大都市，但因为是南方城市，很少看到下雪这种自然现象。人很奇怪，总是对稀奇的东西充满好奇和喜欢。

这个时候，小镇应该也在下雪，按照惯例，我们早已在操场上开始扔起了雪球，打起了雪仗，调皮的男孩应该开始从自制的雪丘上滑雪了……

"唉……"我深深叹了一口气，从我过完春节离开小镇的那一刻起，所有关于小镇的美好都成了回忆。把自己拉回现实后，拿起了桌上头痛的英语书，硬着头皮走出了教室。

我还是打算自己去勘察地形，找到杨老师办公室。

十分钟后，我终于找到了杨老师的办公室，在我推开门的那一刻，看到姜昕语捧着一叠英语作业本站在杨老师的面前。

从她投过来的目光里，我看到了她明目张胆的故意。

下午第一节是体育课。我心如雀跃。

铃声刚响起，同学们都已经在座位上蠢蠢欲动，满脸春风，等待着体育老师推开教室的门。

课前就听同学们在议论体育老师刚大学毕业，幽默又有活力，关键还长得特别帅，像电影明星鹿晗。

"同学们好。"体育老师裹着一股寒风奔进了教室。

"老师好！"同学们响亮地回应，双目齐刷刷地盯着讲台。

我很好奇，因为我不知道鹿晗是谁，但眼前这个皮肤白皙、笑起来还有两个酒窝的大男孩彻底颠覆了我对体育老师的认知。在我看来，但凡教体育的老师都应该身强力壮，肌肉发达，皮肤黝黑，说话铿锵有力，就像我们小镇上的那个体育老师吴老师一样，皮肤黑得发亮，声音大得如响雷。

"同学们，一个寒假下来，你们到底有没有偷懒，我可是知道的哦！"体育老师假装吓唬道，眼睛迅速地环顾着整个教室。

"没有，我们没有偷懒……"同学们笑着大声回应。从大家的反应中看出，大家都很喜欢这个体育老师。

"那好，等一下我们先来个 800 米和 1000 米的测试好不好？"体育老师直接要求道，眼睛却看着同学们的反应。

唉……

一阵长叹，刚刚热烈的气氛倏地被凝固了。

我却窃喜不已。要知道跑步可是我的特长啊，在小镇上，没有人能跑得过我，包括男生。爷爷奶奶说我长了一双飞毛腿，妈妈却说女孩就应该有女孩样。

"好，我们现在去操场，测试完毕后，我们自由活动。"体育老师看大家热情不高涨，抛出了诱饵。

教室里一片沸腾！

南方的雪就像个任性的孩子，开心时跑出来嘚瑟一下，不开心就跑得无影无踪，连大地都无法挽留它稍纵即逝的身影。

"来，女同学先来。"体育老师命令道。

午后的阳光懒洋洋地洒在操场上。操场很大很大，跑道很宽很多，我站在当中的一条跑道上，摆出了最标准的跑步姿势，只听老师一声令下，我收起小腿，身子往前直冲，寒风在耳边呼啸，呼出的热气在风中飞扬……

"哇！这是谁？是那新来的于漫漫吗？"

"她跑得好快啊，你看她的姿势，多标准啊……"

"她简直就是刘翔第二啊……"

我不止一次咧开嘴巴笑，两颗大门牙跑出嘴唇晒了日光浴。

"嗳，这位同学，你怎么穿棉鞋呢？"一个男中音在我耳边响起。

我如梦初醒。发现体育老师不知何时站在我旁边，正诧异地盯着我那双奶奶特意为我赶制的棉鞋。在这个午后，我的棉鞋红得很张扬。

队伍里传来同学们刻意压制的嘲笑声。

"你是新来的同学吧？以后记得体育课只能穿运动鞋。"体育老师瞄了一眼我的衣服，淡淡地说道。说完就走到了队伍的前面，继续说道，"好，同学们，现在我们四个一组开始跑，依次排开在跑道上，听我命令，知道了吗？"

"知道了！"同学们异口同声地回答。

"哦，对了，那个叫……"体育老师用手指着我，不知该怎么称呼我。也许他以为问了我名字，其实他没有问。

"老师，她叫于师太。"站在最前面的钱多多突然插嘴。

哦！体育老师明显一愣，随即说道："于师太同学，今天的测试你不用跑了。"

"哈哈……哈哈……"队伍里爆出一阵大笑。钱多多笑得前俯后仰的，边笑还边对着我挤眉弄眼。

体育老师被同学们突然发出的大笑搞得莫名其妙，一头雾水。

"为什么叫她'于师太'啊？"队伍里有同学小声地问道。

"哈哈，听钱多多说，是因为她不懂英语时态，就叫她'于时态'，然后'时态'和'师太'是谐音，所以干脆就叫'于师太'了。"有人小声回应。

"哈哈，这个钱多多太坏了，不过这个名字很有创意啊……"

我很想哭，但我不能哭，因为我从一本书上看到说，眼泪是不能解决任何问题的，只是你情绪发泄的一个方式而已。再者，爷爷说，对于农民来说，最不值钱的就是眼泪了。

我咬紧下唇，眼睛怒视着钱多多。如果在小镇，我会像狼一样扑上去，把他撕得粉碎！

可是妈妈特意叮嘱我：不能动口，更不能动手！

这里是大城市，是讲素养讲文明的城市，不比你之前待的那个小镇，一言不合就动口，能动手就绝不动口。

难道以后我只能把目光当做武器来和这个家伙作战吗？

不！

我张了张嘴，想大声辩解，却发出了比蚊虫还低的声音："我不叫'于师太'，我叫'于漫漫'……"

依稀中看到姜昕语那鄙夷的眼神像刀一样从我身上划过，而嘲笑声直接淹没了我的控诉声。两只麻雀被吓得逃离栖身的树枝，振翅逃窜，摇落了一地细碎的雪花。我则是低着头，两手不安地插在口袋里，走出了队伍，走到了操场的边角，看着同学们在跑道上奔跑。

篮球架的影子长长地拖在操场上，太阳远远触不到苍穹，而我的悲剧似乎远远不止这些。

不知是谁，在我的课桌上用圆珠笔画了一个大大的老太婆头像，然后在前面用铅笔写了一个"于"字。我用整堂课的时间想把这个字给擦了，却用掉我半块橡皮都没有擦干净。

不知是刻意还是无意，两张本来紧紧合并在一起的课桌，被分开了一条缝。这条细细的看似不起眼的缝，彻底把我和姜昕语给分开了。我和她成了名存实亡的同桌。

我在难捱的时间里如坐针毡，好不容易盼来了放学铃声。

林老师笑着走进教室，她的手里捧着一套用透明塑料袋装的校服。这校服在她红色围巾的映衬下，白得晃眼。

"于漫漫，"她对着我招招手，"过来一下。"

我急急地从座位上站起来，"砰"地一声，书包被我从椅背上给扯到了地上。我听到姜昕语从鼻子里发出了一声冷哼。

捧着崭新的校服，本来孤立的内心竟然滋生了一种幸福感——明天我穿上校服就和同学们一样了，也许再也没有人嘲笑我了。

但没多久，我的幸福感就被打破了。

走廊里，林老师开始招呼同学们有序地排队。大家两个一排快速地排成了两列队伍。我探头看看其他教室门口，也是这样。我不知道这是要做什么。

"于漫漫，"林老师叫我，"快过来排队放学。"

我茫然地跑过去，不解地问道："老师，放学还要排队吗？"

"当然啊。"林老师不假思索地回应。

"可是我们小镇的学校放学从来不排队的。"我说道。

"哈哈……哈哈……"队伍里又开始大笑，这次连同林老师都笑了。她没有回答我这个问题，而是把我直接安插在姜昕语的旁边。

我很难过，为什么大家不相信我。我们小镇的学校一到放学时间，同学们就像放飞的小鸟一样争先恐后地奔出校园。

"好了，各位同学，大家维持好队形，跟着老师一起走。"林老师拍了拍手，又撩了一下被风吹乱的头发，大声说道。

我看到前面的同学笑嘻嘻地说着话。我转过头看了看后面，他们同样开心地聊着天。我低着头，小心翼翼地把身子往姜昕语那里挪了挪，偷偷地瞄了她一眼：小嘴嘟起，满脸冷漠的她透着一种这个城市特有的气质。我知道这种气质是与生俱来的，而我是很难企及的。

张了张嘴，咽了咽口水，我主动开口："姜昕语……"

她没有任何反应，从她刻意往旁边移动的身体，我知道她根本就不想和我说话，那种拒人千里的冷比这个冬天还冷。

我尴尬地吸了吸冻得通红的鼻子。北方的我很不习惯南方的湿冷，一到外面就想流鼻涕。我一手捂住鼻子一手插在口袋里，索然无味地跟着林老师的步伐走向校门口。

后来我才知道，这种放学排队形的习惯是从小学就开始的，本来六年级的孩子已经是少年了，不需要再排队放学了，但老师考虑到校风和视觉上的舒适，还是延续了这种习惯。只是没多久，这种习惯就自然而然消失了。

校门口早已像菜市场，挤满了接孩子的爸爸妈妈、爷爷奶奶、外公外婆，还有一些发补习传单的哥哥姐姐们。

金属色的铁门缓缓地打开，家长们蜂拥而至，站在门口两侧，踮起脚尖，伸长脖子，甚至以跳跃的方式不断地盯着排着队伍走出来的孩子们。

不管是孩子还是家长，都在人群中找寻那张最熟悉最亲切的脸。

"漫漫，漫漫……"一声熟悉的叫声传入我的耳中。

循声急急地张望，看到妈妈穿着驼色大衣，踩着高跟鞋，挎着小包，笑意盈盈地从人群中挤过来。

我没有像别的孩子那样，兴奋地扑向妈妈，而是静静地等在原地。不知怎么，我总觉得和妈妈有种距离感，这种距离感也许是从她跟着爸爸来到这个城市后慢慢形成的吧。习惯是一种很可怕的东西，就好比我习惯了不和爸爸妈妈撒娇，或者说我的字典里早已没有了"撒娇"两个字。

"嗳，您好，老师。"妈妈气喘吁吁地走到我身边，笑着先和班主任打招呼。

"你是？"林老师疑惑地问道。

妈妈一把揽过我，急急回应道："我是于漫漫的妈妈。"

"哦，于漫漫的妈妈，"林老师嘴角一上扬，摸了摸我的头，夸赞道，"于漫漫很乖巧，老师和同学们都很喜欢她。"随后又补充道，"对了，校服我已经给漫漫了。"

"好，谢谢老师，让您费心了。"妈妈开心地笑了。这一次鼻梁处的褶皱更明显了。我知道但凡她的鼻梁处褶皱又深又多的笑，都是她发自内心的笑。

而我却在心里冷笑。我什么时候让老师和同学们很喜欢了？难道今天所遭遇的都是假的？都是我在梦游？可是明明我已经好久没有梦游了好吧。还有，我又什么时候让老师费心了？妈妈怎么知道我让老师费心了呢？

你们大人的世界我真的搞不懂，也不想搞懂。哦，应该是这个城市让我很难懂，它似乎根本就不欢迎我这个外来之客。

这些爸爸妈妈都知道吗？

我坐在爸爸的车里，听妈妈和爸爸唠叨刚刚和老师的对话。然后爸爸延续了他早上的那句话：今天，一切都是顺利的。

我很想反驳，但还是把话咽进了喉咙。我发现那里很痛，似乎肿了，看来我需要喝胖大海。

"当初是谁要死要活地阻止我找关系的？"爸爸瞥了一眼副驾驶上的妈妈，得意地反问。

"哎呀，我对这里又没有你熟悉，本来我想就在家附近的中学读读好了嘛，这样接送也方便。"妈妈不好意思地辩解道。

"妇人之见吧，"爸爸批评道，"孩子的教育能随便吗？你知道一个好的学校对孩子的教育有多重要吗？这个城市，哪个父母不是从一开始就抓孩子的教育的？为了能进好的学校，是不惜一切代价，托关系，买学区房。我们已经算晚了一步，六年级第二学期才把漫漫接过来，所以我怎么可以让她错失接下来的好的教育呢？不管如何，我都要让我的孩子接受好的教育，目前这个社会，投资啥都不如投资教育，投资孩子的教育。"

"好好好，你什么都好，说什么都对……"妈妈不耐烦地附和道。随后嘀咕着，"还不知道为了进这个学校找了多少人花了多少钱。"

"你们这些女人啊，只会看眼前，不知道看长远，这叫投资，教育投资。"爸爸严肃地纠正道。

"好学校里面的孩子家庭教育也好，整个人的素质都不同，我们家漫漫在里面，耳濡目染，潜移默化中也会改变的。"爸爸继续发表他的意见。

窗外不知何时又飘起了雪花，一朵朵贴在了玻璃上溜滑梯。我想到了我的小镇，小镇上的雪，还有那群和雪玩耍的小伙伴们。

第二章

这是一个诡异的现象

我如一尾鱼，纵身跃入妈妈的眼底。奋力游在深不见底的黑洞，在拨开所有的泪腺后，我看到一个似熟悉又陌生的小女孩背对着我，她头发散乱，双肩频繁地抽搐着，蜷着身子窝在一堵长满苔藓、斑驳不堪的墙角边……我揉揉眼睛，再度仔仔细细地端详，突然看到一些不属于我的童年片段。

这是一套现代简约版的两室两厅。玄关处的乳白色鞋柜上放着一个透明的小鱼缸，里面欢快地游着一条红色的大肚子小金鱼。这是昨天爸爸妈妈带我去欢乐谷游玩时，在门口的小摊位上买到的。当时它正甩开鱼尾在逼仄的鱼缸里从这头游到那头，时不时还探出脑袋，淘气地吐几个泡沫，乐此不疲。我被它自娱自乐的样子给吸引了，这多像那时生活在小镇上的我呀，从不在乎在什么样的环境中，总能给自己找一些不同的乐趣。

　　我给它起了一个名字，叫"快快"。因为我叫"漫漫"。

　　"快快，我回来了。"

　　换了鞋子，来不及放下书包，我就急急地和它打招呼，然后双手托着下巴支撑在鞋柜上，单眼皮滴溜溜地盯着鱼缸。

　　"今天是最糟糕的一天，简直了。"

　　"我超级讨厌那个叫'钱多多'的男孩，他竟然给我起绰号！"

　　"还有那个姜昕语，装得一副高高在上的样子，摆着一张臭脸，像我欠了她几百万的样子。"

　　"哦，快快，为什么他们都不喜欢我？"

"哦，快快，你说我怎么才能让他们喜欢我？"

"哦，快快，我觉得自己很孤独……"

我嘟起小嘴，小声抱怨道。不知道为什么，我发现和快快说完这些话，心里舒服多了。奶奶曾和我说，人啊，心里受了委屈，千万别硬憋着，一定要说出来，哪怕没人愿意听，你对着一棵小草说，心里也会舒坦很多。

奶奶说的似乎都是真理，我认为。

"漫漫，还傻愣在那里干吗呢？"妈妈突然从厨房探出头，疑惑地看了我一眼，叫嚷道，"先去做作业吧，等一下我们就吃饭了……"

我瘪瘪嘴，心里特别委屈，和快快吐了吐舌头后，耷拉着头朝房间走去。

"这孩子，来了一个多星期了，还不声不响的……"妈妈在我的身后嘀咕。

"估计还没有习惯吧……"爸爸接应着。

我能想象他们看我时那担忧和不解的眼神，只是我还是纳闷，这么大的人，难道不知道环境需要适应，适应需要一个过程吗？其实我心里是抵触的，抵触的原因只有一个——他们不曾经过我的同意，就把我从一个熟悉的地方带到一个陌生的地方，然后通知我，以后这里就是我的家。而他们这么做唯一的理由就是——他们是我的父母，有权力主宰我的选择。

有权力没有错，但这种权力不应该是在征求我的意见之下执行吗？难道孩子的意见就不需要征求吗？哦，似乎基本上大人都是这么想的——孩子，他们懂什么呢！

我愤愤地走进属于我的房间。

那是妈妈花了一个星期特意为我精心装扮的房间：粉红色的 Hello Kitty

窗帘，粉红色的 Hello Kitty 床单和被套，还有粉红色的衣柜连同书桌。在这个房间里，我就是公主，高贵的公主。而事实上我喜欢的颜色却是红色，红色代表热情，代表朝气，代表心脏。说真的，我觉得自己的思想比大人成熟多了，很少去想那些假大空的东西，还是实在一点比较好，就如奶奶常挂在嘴上的一样：人啊，别想那些没用的东西，太空。

我注定成不了公主，即便天天睡在粉红色的公主殿里。

餐桌上，热气腾腾的三菜一汤，加上头顶几盏通明的水晶灯，把整个屋子笼上了一层"家"的味道。这栋矗立在繁华地段的两室两厅算是爸爸在这座城市辛苦奋斗了七年的成果，最值得炫耀的价值。他总是说，一个人的思路决定出路，出路决定道路。走什么样的路就会成就什么样的价值。我不太懂爸爸的这些话，但我知道在我们北方这个小镇，很多人打拼了一辈子都可能买不起这栋房子的一个客厅。或者说，能在国际大都市安家是一个遥远得无法企及的梦想。

"漫漫，今天一整天怎么样？"爸爸经过我的时候，摸了摸我的头，拉开了餐椅。

我对他咧嘴一笑，夹起碗里的红烧排骨一口塞进了嘴巴。

"这孩子，"妈妈嗔怪道，"怎么也教不会笑不露齿，吃相还这么难看。"

我假装没听见，继续往嘴巴里扒饭。

"来，多吃点虾。"妈妈把剥好的虾往我碗里放。

"漫漫，这个地方很好玩的，你会交到很多不一样的朋友，这些朋友和小镇上的孩子都不一样，他们说普通话，讲文明有礼貌，以后你就是他们中的一员。"爸爸看我不说话，放下夹菜的筷子，对我柔声说道。

　　我抬起头，眼睛巴眨着盯着眼前这个既是爸爸却又不像爸爸的男人。在我的脑海中爸爸的记忆很少很少，如果非要搜索的话，最多的镜头都是他的背影，走出家门口走上小镇往市区的大巴的背影。那时妈妈不是抱着我就是牵着我的手，目送他的离开，直至什么也看不到，唯独看到的是妈妈的泪眼。

　　爷爷奶奶说，爸爸很了不起，是个给父母长脸的人；妈妈说，爸爸是个聪明有头脑的人，能单枪匹马地在这个大城市立足。他是我们小镇上最早走出去打拼的人，也是小镇上最早在国际大都市买房的人，更是最早把家人一起接到这个城市的人。对我而言，爸爸就是一个叫"于峰"的男人，既熟悉又陌生的男人。

　　"漫漫，等明年我们回家的时候，你的小伙伴们都认不出你了，那个淘气的小女孩变成了美丽高贵的小公主了。"爸爸笑着说道，他沉浸在自己的规划中，根本没有注意到我的面部反应。

　　我再次低下头，往嘴里扒饭。

　　"我不想变成公主……"我咕哝道。

　　爸爸明显地一愣，再次停下了夹菜的筷子，凑过头，低声问道："为什么呀？公主不好吗？漫漫。"

　　"公主太骄傲，不好。"我解释道。

　　"哈哈，"爸爸笑得很开心，索性放下筷子，好奇地问道，"漫漫，和爸爸说说，公主怎么骄傲了？"

　　我嘟起小嘴，翻了翻眼睛，嘀咕道："反正我不喜欢公主，反正我也不要做公主，小镇上的小伙伴们都不会喜欢公主的。"说完，抬起头，眼睛直视着爸爸。

"哟，"爸爸转头看了一眼妈妈，笑着说道，"我们家漫漫很有个性嘛，这点和我很像。"

妈妈起身帮我盛了一碗冬瓜排骨汤，柔声说道："漫漫，你就是爸爸妈妈眼里的小公主，手心里的宝贝。"

我诧异地抬起头，盯着妈妈那张盈满笑容的脸。这句话似乎很熟悉，但又那么遥远。那是很小很小的时候，她在亲吻我的小脸时最爱说的一句话。只是，我似乎还是不明白被人宠爱的感觉到底是什么。是不是就像最近一个星期，爸爸妈妈花了很多心思陪我玩陪我说话，甚至是没有原则性的妥协，用尽力气来让我开心，想把之前几年丢失的爱都弥补回来。

"在学校里你也要成为公主，这样就没有人敢欺负你了，你就是王，被众人守护的王。"妈妈给爸爸也盛了一碗汤，继续补充道。

我身子一愣，单眼皮眨了眨，目光移向了妈妈。她温柔地看着我，透过厚厚的镜片，都能强烈地感觉到她的温柔和疼爱。正当我想在妈妈的眼睛中求证这些话的真假时，一件惊人的事让我张大了嘴巴——妈妈的眼睛"咔嚓"一声响，就像一把钥匙打开了一把锁，随后一道奇异的光紧紧地拴着我，轻轻一扯，我就跌入了一个无边的黑洞。在黑洞里，我像快快一样，甩着鱼尾奋力往前游动，在穿过一帘交错的丝线后，有一束光出现。我揉了揉眼睛，仔仔细细地端详，猛然看到一些不属于我的童年片段。

一个似熟悉又陌生的小女孩背对着我，只见她头发散乱，双肩频繁地抽搐着，蜷着身子窝在一堵长满苔藓、斑驳不堪的墙角边……

她是谁？她在哭泣吗？她为什么哭泣？

我打量一下周围。这应该是一所学校，两排破旧的平房是教室，里面传出同学的吵闹声和朗朗的读书声；窄小的操场上竖着两个篮球架，还有一排单杠，一些学生在那里打篮球和玩单杠，泥土地上尘土飞扬。

突然，一只篮球"咻"地飞向了蹲在墙角处的小女孩身边。

"喂，何玲娟，把球给我们送过来。"一个胖男孩对着小女孩恶狠狠地叫道。

何玲娟？这不是我妈妈的名字吗？我急急地把目光转到了小女孩身上。她用手背擦了擦眼泪，不情愿地捡起了滚在地上沾满泥土的球，走向那群孩子。

没有错，这个看上去年龄很小的女孩就是我的妈妈。她额头上的那颗痣和现在的一模一样，还有那神色，每次生气时，嘴巴就会倔强地紧抿着。

"喂，有没有搞错啊，这么脏就给我们。"胖男孩一脚踹开了妈妈递过去的球，恶狠狠地叫道。

"给我们擦干净！"另一个高个子男孩嚷嚷道。

妈妈的肩膀抖得更厉害了，她用牙齿咬住下唇，撩起那件短短的缝着补丁的红色外套开始擦拭篮球。

我的怒火直接从胸腔处喷出来，我要撕碎这帮欺负我妈妈的家伙。正当我奋力摆动时，身子一激灵，一个趔趄，发现妈妈正用奇怪的眼神看着我。

"漫漫，你想什么呢？"她疑惑地问道。

"哦。"我如梦初醒，目光一躲闪，低下头开始喝碗里的汤。

"慢慢喝，小心烫。"妈妈叮嘱道。

我心不在焉地喝着汤，脑海里却如海浪般翻滚。恐惧夹着好奇如龙卷风一般席卷着脑海里的海浪，一波高于一波，一浪推着一浪。

难道说妈妈小时候也被同学欺负过？难道她也曾经经受过伤害？难道说我刚刚穿越到了妈妈的年代？很多问号在打转，我努力回忆刚刚看到的情景，这绝对不是我的幻觉，而是真实发生的。妈妈那可怜委屈的小眼神，还有那些嚣张跋扈的男孩子，都那么真实，最关键的是我心头的怒火依然还在……

他们为什么要这样欺负妈妈？妈妈为何不反抗呢？

我喝完碗里的汤，抬眼疑惑地看着妈妈。

"好喝是不是？那再来一碗。"妈妈急急地放下自己的碗，端起我的碗又帮我盛了一碗汤，嘴角漾起了笑容。

"来，多喝点……"妈妈目光温和地盯着我，柔声说道。

我一恍惚，再次跌进妈妈的眼里。

"嗳，何玲娟，"从操场的另一头突然跑过来几个女同学，对着妈妈大叫，"你的傻哥哥来找你啦……"

不远处的校门口，一个涎着口水、衣衫褴褛的男孩嘴里口齿不清地叫着什么，朝着操场走来。

我倒吸一口气。

难道这就是外公外婆一直提及的他们的儿子、妈妈的哥哥、我的舅舅？他在我还没有出生的时候，就离开了。虽然我不曾见过他，但看过照片，和眼前这个神志不清的男孩很像很像。

"傻瓜傻瓜，啥都不会，兄妹两人，都是傻瓜……"那群孩子开始起哄，一声接着一声，一声高于一声。

妈妈用力咬紧嘴唇，拳头捏紧，含着眼泪，怒视着这群嘲笑她哥哥的同学们，但她始终没有开口反驳。

"篮球……篮球……"舅舅根本无视同学们的嘲笑，继续涎着脸，傻乎平地扑向滚在地上的篮球。

"嗖"地一声，胖孩子一脚踢飞了篮球。

舅舅呆呆地看着球在半空中划了一道弧线后掉落在别的地方，他再次跟跟跄跄地扑向了篮球。

"进！"高个子男孩直接捡起篮球，身子微微一蹲，一个不标准的投篮姿势，篮球稳稳地砸在了舅舅的头上后跳落在地上，滚向了别处。

一阵静默！我紧张得把手塞进了嘴里，看到妈妈同样张大了嘴巴。

"嘿嘿……"舅舅摸了摸头，傻呵呵地叫着，"篮球，篮球……"

"哈哈……"人群再次哄然大笑，而且更加肆无忌惮。

"哥哥，我们走……"妈妈猛地冲向舅舅，一把抓起了他的手，冲出了被嘲笑的人群。

"傻瓜傻瓜，啥都不会，兄妹两人，都是傻瓜……"胖男孩再次大声讥笑。旁边的同学跟着附和。

我越来越愤怒！看到妈妈用力隐忍的眼泪，还有舅舅像个玩偶一样被人耍弄，我的怒火比别人欺负我还要旺盛，我用力地挣扎，想挣脱一种无形的束缚，想去帮帮我的妈妈和舅舅。

下一秒，我又跌回了现实。

这是一件很诡异的事情，我不知道自己是怎么穿过妈妈的眼眸，怎么会看到妈妈的童年，又是怎么回到现实的。我发现，只要我盯着妈妈的眼睛，就会被吸进去；只要我一愤怒，就会被摔出来。

"妈妈，"我轻声呼唤她，"我喜欢吃你煮的排骨，明天我还想吃。"说完，我直直地盯着她的眼睛。

果然，我再一次游进了这个深不见底的隧道，我在心里称它为——时光隧道。因为这条隧道通往妈妈的童年。

她的童年到底发生了什么？

"同学们，今天是你们第一天走进校园，成为一名小学生的日子，希望你们好好学习，天天向上。"一个戴着眼镜个子瘦高的，看上去还比较年轻的男老师站在一张破旧的桌子前说道。

我匆匆地环顾一下这个低矮的教室：屋顶是三角形的，能看到房屋的骨架，是由几根粗大的木梁搭建的。木制的窗棂镶着有污渍的玻璃，看上去有些年代了。斑驳的墙壁是两种颜色，上半部分为白色，下半部分为草绿色，上面稀落地贴着几张报纸，看不清写的是什么。前面的黑板上用白色的粉笔写着"好好学习，天天向上"，字体粗大。

课桌是长方形的，有点大有点高，椅子也是长方形的板凳，两个孩子共用一张课桌一张板凳。

我看到妈妈梳着两个羊角辫，穿着小碎花的连衣裙，领口上还有一个蝴蝶结，看上去像一个公主。此刻她瞪大着双眼，盯着讲台上的老师，小嘴紧抿着。

"学生就要有学生样，上课双脚并拢，背要挺直，双手并排放在课桌上。"男老师继续说道，言语有点严肃。

我看到妈妈本来微弓的背猛地向上一挺，双脚在课桌底下来回动了一下，我看到她穿了一双雪白的回力牌球鞋。

"我是你们的数学老师，也是班主任，叫章石军。现在你们拿出数学练习本，上面写上你们的名字。"男老师边说边在讲台上拿起了一本练习本，在本子的下方指了指。

随后他从黑板架上拿起了黑板擦，迅速地擦掉了那行"好好学习，天天向上"的字，从讲台上拿起一支白色粉笔，眼睛透过镜片扫射了一下班级。

我发现他的目光定格在坐在最前面的一个小女孩身上。这个小女孩留着学生头，头发很油腻，似乎好久没有洗头了，一张娃娃脸上布满了雀斑。

"姓名这一栏上写'章音'，"章老师看着这个小女孩，边说边在黑板上示范，"年级这一栏上写'一年级'。"

原来这个满脸雀斑的女孩叫"章音"啊，章老师似乎和她很熟悉。正当我想好好观察一下这个叫章音的女孩时，身子猛地被一扯，似乎又进入了另一个空间维度，在那里看到了让我瞠目结舌的一幕：

——操场上，妈妈像一头愤怒的犀牛，直接冲向了胖男孩，还沉浸在嘲笑快感中的胖男孩毫无设防，一下就被撞倒在地。

这不是一开始的镜头吗？我急忙扫视了一下周围。

旁边依然是这些同学，舅舅依旧涎着脸傻笑着，而妈妈似乎还不解恨，未等胖男孩爬起来，就骑在了他身上，梗着脖子大叫道："谁让你欺负我，谁让你嘲笑我哥哥……"

她哭得很伤心，举起的拳头却始终不敢捶在胖男孩身上。那种无奈无助的神情如亲爱的小孩撕碎了自己最爱的连衣裙一样，悲戚。

显然大家没有想到妈妈会突然发怒，包括舅舅。他呆若木鸡地站在那里，像个做错事情的孩子，不知所措。

"傻瓜发疯了！"不知是谁突然尖叫一声，静默的人群开始骚动。

胖男孩趁妈妈不注意，一下就把她推倒在地上，反身把她压住，嘴里恶狠狠地叫着："让你推我，让你推我……"

"盛明辉，打她，打她……"人群中有人开始起哄。原来这个小胖子叫盛明辉，我记住了，哪天让我看到，绝不会放过他！我在心里暗自发誓。

"打死你这个傻瓜，让你再推我……"盛明辉在同学们的挑衅下，举起了拳头，砸向了妈妈。

妈妈瞪着惊恐的眼睛，她无法相信这拳头会落在自己的身上。

当拳头一下又一下地落下来，她开始躲闪开始挣扎开始叫喊开始哭泣……但没有一个同学站出来帮她，大家都是一副幸灾乐祸的模样。

我真想冲过去揍扁这些坏蛋，但我知道自己不能动，一旦动了，就会跳出这条时光隧道。我不想跳出去，因为我想看着妈妈……

在这条时光隧道里，身子是被绑架的，但意识是清醒的。看到妈妈那眼底的恐惧，就像是姜昕语一个眼神重击我的胃部，她的忧愁让我肚子绞痛。

"盛明辉为什么总是欺负何玲娟？"一个很低的声音从我耳边传来。

我仔细一看，原来是那个满脸雀斑的章音正歪着脑袋偷偷问旁边一个皮肤白皙、鼻翼处有一粒很大的黑痣的小女孩。

"听说是因为她有一个傻瓜哥哥……"小女孩嘀咕道。

"她哥哥傻和她有什么关系？"章音追问道。很明显，她似乎对妈妈被欺负这件事不是很理解。

"她哥哥是傻瓜，她肯定也是傻瓜啊……"小女孩巴眨着大眼睛，说道。

"哦……"章音若有所悟地点点头。因为觉得不可思议，她皱着眉头，脸上的雀斑都挤在一起了。

从她们的聊天中我获悉了两个真相。第一个真相，这些孩子们很愚昧，以为哥哥是傻瓜，妹妹肯定也是傻瓜，这种想法在现在看来是幼稚和无知，但在妈妈那个年代，在那群才上一年级的孩子的理解中，也许是很正常的。第二个真相，妈妈已经不是第一次被欺负，而是一直在被欺负，从开学到现在一直在被欺负。这是让我无法接受和容忍的！

为什么妈妈不找老师呢？记得我上小学的时候，最管用的一句话就是：我告老师去！只要一说这句话，保管没人敢动你。

"妹妹……别打我妹妹……"舅舅含糊不清的声音把我再次拉进现场。他双手奇怪地佝在半空中，一只脚崴着，颤颤巍巍地扑向盛明辉。

"滚开！傻瓜！"未等舅舅靠近，盛明辉便满脸嫌弃地叫道，接着嘴角一扯，露出了一丝不怀好意的笑。

"放过你妹妹可以，那你回答我，你是不是傻瓜？"盛明辉不屑地盯着满脸呆愣的舅舅问道。

"我……我是……"舅舅傻乎乎地点点头，一脸茫然地盯着盛明辉，他完全没有意识到别人是在取笑他。

"哈哈……哈哈……"人群中又是一阵爆笑。

"你是什么？"盛明辉不依不饶地追问，那小眼神里满满都是不怀好意，"大声点说，我们都听不到！"

听到笑声，舅舅显然有点不好意思，他低着头，乌黑的双手摆弄着沾满油渍的衣角，呆愣的眼神偷偷地瞄了瞄躺在地上的妈妈。

妈妈牙齿咬着下唇，眼睛死死地盯着嚣张的盛明辉，一只小兽明明在狂怒，却缩紧着身子不敢轻易奔出来。

那是一种被孤立后的恐惧！就像今天的我被同学们孤立一样，不安又害怕。

"说啊，快说啊，说了就放过你妹妹……"盛明辉继续叫嚣着。

一些同学也开始起哄，大家都等着看好戏——让一个傻子主动承认自己是傻子，那是一件多么有趣又好玩的事情。

舅舅看到大家突然都把目光聚到他身上，他傻呵呵地笑着，虽然他分不清这种目光带有怎样的敌意，但被人这么关注还是头一次，他有点受宠若惊又不知所措。

"我，我是傻瓜……"舅舅害羞地含糊不清地嘀咕道。

"大声点，大声点，我们听不到！"盛明辉边拍手边大声吆喝。

舅舅眨了眨干瘪的眼睛。我这才发现他眼睛的距离很远，看上去有点像外星人。

"大声点……大声点……"几个男孩子又一次开始起哄。

舅舅再次傻呵呵地笑着，仰起头，张大嘴巴大叫："我是傻瓜！"

人群轰然大笑！

而我的世界是静默的，妈妈的眼泪无声地滴落了下来。

"老师来了……老师来了……"不知谁在人群中大喊了一声。

人群如飞鸟走兽般散去。

热闹的操场一下变得冷清。

妈妈从地上爬起来，用力地拍打着身上的尘土，那飞扬着的除了灰尘之外，分明还有她那颗破碎的心。

舅舅傻傻地盯着哭泣的妈妈，边伸出脏兮兮的手给妈妈擦眼泪，边口齿不清地重复："妹妹……不哭……妹妹……不哭……"

而妈妈看着面前这个神志不清、行动不便的哥哥，哭得更伤心了。舅舅不知所措地看着突然"哇哇"大哭的妈妈，他不明白为什么眼前的妹妹会这么伤心。但我知道，妈妈是因为舅舅而哭，是因为自己而哭。

为老天对舅舅的不公而哭，为自己无法改变身份和命运而哭。

我以为，妈妈的童年会一直在雨中奔跑，经历一次又一次的哭泣，一场又一场的眼泪……

第三章

会传染的傻瓜病

七十年代末期，一个小女孩呱呱落地，在她来到这个世界上后，就被父母像宝一样宠爱着，原因只有一个——她的哥哥是一个弱智，她是他们唯一健康的孩子。也许那时候她还不懂，未来的自己还要担负起照顾哥哥的任务。

　　也许她做梦都不会想到——这个哥哥，不仅让她成了父母掌心里的宝，而且也成为别人嘲笑和欺负她的唯一理由。

"我叫何玲娟。"

这是一个阳光、自信又喜欢笑的女孩，今年七岁，刚好读一年级。当她嘴角漾起那个简单的笑容时，她正站在九月午后的阳光底下，对身边一个长得肥嘟嘟的小男生自我介绍道。

"以后我们就是同桌了。"

"我不要和你做同桌，和你做同桌会变傻瓜。"肥嘟嘟的小男生气愤地叫道。从他的小眼神里能看到一丝直白的恐惧。

"为什么？"何玲娟嘟起小嘴，不悦地反问。

七岁的她还不明白面前这个小男生为什么会说出这样的话。

"我妈妈说，你的哥哥是傻瓜，你肯定也是傻瓜，傻瓜是会传染的……"小男生急急地嚷嚷道。

这男生一嚷嚷，周围的小孩子们都好奇地围了过来。

"谁的哥哥是傻瓜？"小伙伴们像发现了什么新大陆，像麻雀一样叽叽喳喳地追问道。

"她的哥哥呗。"小男生用手一指何玲娟，鄙夷地说道。

"何玲娟的哥哥是傻瓜？"一个大嗓门的女孩夸张地张大嘴巴，惊叫道。

当所有的目光如箭一样射向何玲娟的时候，这个才七岁的女孩慌了，她不知道为什么大家对哥哥的病这么好奇，为什么要嘲笑哥哥的病。在她的记忆中，很多大人看到哥哥都会流露出一种同情。难道这些同情的背后也是嘲笑吗？这是七岁的孩子看不到也是不能领会到的。就像现在的这群孩子，七岁的他们用最直接的方式表达了自己内心的好奇。

"盛明辉，你怎么知道的？"一个瘦高的小男孩，门牙漏风地追问。

原来这个小男孩叫盛明辉。

他发现终于有人注意到他了，兴奋得手舞足蹈，却卖起了关子："我当然知道啊，而且还见过她的哥哥呢，说话就像……"他摸了摸脑袋，似乎在找合适的形容词，"说话就像，就像含了一颗糖，让人听不清楚……"随后，他瞄了瞄四周，继续补充道，"走起路来就像……"他又找不到形容词了，一年级孩子的词汇量是有限的，所以当一群鹅从学校旁边的池塘里走上岸时，盛明辉的小眼睛一下亮了，激动地叫道，"就像鹅……对，走起路来就像鹅……"说完，他担心同学们不能理解，竟然崴着脚学起了鹅走路的样子。

"哈哈……哈哈……"人群一阵爆笑。

"你瞎说，你瞎说！"何玲娟红着眼睛反驳道。这是她第一次遭到别人对她哥哥的非议和侮辱，而且是当着她的面。

她不懂，爸爸妈妈告诉她，哥哥只是生了一种病，等他慢慢长大后就会好。为什么在盛明辉的嘴里，哥哥就变成了傻瓜？

"这是我妈妈告诉我的，我外婆家和你们是一个村的，大家都知道你哥哥是傻瓜。"盛明辉急急地辩解道，他可不愿意被同学们认为自己是在说谎，真那样就没有人愿意和他玩了。

"再说大人是不会说谎的。"为了证明自己的话的真实性，他再次补充道。

七岁的孩子们都不懂，习惯了把父母的话当成圣旨，在他们的心里，爸爸妈妈是不会骗人的。殊不知，最会说谎的就是大人了。

"我哥哥不是傻瓜，他只是病了……"何玲娟小声地辩解道。从同学们的嘲笑中，她似乎突然开始怀疑哥哥。

他真的是同学们嘴里的那个傻瓜吗？

"他得的就是傻瓜病，这种病会传染的……"盛明辉直接打断，随后又不忘补上一句，"这是我妈妈说的。"

"传染？"大嗓门的女孩再次惊叫，眼睛里都是惊恐。

"什么叫传染啊？"说话漏风的瘦高男孩巴眨着小眼睛追问。

同学们都屏住呼吸，包括何玲娟。

盛明辉更是有一种被重视的感觉，他摸了摸圆滚滚的脑袋，塌鼻子往上一抽，两条快流到唇边的鼻涕像米虫一样，"哧溜"一声溜进了鼻孔，紧接着，抬起右手，用锃亮的袖口迅速地擦了一下鼻子。这一系列的动作一气呵成。

"传染就是会过人啊……"（"过人"是土话，同于"传染"。）

看大家还没有反应过来，他翻了翻白眼，像个小大人一样解释道："就是谁和她哥哥在一起，也会变成傻瓜。"

"所以，何玲娟也是傻瓜。"盛明辉很认真地说道。

静默的人群突然像炸开锅，大家像看到瘟疫般纷纷退去。

上课的铃声就在这个时候响起了。惊魂未定的同学们撒腿就往教室跑去，于他们而言，真正让他们焦急的不是这铃声，而是盛明辉的这句话，他们很担心自己跑慢了就会被传染上傻瓜的病。

何玲娟委屈地瘪了瘪嘴，眼泪在眼眶里打转。上学才两天，自己就被莫名其妙地贴上了一个"傻瓜"的标签。

她嘟起小嘴，满脸不情愿地朝教室走去。

"嗨，何玲娟。"一个细微的声音叫住了她。

她转头一看，一个个子矮小、身子单薄、一头油腻腻的齐耳短发下满脸雀斑的小女孩，正对着自己咧嘴笑。

"我叫章音。"她主动自我介绍。

何玲娟一愣。她不明白为什么全部的同学都跑光了，她还留在这里，难道她不怕被传染吗？

章音似乎感觉到了什么，撩了撩挂在脸上油腻腻的头发，轻声说道："我不相信盛明辉的话。"说完，如黑珍珠一般的眼珠紧紧地盯着，一脸的真诚。

"为什么？"何玲娟很不解。

"因为，"章音抿了抿嘴，似乎有难言之隐，但下一秒，她抬起头，笑着说道，"因为就像我脸上的雀斑呀，也有人说会传染，但是妈妈告诉我这不会传染的。"说完，她咧嘴一笑，雀斑都挤成了堆。

阳光下，章音的脸更加鲜明和活跃，何玲娟突然产生一种错觉，那些雀斑如长了翅膀一样在翩翩起舞，她很担心它们一不小心就会飞到自己的脸上，哪怕是一颗，对于她这张白皙干净的脸来说也是灾难。

所以，她也如刚刚那些同学一样，如临大敌般撒腿就跑。

何玲娟很明显地感觉到，自从那个午后，同学们都如躲瘟疫一般躲着她，即便平时和自己一个村庄的每天一起上下学的何霞，也像见了鬼一样地避着她。她知道这一切都是因为哥哥，大家都相信了盛明辉说的话，相信了哥哥得了一种会传染的傻瓜病。

被同学们挤兑的这几天里，她假装不在乎，假装每天都乐呵呵的，假装这一切都没有发生过。但身旁的同桌从盛明辉变成了章音；课堂上回答问题时同学们的眼神那么不怀好意；活动课上刻意孤立她……这一切的一切让何玲娟觉得学校生活是灰暗的，不像父母说的那般斑斓。她小小的内心总是如暴雨前的天空一样蒙着一层厚厚的乌云，怎么也挥之不去。

她需要朋友，她需要被人接纳。

今天上体育课前，突然下起了雨，室外活动就改成了室内活动。体育老师王老师拿出了各式各样的棋类就离开了教室。

老虎不在家，猴子称大王。

同学们争先恐后地跑上讲台，抢一些自己喜欢的棋类，随后兴奋地邀请其他同学一起玩耍。

"谁和我一起玩陆军大战？"盛明辉站在椅子上，右手高举一盒军旗，吆喝着。

好多男同学一拥而上。

"谁愿意和我一起玩飞行棋？"何霞边晃动着手里的飞行棋边大声问道。

何玲娟眼睛一亮，用力地吞咽了一口口水。这飞行棋是她的最爱，有一次爸爸带她去住在镇上的同事家，这同事家里有一个和她同龄的男孩，他那天拿出了飞行棋，教会了她怎么玩。记得那天，她是含着眼泪、恋恋不舍地被爸爸强行带回家的。从此，她就心心念念地想要一盒飞行棋，但家里的状况不允许她把这个梦想变成现实。

所以当何霞在那里叫喊时，她的乐趣瞬间被点燃了，只是未等她开口，其他的同学就已经围过去开始玩耍。

整个教室笼罩着一股融洽的气氛，大家都沉浸在欢声笑语中。

何玲娟小心翼翼地瞄了瞄整个教室，就连同桌章音都被别的同学请去玩飞行棋了，而唯独自己，是多余的。在这个集体中，根本没有人在乎她，在乎她的存在，在乎她的心情，在乎她的感受……

她是这个教室里的空气，还是空气中的一氧化碳。

看着其乐融融的同学们，何玲娟怄气地趴在窗台上，抿着小嘴，呆呆地看着窗外的雨滴顺着屋檐滴滴答答地掉落，溅起一朵又一朵的小泥花，湿润的泥地也被雨滴敲出了一个又一个的小水坑，漾出一圈又一圈的波纹……她支着手肘，眼神空洞。

这个时候，哥哥会在做什么？今天上学前，爸爸妈妈说中午就不回家吃饭了，让她中午回去照顾哥哥吃饭。只是这雨确定能在这节课结束后停吗？就像这些和自己无关的欢笑真的会在铃声响起的那一瞬停止吗？

显然这些都不能停止。

在铃声响起的同时，同学们还意犹未尽，直至王老师过来把所有的棋类给收走，大家还沉浸其中，嚷嚷不止。

何玲娟似乎完全没有被他们的情绪所影响，她的目光紧紧地盯着丝毫没有要停下来的雨，眉头微蹙，小脸耷拉着。

——这么大的雨，没带伞的自己怎么回家吃中饭呢？

离家很近很近的同学们开始招呼同伴结伴回家吃饭，有些同学则拿起放在教室后面的伞，陆续走出了教室。何玲娟看到何霞也从教室后面拿起了一把破旧的油纸伞，她急急地跟过去。

"何霞，你拿伞了呀，能不能让我和你一起打伞呢？"

"我，"何霞环顾了一下四周，支支吾吾道，"我的伞太小了。"

"没事的，我只要保证头发不湿就可以了。"何玲娟急急地说道。回家心切的她不管那么多了。

"可是，可是……"何霞眼神躲闪着，瞟向了别处。

那里，盛明辉正用威胁的目光盯着何霞。

"我的伞太小了，淋湿衣服我妈妈会骂我的。"何霞编了个理由，急急地躲开，朝着门外闪去。

何玲娟狠狠地瞪了一脸得意的盛明辉，咬牙切齿。

另一些同学趴在窗台，不停地朝外张望，等着那个熟悉的身影提着饭盒从校门口走进来。

没多久，有家长在教室门口探头探脑。

"明辉，"一个穿着破旧雨衣、头上还滴着雨水的小老头在教室门口叫道，"我给你送饭来了。"

盛明辉满脸笑容地迎过去，一手接过小老头手里的用藤编织的小篮子，急急地放在自己的课桌上。

小老头跟着进来了，雨衣上的水一下就把还算干燥的泥地给打湿了。他小心翼翼地从篮子里搬出两个上下扣在一起的小碗，揭开上面当做盖子的碗，露出一碗还冒着微微热气的白米饭，飘出淡淡的饭香。接着他又搬出两个同样扣在一起的大碗，打开一看，是一碗黄澄澄的蒸蛋，上面飘着一层油花儿，空气里瞬间充斥着猪油的味道，好香。

何玲娟忍不住咽了咽口水，她不知道是什么时候吃的鸡蛋了，家里的鸡今年上半年才新抓的，还没到下蛋的时候。

不过这个时候不是想鸡蛋的时候，如果爸爸妈妈回家吃饭的话，他们肯定也会送饭过来，哪怕只是酸咸菜，对于现在饥肠辘辘的她也是美食。

"吃吧，吃完后，爷爷带回家。"小老头宠爱地对盛明辉说道，随后背反着双手开始在教室里走来走去，眯着眼睛看着墙壁上贴的一些报纸，只是不知道他是否认识字。

雨还在下。盛明辉爷爷走后，一些家长陆续也来送饭了。何玲娟知道，如果自己还不回去的话，时间就来不及了。自己不吃饭事小，但不能让哥哥饿肚子。她不管三七二十一，冲出了教室。

在走廊的尽头，猛地就撞上了一个人。抬头一看，原来是章音，她踮起脚尖伸长脖子朝校门口张望着，因为脑袋探得太出，半个头都被雨淋湿了，本来就油腻腻的头发更像是煮软的面条一样挂在满是雀斑的脸上，让本来受惊的何玲娟又是一惊。

"你干吗？吓人啊？"何玲娟先发制人。

"我，我在等我妈妈，她说可能会给我送饭来……"章音不好意思地撩开了遮了半边脸的头发，轻声回应道。

虽然整个班级的同学都对她嫌弃，只有眼前这个和自己同桌的章音似乎还对自己友好，但不知为何，自己就是无法喜欢起她来，或者直接点说，自己如别的同学嫌弃自己那样嫌弃她。

这是一种很奇怪的心理现象。一年级的何玲娟不懂，章音同样也不懂。其实人是很奇怪的动物，往往不会去在乎和珍惜真正对你好的人，反而去在乎那些对你不好的人。这也许是心理的一种特性，希望自己能得到不认可自己的人重视吧！这样才能体现出自己的价值？更直接点来说，人就是喜欢犯贱。

所以，何玲娟再次如临大敌般冲向了雨中，朝着校门口奔去。

章音愣愣地盯着何玲娟矮小的背影，她不知道为什么这个同桌这么不喜欢她。

何玲娟还未跑到校门口，就看到哥哥很艰难地朝自己走来，一边走一边嘴里含混不清地叫道："妹妹……肚子……饿……饭……饭……"

"哥哥！"何玲娟惊呼道，"你怎么来了？"她怎么也没有想到哥哥会跑到学校里来，虽说家里离学校不远，但这天正下着雨呢。

满头的雨水，满身的泥水，再加上一瘸一瘸的走路姿势，何玲娟那一瞬间真的就觉得哥哥是个傻瓜。

"饭……饭……"哥哥嘴里含混不清地念叨着，双手不停地在半空中甩动着，以示他内心的愤怒。何玲娟知道，哥哥是最不能饿的人，只要一饿，他就发脾气，所以一般只要饭点一到，父母就要先给哥哥吃饭。

"哥哥，下雨呢……"何玲娟心里很委屈，为什么同样是孩子，别人家的孩子能享受家人送过来的饭菜，而自己非但没有，还要照顾一个比自己大两岁的哥哥？不都是哥哥照顾妹妹吗，现在怎么反过来了呢？

哥哥，你这个病到底什么时候好啊？

"饿……"哥哥瘪着嘴，眼巴巴地盯着何玲娟。他的大脑神经告诉他现在肚子饿了，到了吃饭时间了，却没有告诉他，眼前这个淋着雨的小女孩刚刚在学校受到孤立现在又要照顾自己的心情。

"哥哥，我们回家吃饭……"何玲娟双手抹了抹不知是雨水还是泪水的脸颊，伸出冰凉的小手牵起比自己足足高出一个头、身体肥胖的哥哥，朝校门外走去。

"回……家……吃……饭……"哥哥重复着妹妹的话，一脚高一脚低地踩在泥泞不堪的路上。

雨突然就停了，一缕淡淡的阳光从云层里挤出来。何玲娟抬起满是雨水的小脸，咧嘴一笑。

爸爸常说，阳光总在风雨后。这话是对的。就像他常说，哥哥只是生了一种病，慢慢长大就会好了。所以自己希望哥哥快点长大，病就好了，到时就没有人再会因为这个嘲笑哥哥，欺负自己了。

"哥哥，回家我们吃鸡蛋。"何玲娟转头对着嘴里始终自言自语的哥哥说道。

"吃……鸡……蛋……"

"嗯，吃鸡蛋。"

她突然想起上周去外婆家，外婆偷偷地塞给自己两个红彤彤的熟鸡蛋，说是前面人家生了孩子，送的喜蛋。当时自己舍不得吃，又怕被别人发现，就藏在了放棉絮的柜子里。

"傻瓜，傻瓜来了……"突然一声尖叫，不止震痛了何玲娟的耳膜，也刺穿了整个刚刚安静下来的天空。

何玲娟惊恐地看着这群突如其来的同学，不知所措。

刚刚的尖叫来自同班同学吴辉，他那张和脸型完全不搭的大嘴此刻夸张地张着，瘦高的身材不知哪来这么高的分贝。

"这就是何玲娟的傻哥哥啊？"

"你们看，他还光着一只脚呢。"

"哈哈，你们看他穿的是女人的衣服。"

"哦，还有裤子……"

嘲笑声此起彼伏。

何玲娟低头一看，哥哥脚上的一只解放牌鞋子不知所终，光着的脚上都是烂泥。不知早上是不是妈妈忘记给他拿衣服了，他竟然穿了妈妈平时穿的外套，扣子都没有扣，关键是那条裤子，可能是松紧带松了，挂在屁股上，半截在泥地里，黑不溜秋的，而且前面的拉链也忘记拉了。

此时，即便是不懂事的她都想挖个地洞钻进去。更何况她还是个早熟的女孩呢！

哥哥突然发现这么多人围过来对着他指指点点，从一开始的恐惧变成好奇，他只会"嘿嘿"地对着同学们傻笑，时不时抬起手擦快要流下来的鼻涕，时不时又拎一下快要掉下来的裤子。没有人发现这双好奇的眼睛其实纯净无比，没有任何杂质。

"对吧，我没有骗人吧？何玲娟的哥哥是傻瓜吧？"盛明辉不知从哪里冒出来，阴阳怪气地叫道。

他的一张小脸因为兴奋变得通红发亮，塌鼻子不停地往上抽动，只听到"哧溜哧溜"的吸鼻涕声。

"他还会发疯呢，发起疯来可吓人了！"他继续兴奋地爆料。

"怎么个可怕呢？"吴辉门牙漏风地追问。

"会打人。"说完，盛明辉举起拳头在半空中乱挥，脸上作出惊恐状，继续说道，"像这样。"

同学们嘘唏不已。

"我哥哥不会打人，别听他乱说。"何玲娟急急地辩解，她都快哭出来了。都怪自己，如果早点冒雨回家，就不会发生这种事情，哥哥也不会被他们当成怪物一样围观了。

"这是我妈妈告诉我的。"盛明辉大声道。

"不，你妈妈骗你的。"何玲娟反驳。

哥哥眨巴着眼睛好奇地看着身边气急败坏的妹妹，他不知道发生了什么，而肚子里一阵又一阵的咕噜声告诉他，现在很饿，需要吃饭。

"饿……饭……饭……"他嘴里含糊不清地念叨着，双手又开始在半空中乱挥，表示他的情绪。

"这，这傻瓜是在干吗呢？"另一个戴着眼镜的小胖墩大叫着。他也是何玲娟的同学，和盛明辉是一个村庄的，叫盛连强。

"这不会就是发疯吧？"吴辉张着嘴巴，露出没有门牙的牙床，惊恐地叫道。

强烈的饥饿感让哥哥挥手的幅度越来越大，脸上的肌肉开始抽搐，嘴角有口水慢慢滴下来。

"你们看，疯子就要发疯了……"盛明辉指着她哥哥，兴奋地大叫。他把头抬得很高，一副我没有骗你们的样子。

何玲娟哭了，眼泪吧嗒吧嗒地掉下来。只有她知道，哥哥不是要打人，而是在发泄他不满的情绪。她真的不想让同学们误会，可是一个七岁的孩子又用什么言语来说服这些孩子呢？

"饿……饿……"哥哥嘴里念叨着，双手继续乱挥，眼神呆滞。

同学们既害怕又好奇，个个缩紧身子往后退，却把头往前伸，他们很好奇，眼前这个疯子到底是怎么打人的。

"嘿嘿……"哥哥突然傻笑，拖着脏兮兮的身子跟跄地急急地往前冲，嘴里嘀咕着，"饭……饭……吃饭……"他的双手依然在挥舞。

何玲娟顺着哥哥的方向一看，"糟了！"

同学周跃芳手里捧着一团热气腾腾的锅巴饭团站在人群中，她似乎根本就没有意识到是自己手中的饭团吸引了哥哥。直至哥哥眼睛直直地盯着她的手，身子不顾一切地冲向她，她才发出了一声响彻天际的尖叫："啊！"

随即扔下手中的饭团，撒腿就跑，其余的同学们都惊慌失措地往教室跑去，就连刚刚还趾高气扬的盛明辉都面如土色："疯子，疯子，打……打人啦……"

何玲娟又气又急。气的是哥哥怎么这么不争气，在这么多同学面前为了一个饭团让自己丢脸；急的是自己怎么努力，都无法拉住用力下蹲去捡饭团的哥哥。

这块白里带着焦黄的饭团早已沾满了泥水，黑糊糊的。但哥哥毫不介意，啊呜一口就吞下了大半个。

何玲娟看着哥哥狼吞虎咽的样子，她的眼泪再次吧嗒吧嗒地掉下。怎么也没有想到，一场雨会带来这样的灾难；更没有想到，对校园充满向往的自己会变得如此狼狈……

"妹妹……吃……饭……"哥哥突然朝她递出吃剩一点点的饭团，含糊不清地说道。

他的眼神就像做错事的孩子，胆战地盯着哭泣的何玲娟，不知所措。他以为妹妹和自己一样，肚子也饿了，所以哭了。

"啪"地一声，何玲娟直接把余下的饭团拍落在泥地上。此时，她恨死眼前这个哥哥了，就是因为他，自己才遭受了同学们的白眼和排挤。

哥哥不懂妹妹为何生气，看到掉落的饭团，他再次艰难地蹲下身子，捡了起来，递给何玲娟，口齿不清地说道："妹妹……饭……吃饭……"

何玲娟再也忍不住了，仰起头，闭着眼睛，"呜哇呜哇"地大哭起来。

她开始自责了，自己怎么可以恨哥哥呢，他是个病人，爸爸妈妈说了要让自己好好照顾哥哥，等哥哥病好了，就可以照顾妹妹了。她应该恨自己，恨自己没有能力照顾好哥哥，让别人来取笑哥哥。可是一个七岁的孩子，又有什么能力来照顾好哥哥呢？

我不能再让别人来嘲笑哥哥，欺负自己了，我要反抗！要反抗！

何玲娟抿紧嘴巴，暗暗发誓。

第四章

女王驾到

在那个男人冲进教室怒怼这群孩子时，何玲娟的整个校园生活就变了。从一个被人嫌弃和欺负的孩子变成了一个让全班同学都拥戴的"女王"。

这是一次颠覆，一次身份的颠覆，心理的颠覆！颠覆的不止是何玲娟，还有章音。

而更让章音想不到的是，自己对何玲娟的这种羡慕会如影子般跟随自己整整五年，在黑暗中，在窗帘帷幔的皱褶中，在每一次对父母欲言又止的情绪中，不请自来。

这是普通的一天，是同学们在校门口嘲笑完何玲娟哥哥的第二天。

章音发现今天的何玲娟有点神思恍惚，心神不定，目光时不时游移到窗外，朝校门口望去。

她以为何玲娟是在担心她的哥哥再次跑到学校里。

"唉……"章音在心里暗暗叹了口气。昨天同学们如飞鸟状散去后，自己一直躲在走廊的石柱后看着他们兄妹俩。

看到何玲娟哭，她也很想哭。何玲娟哭是因为对哥哥的无奈和愧疚，自己哭是因为盼了好久都没有盼来妈妈的饭。那一瞬间，她突然觉得自己和何玲娟是同病相怜的可怜人。

同为可怜之人，自己却没有被同学们孤立和排挤，而她却被每个同学嫌弃，只因为她有一个傻瓜哥哥。

从小爸爸妈妈就教育她要做一个好人。所以章音不喜欢像其他的同学那样去取笑和排挤何玲娟和她哥哥，她觉得这样做就不能成为一个好人了。

昨天看到何玲娟哭的时候，自己暗自决定，努力和她成为朋友。

只是章音做梦都没有想到，她的这个念头刚萌芽，就被扼杀了，扼杀在这个中午。

第三节课的下课铃刚响起，同学们就鱼贯而出。就在这时，教室的门口出现了一个穿着的确良白衬衫的中年男子。他紧绷着脸，目光里带着很深的怒气，双手一挥，压着喉咙吼道："都坐回去！"

这个突如其来的莫名其妙的人把刚刚还争先恐后的同学给惊住了，他们根本不知道眼前这个陌生人是谁，他来做什么。毕竟是七岁的孩子，看到这么凶的大人总是害怕的，所以一个个乖乖地坐回了位置，教室里瞬间鸦雀无声。

章音愣愣地盯着站在讲台中央却又不是老师的陌生男子，她不知道发生了什么。但她明显地感觉到，何玲娟似乎很兴奋很激动，一双大眼睛透着有史以来最亮的光。

"谁是盛明辉？"陌生男子冷冷地扫过整个班级后，厉声问道。

同学们齐刷刷地把目光聚在了坐在最前面的盛明辉身上。

"你就是盛明辉，是吧？"男子手指指着大气都不敢喘的盛明辉，"是你一直欺负我们家何玲娟的对吧？"他的声音冷若冰霜。

全班同学倒吸了一口冷气。

原来这个凶神恶煞般的男人是何玲娟的爸爸啊！大家如临大敌般，低着头不敢说话。

平时趾高气扬的盛明辉早已吓得面如土色，更不敢如之前那般巧舌如簧地辩驳。

章音用眼角的余光偷偷地瞄了一眼身边的何玲娟：她第一次挺直着脊背，头抬得高高的，嘴角上扬着，额头上那颗黑痣都被抹上一层光彩。

"你这小混蛋，谁给你胆子欺负我们家玲娟的？你爸爸妈妈怎么教你的？让你来学校是来欺负人的是哇？"何玲娟的爸爸怒目圆瞪，大声怒斥道。

"你相不相信我叫你爸妈来，相不相信我找你老师来，让大家都来看看你这个在学校不好好读书，尽欺负女同学的小兔崽子！"

章音微微抬头，看到正午的阳光从打开的窗户里钻进了教室，一些口水沫子在飞扬的尘土里飘浮。

"我告诉你们啊！"何玲娟的爸爸突然右手一挥，目光再次凌厉地扫过整个班级，冷冷地叫道，"以后谁敢再欺负我们玲娟，就别怪我不客气了，我一个都不会放过，不信你们试试！"谁也没有察觉到，这磨得像利刃一般的声音里隐含着一个父亲的焦虑和恐慌。

同学们完全被吓懵了，个个如犯了滔天大罪般，低着头。窗外是麻雀的叽喳声，而教室里一片死寂。

"玲娟，以后有人再欺负你，你告诉爸爸，爸爸来给你处理，知道了吗？"他对着满脸发光的何玲娟说道，随后用手指狠狠地指了指全班同学，愤怒地走出了教室。

直至上课的铃声响起，都没有人敢走出教室一步。

不知怎么，章音内心突然特别羡慕何玲娟有个这样的爸爸，有个愿意为女儿撑起一片安全天空的爸爸。

"何玲娟，"盛明辉突然叫住了正往教室门口走的何玲娟，嘟囔道，"以后我不会欺负你了，你和你爸爸说一声让他不要打我……"说完，塌鼻子又往上一抽，两条耷拉在唇边的鼻涕"哧溜"就跑回了鼻孔。

何玲娟没想到爸爸的力量这么显著，只是来学校训斥几句，就把这个欺负自己的家伙给制服了。不过绝不能就这样轻易饶过他，一定要给他点颜色看看。何玲娟在内心暗自嘀咕。

"哼！"她从鼻子里发出了一声冷哼，一脸的冷漠。

"我会保护你的，别的同学也不敢欺负你了。"盛明辉急急地表态道。刚刚的一堂课让他如坐针毡，一想到何玲娟爸爸的那个眼神，他就吓得后背冒冷汗，双腿直哆嗦。怎么也没有想到这个何玲娟虽有一个傻瓜哥哥，却又有那样一个厉害的爸爸。

听到这句话的时候，何玲娟的眼神明显地一亮，嘴角抿成了一条细缝。她没有回应，一来还没想好怎么给他颜色看；二来她很想听听他接下去会说什么。

"吴辉，盛连强，"盛明辉突然对着教室里两个正在吵闹的男孩挥了挥手，"你们俩过来。"

何玲娟诧异地瞄了瞄他，不知道他葫芦里卖的是什么药。

"我们一起送何玲娟回家吃饭！"这是一句祈使句。盛明辉的语气不容反抗。

两个小男孩小眼瞪大眼，一头雾水。从盛明辉的神情来看，这绝对不是在开玩笑，难道他真的被何玲娟的爸爸给吓到了？盛明辉变得如此之快，这很出乎他们意料。

"我们不同路啊……"吴辉牙齿漏风地说道，随后巴眨着小眼睛无辜地盯着盛明辉。

盛明辉被吴辉盯得不好意思，眼睛也巴眨巴眨的，用力搜索一个可以说得通的理由。

"不同路才送啊，同路……那，那叫结伴而行。"他结结巴巴地抢白道。终于想出了一个自认为很有才的理由。

"哦，"吴辉瘪了瘪嘴，盛连强推了推鼻梁上的眼镜，若有所悟又一知半解地点点头。

何玲娟怎么也没有想到，盛明辉会这样做，而且想出这么高端的方法。其实这只是开始……

下午第一节课的铃声马上就要响起，盛明辉突然像猴子一样蹿上了讲台，双手叉腰，大声宣布："以后何玲娟就是我们班的女王！"说完，用锃亮的袖口狠狠地擦了一下鼻子，一根细长的透明的"丝"粘着袖口一路下垂。

"咝……"全班发出不可思议的吸气声。不知为他的话还是为他的鼻涕，又似乎在等待他的下文。

"以后我们都要听她的话，谁也不可以欺负她！"盛明辉又补充道。

"喔……"大家又发出一阵唏嘘。这里面包含着怀疑和嘲弄。

小孩子很健忘。所以，盛明辉这种反常的表现让他们认为又是一场恶作剧，只是这场恶作剧来得有点突然又新奇。

看着同学们似笑非笑、不怀好意的脸，盛明辉满脸通红地叫道："我没有开玩笑啊，我说的是真的。以后何玲娟就是我们的女王。"

他气急败坏的样子终于让同学们意识到——这不是一场恶作剧，而是一次宣告。

大家在铃声响起的时候，目光都齐刷刷地看向了坐在后面的何玲娟，那眼神里是错愕，更是意外。

何玲娟假装翻着书本，神色不安却又一脸喜悦。

她恍如做梦，从一个被人嫌弃的孩子一下变成了大王。她还不懂灰姑娘的故事，如果她知道，一定会认为自己就是童话世界里的那个灰姑娘。

早知这样，就应该早点告诉爸爸，这样自己也不至于被欺负了那么久……何玲娟心里暗自嘀咕道。

"你的爸爸真棒！"章音趁老师还没有来，侧头对何玲娟低声说道。

"那是。"

何玲娟脸上的自豪怎么也藏不住。

章音内心再次涌上一种羡慕。她怎么也想不到，这个羡慕会如影子般跟随着她整整五年，在黑暗中，在窗帘帷幔的皱褶中，在每一次对父母欲言又止的情绪中，不请自来。

当数学老师章石军捧着课本走进教室后，章音的思绪就一直在漂移。一个七岁的孩子也学会了思考，也许她的思考很碎片很杂乱，但却那么直接和真实。

父母总是很忙很忙，忙着为生计奔波。妈妈不但要在村里的一家纺织厂三班倒，还趁着休息时间贩卖毛线；爸爸顶着一个村长的头衔，每天周旋在村民的事务之中，焦头烂额。所以七岁的她就被寄养在离家不远的外婆家，顺便也在外婆家附近的小学读书。

她一周里很少见到父母，想家了就会站在外婆家前面的田头，踮起脚尖，伸长脖子往南面眺望。那里有一条笔直的铁路，经常会有绿皮火车"况且况且"地驶过，铁路下面是一条宽宽的河流，河水湍急。河的这边是外婆家，河的那头是自己家，回家必须要翻过那座铁路桥。

幼儿园在自家的那个小乡村上的，但自从到了外婆家附近这所小学后，所有的同学都是陌生的。好在有一个女孩的家和外婆家是一起的，这样孤独的自己算是有了一个伴，这让她很开心。想到这个女孩，章音的心头掠过一丝温暖，她转头看了看就坐在自己斜后方的黄洁。

黄洁有点胖，皮肤比一般的女孩都白，鼻翼处的那颗大黑痣就更加凸显。

"章音，"一个如砂纸般的声音从讲台处传来，"你来回答这个问题。"

章音猛地回头，章石军正用他那双鹰一般的眼睛直勾勾地盯着自己，里面装着不满。

她这才想起，这位叫章石军的数学老师和自己是同村的，而且算是同一个家族的。好几次两个人都在铁路桥上碰到，只是彼此都不曾说话。他搬着那辆二六自行车吭哧吭哧地爬上铁路桥，而自己是一路蹦蹦跳跳地跳上铁路桥，转身而去。

"你会吗？"章石军追问道。

章音神思有点恍惚。黑板上那些数字就像是移动的蚂蚁，自己的眼睛怎么也捉不到其中的一只。她发现章老师的眉头越蹙越紧，脸越拉越长。耳畔是同学们用力克制的嘲笑声。

"你坐下吧，"章石军冷冷地说道，随后又嘀咕道，"黄鱼脑子。"

这是老师在骂她笨，章音知道。她的脸"噌"地就红了，好多雀斑趁机躲在了红晕里，不敢露面。

"这么简单都不会，笨。"何玲娟在章音坐下的同时，嘴里嘀咕道。

章音不好意思地抓了抓油腻腻的头发，突然发现指甲里多了个什么东西，定睛一看，发现一个像蚂蚁似的东西在指甲缝里挣扎。她一激灵，以为黑板上的数字跑到了指甲里，吓得她连忙用力弹了出去。

这个小动作还是被隔着一条走道、坐在并排座位的何霞看到了。

下课铃声响起后，何玲娟的位置上就围着以盛明辉带头的一群同学，大家似乎都在找话题说话，明显地讨好。

"何玲娟，和我们一起去玩木头人吧……"盛明辉热情地邀请道。

"不，女孩子要玩跳橡皮筋，"另一个叫周跃芳的女同学急急地打断盛明辉的话。接着，她就伸出手不管三七二十一地拉起了何玲娟的手，"何玲娟，我们去跳橡皮筋吧，最近有个新的跳法，我来教你。"

"我们木头人也出了新玩法呢。"盛明辉不甘示弱地叫道。

"去，"周跃芳眼睛一瞪，嘲讽道，"谁愿意做木头人……"

向来霸道的盛明辉咽了咽口水，不敢吱声了。这也难怪，这个周跃芳在班级里可是个头最高最大的，性格泼辣，本来就是灯泡眼的她，一瞪，谁都怵她三分。

何玲娟目瞪口呆地盯着这两个平时最喜欢欺负她的人，有点受宠若惊。任由周跃芳连拖带拉地带她离开位置。随后，一帮同学前呼后拥地涌向教室门口，那种阵势真的像极了盛明辉所说的女王身份。

章音内心又涌出一丝羡慕。随着这份羡慕的滋生，她又滋生了一种庆幸，庆幸自己是何玲娟的同桌，离女王那么近。也许就是这样一份突生的庆幸，让她也随着同学们一起走出了教室。

走廊里，大家早已开始跳起橡皮筋了。只是让章音意想不到的是，站在那里拉橡皮筋的竟然是盛明辉和盛连强两个男生。他们把橡皮筋套在膝盖处，一人站一头，任由那些女同学在上面欢快地飞腾。从他们的笑容中可以看出，他们是多么得心甘情愿。

"小皮球，星星来，马来头开花二十一……"何玲娟边唱边翻滚着右脚，身子如燕子一般飞跃在橡皮筋上，两根麻花辫随着身子上下舞动，单眼皮眯成了一条缝。

其余的女同学跟在她屁股后面，一个接着一个跳跃。

章音扑闪着眼睛，心里痒痒的。这跳橡皮筋可是女孩子最喜欢的游戏，每次下课后总是要跳上一阵。她二话不说，直接加入队伍，跟在何霞的屁股后面。随着她身子的跳舞，脸上的雀斑也开始飞舞。

"啊！"何玲娟的尖叫声如利器一般刺穿整个欢乐的氛围。

被惊吓到的同学们都停下跳跃的脚步，像外星人一般盯着一脸惊慌失措的何玲娟，不知道发生了什么。

"你……你……怎么……"她手指着身边的章音，结结巴巴地，语无伦次地吐出这几个莫名其妙的字。

惊魂未定的同学们面面相觑。她们不知道章音和何玲娟之间发生了什么，为什么何玲娟突然会尖叫？

"怎么啦？"周跃芳狐疑地问道。她也觉得很纳闷，玩得好端端的，怎么就尖叫了呢？

章音一脸茫然，她满脸通红，一双眼睛扑闪着，惊慌地盯着何玲娟，她不知道自己哪里惹到她了，明明自己没有碰到她啊，为何绕了一圈后，她看到自己会发出尖叫呢？

"她……她的脸上……"何玲娟双手紧紧捂住自己的脸颊，慌张地说道。

所有同学的目光齐刷刷地看向了章音。

午后的阳光透过走廊前那些稀疏的树木，活跃在斑驳的石灰墙上，停留在章音那张红扑扑的脸上。

那一粒粒褐色的雀斑经过运动后，显得更加有生命力，倔强地透着一种本色。从额头到鼻梁到脸颊再到下巴，都生动地显现着它们的存在。

"哇，怎么那么丑？"盛明辉突然冒出了这句话。

一语惊醒梦中人。人类是很奇怪的一种动物，喜欢思想独立，却又偏偏总是被别人同化，很多时候总是被别人影响。所以这群才七岁的孩子因为盛明辉的这句话，突然发现站在他们面前的这个不知所措的女孩是那么的丑，真的很丑。

爱美之心，人皆有之。美好的事物让人赏心悦目，而丑陋的事物总是遭人嫌弃。章音就是在这个充满阳光和欢乐的午后遭人嫌弃的。

从来没有人告诉过她，她很丑，就像从来不知道脸上长雀斑会影响她的美观和形象。她更想不到有一天这些雀斑会成为别人的笑柄，会遭人嫌弃。

"雀斑是会传染的……"何玲娟突然又冒出一句话，就如一颗炸弹丢进了这个午后，"砰"地一声巨响，炸晕的不止是同学们还有章音本人。

一片死寂过后是哄然。

"是谁告诉你的？"

"它是一种病吗？"

"它是怎么传染的？会飞吗？"

大家叽叽喳喳地追问道。

"她自己告诉我的……"何玲娟不紧不慢地说道。她似乎不再那么恐惧了，双手抱胸一副趾高气扬的样子。

章音张了张嘴想辩解，却发现自己心跳加速，喉咙发紧，根本无法发出声音。她含泪的眼睛盯着面前这个从被欺凌者到女王的同桌，如鲠在喉。

她不明白，当时自己明明告诉她雀斑是不会传染的，所以她哥哥的傻瓜病也不会传染，为什么到了她的嘴里，就变成了会传染呢？若真如此，她哥哥的傻瓜病不也成为传染病了吗？

然而她发现，此刻的这些同学再也不会提及何玲娟的傻哥哥，就像商量好的一样。

"真的会传染耶……"何霞突然娇滴滴地说道。她的声音很特别，带着奶味，让人听着觉得是可爱的小毛头，但她接下去的那些话绝对没有小毛头的味道，"上课的时候，我还看到她把雀斑放在指甲缝里弹出来呢……"说完，洋娃娃一样的眼睛扑闪扑闪的，一副说了别人坏话还很无辜的样子。

"不会吧……"周跃芳狐疑地叫道，"有这样的人啊？她不会是想把这种病传染给我们每一个人吧？"

"我不要脸上有雀斑。"何玲娟再次捂住自己白皙的脸庞，委屈又不安地叫着。

很多女孩子都捂住了自己的小脸，包括章音最好的朋友——黄洁。她眼里的恐慌多于对章音的同情，甚至还流露出一种愤怒——为什么你不早点告诉我你的病是传染的！

章音顿时觉得一把利刃狠狠地割裂了她的五脏六腑，当眼泪将她攫获的时候，另一个声音弱弱地传来。

"这不是一种病，是发水痘后留下的……"

循声望去，说这话的是一个皮肤比女孩还要白皙的小男孩。章音早就认识他，也是外婆家一个村的，他的妈妈和自己的妈妈从小一起长大，是好朋友。她心头一喜，终于有人愿意为她洗清误会了。

"这是我妈妈告诉我的，"小男孩继续补充道，"我妈妈是医生，她什么都懂。"

"胡强，你妈妈什么都不懂，上次我手背上长了个疮，她都不会治，还什么医生啊？"吴辉牙缝漏风地反驳道，一脸的正义。

"疮是需要开刀的，我妈妈是乡村医生，没有这些工具。"胡强急急地为妈妈辩解道，他白皙的脸因为激动变得通红。

"对呀，乡村医生就更不懂了。"盛明辉直接抢话，"我们女王说章音的病会传染就是会传染。"他的语气很霸道，像极了当时欺负何玲娟时的那种语气，只是对象变了。

同学们再次面面相觑。

"我……我的病不会传染……"章音终于鼓起勇气为自己辩解了，只是声音低得可怜，"脸上的雀斑是天生的，但不会传染……"

她做梦也没有想到，自己会变得像何玲娟一样，被同学嫌弃和嘲笑，甚至被直接贴上标签。

"你说不传染就不传染啊？长得那么丑，看了就会得病。"盛明辉塌鼻梁又是往上一抽，刻薄地说道。

章音把头埋得很低很低，似乎在找一个地洞钻进去。她不知道丑是一种原罪，而且是一种无法救赎的原罪，它刻在别人的脑海里，很难抹去。

"关键还那么笨……"吴辉突然贴上来这么一句。

章音身子本能地一颤抖。她知道他所谓的笨是指刚刚数学课上自己回答不出来老师的问题。其实不是她回答不出来，而是心思在游离，脑子不在课堂上而已。但这些同学们是不会知道的，他们只看结果。就像自己脸上的雀斑，他们只相信眼睛看到的，不会听任何解释。

大人们不是经常说：眼见为实，耳听为虚。所以在这一瞬间，章音也开始觉得自己是真的很丑很笨，自己的雀斑是真的会传染。

上课的铃声就在这个时候响起。

看着同学们拥护着何玲娟匆忙闪入教室的身影，章音的内心又一次滋生了一种羡慕，只是这种羡慕在下一秒就被另一种情绪给覆盖。

她狠狠地捏了捏婴儿肥的脸蛋，似乎这样可以直接把那些可恶的雀斑给捏下来，随后摊开手掌看了看，里面空空如也。她再次加大力气捏了一下，重复着刚刚的动作，内心另一种情绪越来越明显，七岁的她还不知道，这种情绪叫做——自卑。

阳光依然热烈。章音却感觉一股深沉的悲伤，就像被一股忧愁牢牢侵袭，浓稠得怎么也化不开。

她不知道接下来等待自己的将会是什么？是不是像之前的何玲娟一样，无休止地被欺负，还是像现在的何玲娟一样，突然之间变成了被人拥护的"女王"？

这份侥幸让她阴霾的小脸突然绽开了一丝丝的笑容。

第五章

你的旧伤我的新病

我在你的世界里看到你在哭泣，那些泪水不止一次流进我的内心，淹没我的整个城池。我以为我们是一样的，总在忍气吞声。

　　你的旧伤，我不忍心揭开，害怕自己的鲁莽让它再次流血。

　　直至再一次跳进你的眼底，才发现，你的伤口原来这么短，这么短……

　　短到出乎我意料！

科学课我什么都没有听进去，一来这个于我而言新鲜的科目对我来说没有任何吸引力；再者我的思绪早已又飘到别处去了：我怎么会看得到妈妈的童年？妈妈到底被同学欺负了多久？是什么让她有这么强的忍耐度？她最后到底有没有反抗？

我不断地琢磨这些，在品社课上、在学生餐厅里、在每堂课的课间休息中，以及上下学的路上。每一次看到妈妈时，都想张嘴说出这些困惑，让她帮我解决，但都话刚到喉咙，就被硬生生地咽回去了。

有些记忆是不愿不忍被提及的，它就像是一块已经结痂的伤疤，在不知是否痊愈的前提下是不能去触碰的，以免鲜血再次浸染整段记忆。

不过这样挺好，至少这些问题让我忽略了自己的处境。我似乎淡化了同学们对我的态度，忽视了钱多多一次又一次投过来的不怀好意的笑，也把姜昕语的不友好当成了尘埃。

看来因为妈妈的童年，让我变成了"佛系"少女。

我依旧独自去食堂吃饭，但会错过高峰期。不得不承认，每每看到别的同学勾肩搭背、有说有笑的时候，我心里羡慕得要死，难过得要命，特别想念小镇上的那些同学，那段旧时光。

选择眼不见为净是我的策略。

去得晚，食堂的饭菜基本被抢空了。而来自北方的我喜面食，爱吃辣，对南方的菜吃不惯，所以于我而言无所谓有没有吃的。

"同学，吃点什么？不会又是大排面吧？今天大排没有了，只有雪菜肉丝，你要不要？"

当我又一次站在面食的窗口，那个胖大爷直接冒出一连串的话。看来他对我有记忆了，这是好事情也是坏事情。好事情是在这个陌生的城市陌生的校园，终于有一个人记住了我；坏事情是作为一个女孩子，爱吃肉似乎是一个很不好的兴趣。

"要。"我简单又淡淡地回应。只要有点肉就好，至于是大排还是肉丝对于一个正饿得慌的女孩来说不重要。

不远处钱多多和几个别的班级的男同学正闹腾，不知说到了什么话题，笑得前俯后仰的。

我懒得理，目光集中在这碗明显煮糊的面条上，用筷子东一下西一下地在那些密密麻麻的雪菜里翻找所谓的肉丝。

"喂，于师太，"钱多多突然叫我，"来，看这里……"

我猛地抬头，转身。

"进！"

一团白乎乎的东西随着钱多多的叫声一起朝我这边飞来，不偏不倚地飞进了我的碗里。

"Bingo，三分球！"钱多多拍了拍手，边得意地叫道边用挑衅的眼光看着我。

我盯着浸泡在面条里的卫生纸，尽力压制因为愤怒而狂跳的脉搏和胸口紧绷的嫌恶感。

"喂，你丢进人家面条里了……"说话的是个鼻头和下巴都有个凹槽的男孩。

"没事，反正她吃好了……"钱多多满脸不屑地说道。

"人家明明还没有吃呢……"那个男同学低声辩解。

"你先好好思考怎么不输给我球吧……"钱多多冷冷地说道。

我愤懑地双唇紧闭，终于恨恨地挤出一个"靠"字，然后筷子往桌上一丢，起身就往食堂门口走去。

这已经不是第一次了！我已经忍无可忍了，但又必须忍下去！因为我根本不知道怎么解决。这时候，突然就想起妈妈骑在盛明辉身上却不敢伸手打他的镜头，我想我的软弱一定遗传了她。

我无奈地摇摇头，咧嘴一笑。

没错，人真的可以既害怕又同时笑出来，这两者并不冲突。当我发现本来个性刚烈又喜欢打抱不平的自己，在这个城市面对欺凌只能忍气吞声时，我笑了。笑自己的无能，笑自己的软弱，笑自己的悲哀，这种自嘲远远大于害怕。

走出食堂，我发现阳光有点刺眼，很讨厌。我舒展了一下四肢，挺了挺脊背，拉了拉白色的校服，想象自己真的就是这所学校的一分子，已经融入进来了。

在看到姜昕语和童心两个人坐在校园亭子的石凳上时，我知道即便穿了校服，自己依然不是她们中的一分子，似乎注定永远和她们格格不入。

如果我要去教室的话，那么必定要经过她们身旁，因为那是唯一一条通往教室的路，但人贵在有自知之明，我可不想莫名其妙地接受不友好的目光。

我选择了另一条通往图书馆的路。我觉得需要找一个安静的地方好好地思考一下最近困扰自己的这些问题。有一个很奇怪的现象，自从知道了妈妈童年的秘密后，我似乎不那么孤独了，不那么害怕了，竟然还滋生了一种归属感。很多时候，我们总是在别人身上找一种和自己相似的东西，这样就会缓解不安和恐惧，这就是大人们经常说的"共性"。

——如果可以，我还想跳进妈妈的眼底，那里像一块磁铁般吸引着我。

我边走边内心暗想。

"我陪你去医务室吧？"童心特有的嗲声传进了我的耳朵。

我狐疑地转头看向她们。

姜昕语边摇头边双手捂住肚子，脸色苍白，那双本来灵动的大眼睛呆滞得如一滩死水。

"那你痛成这样，"童心不知该如何是好，顿了一下，建议道，"要不请假回家吧？"

姜昕语再次摇头，双唇紧抿，眉头深蹙。

她生病了吗？看上去病得很严重！我本想抬腿过去问候，但想到自己目前的身份，还是放弃了，转身朝着另一个方向走去。

下午第一节课，我旁边的座位是空的。

自然老师在说"蒸腾作用"的原理，说什么大地在大树底下呼吸，有点像我们的毛孔，然后地球的汗水蒸发，上升后形成云，云层够厚就下雨，雨水再为大树的生长及繁殖提供必要的水分。他说现在人类为了金钱失去了理智，不断地砍伐森林，导致许多动物被迫迁徙或灭亡。如果我们再这样无度地砍伐下去，那么就把地球剃得光溜溜的什么也不剩了，地球不再流汗，也就再也没有云了。

说到这里时，我的目光定格在老师光秃秃的头顶上，忍不住"扑哧"笑出声来。

"这位同学，你笑什么？你觉得这是一件可笑的事情吗？难道你不觉得这是件很严肃的事情吗？"自然老师像机关枪一样地朝我扫射，矮胖的身子因为愤怒有点颤抖。

"我……"我急急地站起来，低着头绞尽脑汁想一个比较完美的答案，总不至于直接告诉老师说看到他的脑袋想到光溜溜的地球吧。

"我……我在想……在想一个没有云的世界会有什么后果。"我结结巴巴地回应道，后背早已吓出冷汗。

"你也太操心了……"自然老师嘲讽道，"世界会有什么后果不是你该操心的，你应该操心的是怎么把我说的知识变成你自己的知识。"说完，他摸了摸自己光秃秃的脑袋，不满地看了我一眼。

全班的同学都笑翻了！

那惯有的目光再次云集在我的身上。虽然才短短一周的时间，但我似乎已经习惯了。就像我知道刚刚这个蹩脚的回答根本无法蒙蔽老师，从他黑着的脸就能看出其实他早就知道我笑的原因。

人是很容易适应环境的动物，这句话我一直觉得很对。

短短一个星期，我基本已经熟悉了整个校园，要不是每次趴在课桌上都会被钱多多来骚扰，我还是希望课间十分钟是在课桌上度过的。

我独自走在走廊上。所有的谈笑声嬉戏声都和我无关，在这所学校，除了一个学籍号，我似乎就是多余的。

闪进厕所的时候，童心和班级里有名的小吃货沈玥玥正窃窃私语。

"姜昕语到底怎么啦？连林老师都惊动了。"

"肚子痛，但不知道哪个好事者竟然还跑去告诉林老师，这不，本来姜昕语不想让老师知道的事情现在都被老师知道了。"

"什么事情不想老师知道啊？不就是肚子痛嘛，还搞得这么神秘？"

童心白了沈玥玥一眼，看着她比自己矮半个头的身高，不怀好意地笑道："告诉你也不懂，小屁孩。"

"谁是小屁孩啊？"沈玥玥嘟起小嘴不满道，"不说就不说，有什么了不起。"

"不是我不想说，是我怕说了你也不懂……"童心狡黠地挤了挤眼睛。

沈玥玥下巴傲娇地一抬，嗤之以鼻地冷哼了一声。

"好啦，好啦，"童心看沈玥玥真的生气了，双手紧紧缠住她的右手臂，身子紧凑，低下头，把嘴巴放在她耳边，压低声音说道，"她那个来了……"

"哪个？"沈玥玥猛地推开童心，一脸茫然地追问。

"哎呀，"童心气得直跺脚，"说了你不懂，还非要问，真是……"

"你根本就没有告诉我啊，你的那个到底是哪个嘛……"沈玥玥依然一头雾水。

"那个就是那个咯……你怎么什么都不懂？"童心急得直跺脚，脸上浮起了一片红晕。

"哎呀，尿急限制了我的想象力……"沈玥玥还是不理解，对着童心吐了吐舌头，做了一个鬼脸，转身就闪进了厕所隔间。

童心气得直翻白眼，随后眼角的余光看到了站在她们身后的我。

"于漫漫，你怎么在这里？"童心收起刚刚所有的表情，警惕地问道。

"我，我上厕所。"我理直气壮地回答。事实本来也是这样，我怕什么呢。

"那你站在我们身后干吗？是不是在偷听我们聊天？"童心不依不饶地追问，脸上明显地带着愤怒。

"我没有！"我极力辩解。

老天可以证明，我真的没有故意要偷听的，是她们聊天没有注意场合，这能怪我吗？我为自己叫屈，但又不能反驳。

童心嫌弃地瞥了我一眼，狠狠地撂下一句："最好，量你也不敢！"随后双手抱胸下巴微抬，漠然地靠在墙壁上。

我在心里微微叹了一口气，耸了耸肩，朝隔间走去。

沈玥玥就是在这个时候走出隔间的，然后目光错愕地盯着我，似乎看到了怪物。

"她刚刚在偷听我们的聊天……"童心直接把罪名扣在了我头上。

沈玥玥把嘴巴张成了一个 O 型，不可思议地看了我一眼，随后像躲瘟疫一般闪身而去，拉起童心的手臂，急急地往外走。

"阴魂不散……"

我听到沈玥玥嫌弃的嘀咕声。

妈妈总说我是个想象力丰富的孩子，如今我相信了。

在她们走出厕所的后一秒，我的脑海开始轰鸣，所有的细胞都在复苏。

当我知道姜昕语肚子痛之后，我没有选择去图书馆，而是去了林老师办公室，把这件事和她汇报了一下。本想学雷锋做好事不留名，如今听童心的语气，似乎反而给姜昕语带来了麻烦。

只是她为什么不想让林老师知道自己的病呢？肚子痛又不是什么见不得人的病，不是吗？

而童心嘴里所说的什么"那个"到底是哪个啊？为什么要搞得这么神神秘秘呢？

大城市的孩子就是不一样，喜欢玩神秘，喜欢高大上，不像小镇上的孩子，简单直白不做作。

如果说话都要猜，那实在是太累了……

我踏着上课的铃声走进了教室。

突然一个踉跄，身子猛地往前一倾，就扑倒在第二排座位上。

班级一阵哄堂大笑。眼角的余光，我看到钱多多急急收回去的右脚。

他已经不止一次这样恶作剧了。手掌心再刺痛也抵不过被羞辱的提弄，但我不想用眼泪来宣泄自己的委屈和愤怒，我不想让他们这么轻易看到我的软弱。我紧紧咬住下唇，用力憋回快要涌出眼眶的泪水。

在经过童心的座位时，朦胧中看到她嘴角的笑，那两个本来美丽的酒窝里盛满了嘲弄和不屑。

刚坐定，数学老师张老师就急冲冲地走进教室，边走边说："把昨天的试卷拿出来，这节课我们讲评试卷。"

他是一个做事雷厉风行，性格有些急躁的老头，喜欢把袖口卷起一圈，不管天多冷，在我来这里的一周里，他每天都把袖口卷着，当然他是有换外套的，不然我会以为是外套的缘故而不是他的这个奇怪癖好。

安静的教室里只听到一阵窸窸窣窣的声音。

我打开书包，也开始翻找昨天刚发下来的试卷。然而打开专门装作业和试卷的文件袋，那张试卷却不见踪影。

这三月初的天，后背硬生生地沁出了一层冷汗。我是一个有轻微强迫症的孩子，当天的试卷都习惯放在最前面。这种习惯已经跟随我整整五年，再说昨晚让妈妈签完名后我明明记得放进了文件袋的最前面，后面紧贴着一张英语报纸。

不可能！我再次低下头，开始一张又一张地翻找。几分钟后，依然一无所获。

我目光呆滞地盯着讲台上已经开始讲题的张老师，脑海一片空白，却还用力搜索昨晚的记忆。

怎么可能？难不成它还长腿自己跑了？不管，就算今天你真的长腿跑了，我也要挖地三尺把你给揪出来。我倔强的脾气上来了。

"唰"地一声，我把整个文件袋里的东西都倒在了课桌上，随后整个头埋在那堆试卷、报纸和本子里，双手胡乱地翻找着。

"那个，那个……"张老师眉头微蹙，嘴里支支吾吾的，似乎在用力搜索这个陌生的名字。

几秒钟后，他放弃了，加大了分贝，"喂！同学！叫你呢！"他的语气和他的性格很类似——从喉咙处发出低沉的声音，像正在聚集的风暴。

我猛地一惊，灰头土脸地从一堆乱七八糟的东西里抬起头，看到张老师像一头发怒的公牛朝我走来，宽厚的肩膀向后倾，下巴向内缩得厉害。黑色的眼睛透过厚厚的眼镜片直视着我，我能看到那里藏着一团怒火。

"你，你叫什么名字？"他站定在我的面前，沉着脸问道。

我面红耳赤地站了起来，吓得不敢大喘气，低声回应道："于漫漫。"虽然对这个数学老师不熟悉，但对他的一些事情早有耳闻，是学校有名的"暴脾气"。

"于漫漫，你不好好听，在干吗啊？"他刻意压制的声音里怒火在涌动。

"找……找，试卷……"我低着头，支支吾吾地回答，声音轻得连自己都听不到。

虽然教室里鸦雀无声，但我依然能清晰地感应到寂静下刻意压制的嘲笑声。

而我更是低估了张老师的听力。下一秒他的声音就传进了我的耳朵，"试卷在玩躲迷藏吗？"

我再次抬起头，一脸茫然。

"需要你这样大费周章？"他补充道。明明是反问句，却让我感觉像是嘲讽句。

我的脸再次涨得通红，不过天生的红皮肤遮掩了我的窘态。

"如此大费周章还没有找到，难不成它还长翅膀飞走了？"张老师从我的神色里看出我还是没有找到试卷，继续调侃道。

他这到底是挖苦呢，还是真的有幽默细胞呢？不过早就听说他有一张不饶人的嘴，任何一个学生都会被他的嘴怼得惨不忍睹。

今天我是撞在枪口上了。

"今天是西北风，估计孔雀东南飞了……"张老师转头朝窗外望了望，冷不丁冒出了这句话。

压抑了很久的哄笑声终于在这个宽敞的教室里爆发了。

我狼狈不堪又局促不安，不知道他们是在笑张老师的幽默还是在笑我的愚蠢。但说真心话，这一刻我还真希望我的试卷长了翅膀，只是没有飞往东南，而是在教室里盘旋。

丰富的想象力让我突然扬起下巴，眼睛开始在整个教室搜索，只是当目光触碰到钱多多那不怀好意的眼神时，我似乎知道了试卷的下落。

他才是"凶手"！是他把我的试卷给藏了起来，或者说直接"毁尸灭迹"了。

我狠狠地瞪着他，我想我眼里的愤怒足以将他秒杀。但他却不躲不闪，还不停地给我做鬼脸，用唇语说：有本事来打我呀……

我捏紧拳头，正想如我们小镇上的狼狗那样猛扑上去，把他撕裂。但理智告诉我，在任何情况下，首先动手的那个人总是不对的。

"算了，你坐下吧，和同桌凑合一下吧，"张老师突然开恩，只是下一秒就改口了，"你同桌也长翅膀飞走了，看来今天风太大。"说完，摇了摇头走向了讲台。

我咧了咧嘴，想笑又想哭。如果张老师知道试卷的去向，他会怎么样呢？会狠狠批评钱多多呢？还是怪我自己没有管理好自己的东西？就像如果我告诉爸爸妈妈，每天都在经受同学们的嫌弃和欺负，他们会跑到学校为我打抱不平呢？还是会觉得我不会和同学相处？

这是一个很具有挑战性的心理问题，但是我没有勇气去尝试。

在我坐下的那一刻，钱多多再次投来挑衅的目光，嘴角带着胜利者的笑。也许他猜到我没有那个勇气和胆量来反抗，所以他吃定我了。

昏昏沉沉的一节数学课，在张老师突然递给我一张空白卷时突然清醒了。

"重新做一遍。"他毫无商量的语气。

我讷讷地点点头，接过试卷，心里对钱多多的怨恨更多了一层。然后我在笔记本上写下进校园来的第一句心里话。

——噩梦来得莫名其妙！

噩梦真的来得莫名其妙！

妈妈依然坐在副驾驶上，嘴里狠狠地骂着。她完全不顾及我和爸爸到底有没有心情听，就开始喋喋不休地诉说。

"这新来的主管真的疯了，我现在很强烈地怀疑她懂不懂财务，怎么会把会计做的工作让出纳来做呢？"

"难道她不明白出纳和会计工作性质完全不同吗？出纳只要管理好公司资金的进出，怎么可能还要去做核算啊？这不是应该会计做的吗？"

"真不知道老总哪根神经搭错了，会请这种一窍不通的人来做主管，还是财务主管！这简直拿公司的财产在开玩笑啊！"

妈妈的声调越来越高，越来越尖锐，似乎像一把刀子要割开这寒冷的天。从她交叉的双臂，还有不断抖动的脑袋，我能想象到她的愤怒，气急败坏的愤怒。今天，我终于知道，人在生气到极致的时候，身体会颤抖。这是什么原理我不懂，但今天数学课上，在看到钱多多那得逞的坏笑时，我的身体不受控制地颤抖。

我愤怒到极致！却又无能为力，这才是最大的悲哀。

妈妈此刻和我一样悲哀。好在她还可以向我们哭诉、发泄，而我，却只能隐忍，不敢说出口。不，也许是我不想说出口吧，毕竟六年级的孩子已经懂得要面子了。

"要不是看到日本人的工资待遇还不错，老娘真不想干下去了！"妈妈再次不满地咕哝着，随后深深叹了一口气。

其实我知道妈妈还是舍不得离开这家日企的，毕竟从小镇出来后就一直在这家单位上班做出纳，再说到了她这个年龄，很多时候是没有勇气去改变一些东西的。这是我前几天从一本书上看来的，书上说，女人到了中年，很少有勇气去打破现状，因为重新开始对于她们来说太难了……

"漫漫啊，"妈妈突然唤我，话锋一转说道，"虽然爸爸妈妈让你在大城市读书，似乎带给你更多的压力，但我们还是希望你能快乐茁壮地成长。妈妈希望你以后啊，能找到一份让自己快乐的工作，不管是什么样的工作，只要你觉得快乐，觉得幸福，而不是被生计牵着鼻子走，爸爸妈妈就知足了……"

我一愣，一股暖流蹿进我的胸膛，我只觉得眼眶一热，鼻子一酸。只是一瞬间，一片很浓稠的乌云就蒙上了心头，压得我喘不过气来。

快乐成长，我在这所学校真的能快乐吗？这被欺负的噩梦到底要跟随我多久呢？我不得而知，其实最让我觉得可悲的是，到现在为止，我都不知道自己为何会被欺负！

妈妈被欺负是因为有一个傻哥哥，而我呢？到底是为了什么呢？

"千万不要像妈妈这样，无权选择让自己快乐的工作……"妈妈突然转过身子，眼睛盯着我，意味深长地补充道。

我抬起头，迎向妈妈的眼睛。然后一股熟悉的力量再次裹挟着我，恍惚中，又一次坠入了妈妈的眼底……

第六章

妈妈的秘密

妈妈站在阳光底下，下巴高抬，嘴角上扬……

她蜷在阴影里，眉眼低垂……

那个阴影是妈妈在阳光下的影子。

影子不会发声，却以妈妈的姿势存在着。

冷清的走廊里，一个女孩蹲在那里，凹凸不平的泥地上躺着一个颜色早已暗淡的红色牛津布书包，几本课本散落在旁边。

不知是时光的问题还是天色的原因，我用力睁大眼睛却始终无法看清女孩的面容，那里似乎笼罩着一层薄纱，很清晰又似乎带着朦胧。

是妈妈吗？是不是她又被欺负了？

我很焦急，虽然知道在妈妈的时光记忆里，我根本无法动弹，但还是努力扭动着身子的每个细胞。

一个小男孩边叫边像猴子般从教室里蹿出来，一脚踏在书包上，屁股下蹲，矮小的身子往上一跳，然后又重重地回到书包上，满脸的戏谑。

这不是欺负妈妈的那个叫盛明辉的男孩吗？我紧张地盯着他。

女孩视而不见，依然蹲着捡散落着的本子，而且从她的动作和身体的姿态来看，似乎早已经见怪不怪了。

"章呆子，"盛明辉不怀好意地叫道，"我在踩你的书包呢……"

他这画蛇添足的叫嚣让我真的想笑，估计是因为女孩没有理睬让他觉得自己没有存在感吧。

不由得，我为女孩的反应在内心鼓掌——言语的对抗有时候远远没有无声的反抗有杀伤力。

"你，"看到女孩依旧不理自己，盛明辉暴怒，"呆子，你就是个呆子，十足的呆子！"说完，他咬牙切齿，用尽力气狠狠地碾压着书包，似乎要把所有的气都撒在书包上。

我本以为女孩要反抗了，但出乎我意料的是，即便是这样，她依然没有反应，捡起最后一本书之后，慢慢直起身子，站了起来。

微光就在这个时候被彻底打开了，同时也拂开了那层让我觉得朦胧的薄纱。这个女孩我见过，在第一次闯进妈妈记忆中的时候，她就是那个问别人为何盛明辉总是欺负妈妈的女孩。

但我还是感觉到身子猛地一惊，嘴巴本能地张大，所有的目光都被女孩的脸给惊呆了。一粒粒褐色雀斑生怕被挤下这脸上的一亩三分地，都紧紧地、摩肩接踵地凑在一起，密密麻麻、浩浩荡荡。

这是我第一次被一个人的长相给镇住了，而且还是一个小女孩。她穿着明显不合身的棉外套，红色的，却因为门襟处那显眼的油渍破坏了本来的美。

一阵风吹过来，告诉我这个偷闯时光记忆的人，这里是冬天，和我的那个时空一样的季节。

女孩站在风中，表情很奇怪。她没有哭没有叫没有愤怒，有的只是漠然，似乎自己是个局外人，眼前发生的事情与自己毫无干系。或者说，这事情发生的频率很快，早已麻木了。

奶奶经常说，一条毛毛虫你踩上去它都会扭几下，更何况是一个人呢？所以这个女孩面对一次又一次充满敌意的挑衅，她能这般隐忍，实在让人觉得不可思议。我开始怀疑这个女孩的智商，甚至揣测她是不是聋哑人，因为只有这样，才会对这种欺负无动于衷。

我带着好奇，再次认真地打量着这个让我匪夷所思的女孩。她捧着书本的双手红红的，手指肿肿的，似乎长了冻疮。长着雀斑的脸颊，粗糙又泛红，这是气候干燥又没有做保湿护理的结果。

她抿紧嘴唇，像木偶般站立着，目光盯着还在用脚碾压书包的盛明辉，不叫不说不骂，耐心等待他主动结束。

我不知道，一个这么小的女孩怎么会有这么强大的内心，到底是什么让她可以这般宠辱不惊？和她比起来，我突然发现自己受的这些欺负真的不算什么。面对她的淡定，再想到自己的愤怒，内心油然滋生了一种惭愧，看来自己一个六年级的孩子的心态还比不上一个一年级孩子。

任何自娱自乐的游戏，总是很快就会结束。盛明辉也一样，在面对毫不反击的对手时，虚荣心得不到膨胀，觉得寡淡无味。他嫌弃地剜了一眼女孩，嘴里恨恨地嘀咕道："章呆子，哑巴了啊……"

女孩双唇抿了抿，把嘴唇上的几粒雀斑一起抿了进去。再次蹲下身子，把手里的书本放在大腿上，随后慢慢地捡起被踩扁的书包，用力拍打了几下后，又用套着袖套的袖口擦了擦，最后嘴巴凑近，对着书包吹了几口气。她在带有温度的气息中把所有的书本有条理地放进书包，随后直起身子，咧嘴一笑。

这女孩到底有一颗多大的心啊？面对欺凌还能笑得出来？我的内心如打翻了调味瓶，五味杂陈……

"何玲娟，何玲娟……"盛明辉突兀的声音一下把我的神思扯了回来，这才想到自己现在是在妈妈的记忆中。

循声望去，妈妈背着书包一蹦一跳地从教室门口跑出来，在她后面跟着两个体型截然相反的女孩，她们的表情很古怪，透着一种战战兢兢和诚恐诚惶。

我的心脏"砰砰"地开始狂跳，眼睛直直地盯着盛明辉，好担心他又要欺负妈妈，因为如果他要欺负妈妈，我是毫无办法的，其实这点让我特别难受也很难接受，所以我内心很矛盾——既想闯进妈妈的记忆又害怕闯进。

盛明辉迎了上去。

我紧张得快要窒息。然而下一秒，我以为我的眼睛出了问题。

妈妈在笑，眉眼弯弯，小嘴咧开，很灿烂，很阳光。这是我第一次看到小时候的妈妈的笑，原来我的咧嘴笑是遗传了她。而她的眼神根本不像我第一次看到的那样，充满恐惧和自卑，反而多了一种傲慢。

"何玲娟，"盛明辉再次唤道。他的语气里明显有了讨好的成分，"我来帮你背书包吧……"说完，他急急地绕到妈妈的身后，伸手去拿书包。

这什么情况？我一头雾水……

"不，"妈妈小嘴一翘，身子一侧，不以为然地说道，"我才不要你拿呢……"

"我让周跃芳帮我拿。"妈妈看了看站在自己身后一个体型比较高大的女孩说道，随后直接从肩膀上拿下书包递给了那个女孩。

周跃芳很开心地接过书包，脸上露出了得意的表情，似乎帮妈妈拿书包是一种恩赐。

"那我送你回家吧……"盛明辉接着说道，"天等一下就黑了……"说完，眼睛直直地盯着妈妈，等待发落。

妈妈嘴角一上杨，眉毛一挑，咧嘴一笑，挥了挥手，说道："好吧，那你们都送我回家吧……"

那种气势就像是女王。

我真心怀疑自己的眼睛，眼前这位如女王般被人呵护的女孩真的是我的妈妈吗？真的是那个因为有个傻哥哥、天天被同学取笑和欺负的女孩吗？

"走咯，走咯……"盛明辉如得了圣旨，塌鼻子用力一抽，两条鼻涕"咻"地不见了，随后用锃亮的袖口对着鼻子处一擦。

我再是个想象力丰富的好奇宝宝也无法预料到事情会变成这样。不过于我而言，只要妈妈不再受到欺凌，至于发生了什么，为什么剧情会变得这样，这些已经不重要了。

"喂，章呆子，你别挡路……"盛明辉的声音再次传到我的耳朵里，语气里满满都是嫌弃，和刚刚的他判若两人。

我很纳闷，"章呆子"是这个女孩的名字吗？还是他们给她起的绰号，就像钱多多给我起的"于师太"一样？

"怎么还不让开，你是不是听不懂啊？"盛明辉再次叫道，语气特别不耐烦。

暗沉的天空突然凿出一线光亮，我立刻把目光投向了还蹲在地上的女孩。她低着头，蜷在一片阴影里，不知是蹲得太久还是起得太急，身子踉跄了一下才站起来。

其实她根本就没有挡到路，明显是盛明辉故意找茬。只是刚刚很从容的她，此时却显得特别拘谨，始终低着头，书包紧紧地抱在胸前，身子微微颤抖。

"喂，盛明辉，你又怎么欺负章音的？"周跃芳好奇地问道，幸灾乐祸地看着站在那里不说话的女孩。

她是整个班级里年龄最大的孩子，体型也是最高最大的，嗓门也大，一开口就像是吵架，所以本来应该是大姐姐的形象变成了同学们眼里的小霸王，谁也不敢招惹，她和盛明辉两人成了班级里的两大霸头。

周跃芳的好奇助长了盛明辉的虚荣心，刚刚被冷落本来就让他心里非常不舒服，如今有了观众，他就更加起劲了。

"啪"地一声巨响，未等章音反应过来，盛明辉直接用脚把她胸前的书包给踹在了地上，里面的书本再次散落在满是尘土的泥地上。

"我跳，我跳，我跳跳跳……"他双脚并拢，直接在书包上上蹿下跳，嘴里还兴奋地叫道。

"哈哈……哈哈……"周跃芳笑得前俯后仰，"我怎么看你像青蛙啊。"

虽然我觉得她形容得很形象，但我的心思不在这里，而是下意识地把目光放在了妈妈身上，这一刻，我多么希望她能勇敢地站出来阻止这个男孩。

我的心绷得很紧。

妈妈双手插在外衣口袋里。今天的她穿了一件粉红色的滑雪衫，还戴了一顶粉红色的针织帽子，围了一条粉红色的围巾。此时，她像一个公主般指挥道："盛明辉，学几声青蛙叫。"

"呱呱呱……"盛明辉张嘴就来。

"不像，不像，一点都不像！"妈妈嘟起小嘴，不满意地叫道。

"我也觉得不像。"周跃芳急急地附和道。随后她用手肘碰了碰身边另一个一直没有说话的女孩，问道，"何霞，你说像不像？"

她慌乱地摇摇头，眼神有点胆怯。

盛明辉有点下不了台，脸上一阵红一阵白的，狠狠地蹦跳了几下后，无趣地走了下来。

"没劲。"妈妈嘴里嘟囔道。

刚刚还笑得像花一样的妈妈，眉眼瞬间耷拉下来，满脸的不开心，随后翻了翻眼睛，准备离开。

"喂，何玲娟，别走嘛……"盛明辉紧张地叫道。

妈妈的脚步迟疑了一下，似乎在考虑要不要留下来。

"没意思，你又学不会青蛙叫……"妈妈再次嘟囔着。

我用怀疑的眼神盯着妈妈，我不知道她想要什么，要做什么，或者说想得到什么。更让我不解的是，其他的三个同学为什么要这样讨好妈妈？从他们现在的脸色来看，似乎妈妈的不开心让他们有些不知所措。

"哧溜"一声，盛明辉的鼻涕再次钻进了结满鼻屎的鼻孔，他边用袖口擦着鼻子边骨碌着眼珠，似乎在动什么坏脑筋。

"章呆子。"他盯着章音叫道，嘴角带着坏坏的笑。

"嗤嗤……"妈妈突然掩嘴吃吃地笑，目光游移在章音的身上。

她似乎知道盛明辉为什么突然叫章音。

"你来学青蛙叫。"盛明辉手指对着章音一指，命令道。

昏暗的光线下，我依然看不大清章音的表情，但从她僵直的身子可以感受到这个女孩始终在用无声做反抗，虽然这种反抗根本就没用。

她肩膀收紧，双手紧紧地缠绕在一起，低着头，不吱声。

"快学啊。"盛明辉催促道，显然章音的忸怩让他很愤怒。

章音咬住下唇，依旧没反应。

"算了，不好玩，回家了……"妈妈再次翻了翻眼皮，嘀咕道。

盛明辉急得小眼睛都瞪圆了，猛地跳到章音面前，大吼道："你再不学，我就把你的书包扔到旁边的小河里……"他开始威胁了。

章音的身子动了动，嘴巴张了张，依然没有发声。

"我真的扔了哦。"盛明辉气得拎起地上的书包，做出一副要扔的样子。

"别，别扔……"章音慌忙抬起了头，伸出右手，急急地阻止道。她的嗓音很尖细，犹如她的人那般瘦弱，似乎不堪一击。

"我，我学……"她怯弱地说道。随后，用力吞咽了一口口水，不安地看了看身边的同学，张开了嘴巴。

"不行，你要站在书包上，边跳边叫。"周跃芳突然大声要求道。

"对对对，站在书包上。"盛明辉急急附和。

章音先看了一眼躺在泥地上早已变形肮脏的书包，瘪了瘪小嘴，然后又把目光投向了妈妈，期期艾艾。

我突然明白，她是在求饶。只要妈妈的一句话，这些欺负她的同学就会放过她。我直直地盯着妈妈看，祈祷着——希望能唤起她的同情心，懂得换位思考，放过这个女孩。

这是我有史以来第一次对妈妈有要求和期望，比那时她离开小镇时，心情还复杂和沉重，或者直白地说是不安和忐忑。

妈妈扭过了头，假装没有看到章音投过来的目光，依然双手插在滑雪衫的口袋里，嘴角上扬，额头上的那颗黑痣在余光下忽隐忽现，像极了她的另一只眼睛。

一股从未有过的失望和疼痛感从心尖传来。在章音缓缓地朝书包移动时，我闭上了眼睛，不敢去看她那双受伤的眼睛，不敢去感受她战栗的小身躯，更不敢去想象她被羞辱的那一瞬。我的心情从一开始对妈妈的担心到发现被欺凌者不是妈妈时的心安，再到发现妈妈变成了一个欺凌者的羞愧，如过山车般急骤地转变。

　　妈妈，如果此时是你的女儿被这样羞辱，你会这般无动于衷吗？或者说，如果你知道你的女儿在她的世界里，也同样经受着别人的羞辱，你会是怎样的心情？

　　我的眉头越蹙越紧，我的心头越来越疼，闭着的眼睛里一股热浪涌了出来。

　　"漫漫，漫漫，"妈妈疾呼的声音传进了我的耳朵，"你怎么哭了？发生什么事情了？"

　　我缓缓地睁开眼睛，映入眼帘的是妈妈焦急又关切的眼神，显然我已经从她的眼底穿越回来了。

　　恍如梦，唯独心头的那种刺痛和脸颊上那冰冷的泪水告诉我这一切都不是梦，但我此刻迫切希望这是一场梦。

　　"漫漫，是不是发生什么事了？"妈妈再次关切地问道。

　　我迎上了她的眼神，焦急、害怕、温柔，丝丝透着母爱，和刚刚记忆中那个冷漠的女孩截然相反。

　　"于峰，这孩子老看着我干吗呢？怎么不说话呢？急死我了……"妈妈不安地对爸爸说道，声音都哽咽了。

　　"哎呀，你别大惊小怪的，好好问孩子，别没事吓到自己又吓到孩子。"爸爸边说边从后视镜看了我一眼。

　　"我……"我张了张嘴，有一种冲动想要好好质问妈妈，为什么要欺负同学？欺负同学是不是让她有一种快感？但另一个声音却阻止我说出口，于是硬生生把所有的愤怒和疑问压进了喉咙，然后摇了摇头，淡淡地说道，"没什么……"

"漫漫，如果在学校里不开心要和爸爸妈妈说，"妈妈意味深长地看了我一眼，缓缓地说道，"如果有人欺负你，你记得一定要告诉我们。"

"你自己无法处理的，爸爸妈妈会帮你去处理的。"她背对过我，继续补充道。

她不让我看到她的表情，但从她的声音里我还是能感受到她的压抑和不安，甚至是恐惧。我是妈妈的女儿，她是敏感的，我遗传了她，也是敏感的。也许她从我反常的神情里早已读出了我的不快。

只是妈妈，你真的不了解自己的女儿吗？我怎么会把在学校受的委屈告诉你们呢？小学一年级的时候我不会，现在六年级了，我更是不会。

不管发生什么，我都不会求助于你们！

"漫漫，你还小，不要把什么都闷在肚子里，你要时刻记得有爸爸妈妈在……"妈妈猛地转过头，似乎又读到了我的心思，眼睛直视着我，一语双关地说道。

恍惚中，我听到一个小女孩在哭，那声音有点熟悉又很陌生……

"阿爸，我不要去上学了……"

妈妈蜷在一张低矮的桌子前，边哭边说。这是一间用黑砖青瓦盖成的平房，一盏灯泡从乌黑的屋顶垂下来，透着微光。

餐桌上摆着一碗黑糊糊的东西，看起来像是咸菜，还有一个吃了一半的咸鸭蛋。

"为什么？"一个穿着的确良白衬衫的中年男子边把半个咸鸭蛋递给妈妈，边问道。

从男子额头上的那颗大黑痣我就知道他是妈妈的爸爸——我的外公。看来我又一次来到了妈妈的记忆中。

不知为何，我有一种直觉，我的疑问将会在这里得到答案。

"我……我也要吃……"舅舅眼睛直直地盯着那咸鸭蛋，流着口水边叫边把手伸向了妈妈的碗里。

"啪"地一声，外公的筷子不偏不倚地敲在了舅舅的手背上，"你又不上学，吃什么鸭蛋，留着给你妹妹吃吧……"语气很严厉却透出一种无奈。

对于妈妈小时候的那个年代我是陌生的，偶尔从外公外婆的嘴里听到那个年代发生的故事，给我的印象只有一个字——穷。

坐在外公边上的外婆没有说话，夹了一筷子的咸菜放进了舅舅的碗里，嘴巴努了努，示意让他吃饭别说话。

"每个同学都欺负我，没有人愿意和我玩……"妈妈哭诉道。眼泪吧嗒吧嗒地往下掉。

"哪个小兔崽子欺负你啊？你说说……"外公气得把筷子"啪"地摔在桌上，气呼呼地叫道。

我从小就知道，妈妈是外公手心里的宝，心里的小公主，谁也不能说妈妈的不好，更别说让妈妈受委屈了。

"他们都欺负我，每天……每天都骂我是傻瓜……都不愿意和我玩……"妈妈索性抬起下巴，昂起头，边大声哭边语无伦次地说。

"玲娟，他们为什么骂你是傻瓜啊？"外婆不解，低声问道。

"哇哇哇……"妈妈哭得更大声了，"还不是因为哥哥嘛，他们说……他们说……"

"说什么？"外公紧握的拳头放在桌上，像一只受伤的狮子，从喉咙里发出怒吼。

　　"他们说……说哥哥是傻瓜，妹妹……妹妹肯定也是傻瓜……"妈妈闭着眼睛说道，"还说傻瓜是会传染的……"妈妈越说越伤心，哭声越来越大。

　　"放屁！"外公狠狠地拍了一下桌子，"噌"地站了起来，气愤地在屋子里转来转去。

　　"玲娟，别哭了，明天我就去学校，看看到底是哪个小兔崽子在乱说，看我怎么把他们的嘴给缝上！"良久，外公咬牙切齿地吐出这句话。

　　看到妈妈哭得那么伤心，我心里很难过，特别是自己现在也处在这种被欺负的状态中，就更是感同身受。

　　突然，屋子黑了，时空一片静寂。我不知发生了什么，吓得不敢喘息，在惊吓中，我竟然再次听到了外公和妈妈的声音。

　　"玲娟，现在还有人敢欺负你吗？"

　　"没有了，阿爸，现在谁也不敢欺负我了。"

　　"嗯，那就好，阿爸就放心了，以后谁再欺负你，你要告诉阿爸，别怕，有阿爸在。"

　　"嗯，自从你去了学校后，同学们都怕我了，把我当女王一样伺候着，再也不会有人取笑我了……"

　　"呵呵，你开心就好……"

　　我完全看不到他们，但从他们的语气中，能感受到妈妈的快乐和外公的放心。原来是外公让妈妈从一个被欺凌者变成了一个受拥护者。

　　怪不得妈妈刚刚会这样和我说，因为她不但有这样的经历，而且还尝到了甜头，所以如果我被人欺负，她一定会像当初外公保护她那样保护我。

　　我突然很想哭。那种被母爱包围的感觉真好，如果我没有再一次跳入那个镜头，那么这种感觉会温暖我好久好久……

"哈哈……哈哈……"一阵欢快的笑声充斥着我的耳膜。

我又回到了一开始的那个记忆，妈妈学校的那条走廊里。

"再叫，继续叫，大声叫……"盛明辉在那里手舞足蹈地叫道，塌鼻子下的鼻涕早已流到了嘴唇上，他竟毫无知觉。

昏暗的光线里，章音的眼泪布满了整张小脸，所有的雀斑都被浸湿了。她用力控制身体的颤抖，双手握紧拳头，边在书包上跳边发出"呱呱呱"的青蛙叫。

我的心头像被一把尖刀给刺痛了，特别是在看到妈妈满脸笑容，一副享受的样子，厌恶和反感如浪潮一样涌过来，淹没了刚刚所有爱的感觉。

我能原谅妈妈为了保护自己搬出外公，能原谅她突然摆脱了欺凌后的那种庆幸，但是我无法原谅她获取了别人对她的拥护后，从一个被欺凌者变成一个欺凌者！

报应吧，也许！

莫名我觉得自己现在被同学排挤和欺负是一种报应，是妈妈种下的因到我这里结了果。但更奇怪的是，我突然内心有一种从未有过的释然——如果这样能为妈妈赎罪，那么我心甘情愿接受所有的欺凌。

第七章

女孩的伤

之前她害怕黑夜，因为天黑了却看不到父母；

　　如今她恐惧白天，因为天一亮，她就要承受很多未知和已知的欺负；

　　他们那些无声和有声的行为可怕又充满威胁性，如影相随，她无力反抗……

阳光从破旧又单薄的窗帘布里钻进来时，章音揉了揉惺忪的双眼。随后，突然想起什么似的，"噌"地一声，从铺满稻草的木板床上蹿起来，外套都来不及穿，就急急地跑向阿爸阿妈的房间。

　　凌晨的时候做了一个梦：不知为了什么，自己不停地在脸上摸索，然后突然摸到了一根细细的，像头发丝一样的线。轻轻一抽，感觉脸上麻麻的，好像有什么东西从皮肤里跳出来。她特别好奇，不知道这根线是从哪里冒出来的。皮肤里跳出来的是什么？什么时候才能抽完？就这样不停地抽啊抽，整张脸就像无数的蚂蚁在爬，既舒服又轻松。不知过了多久，终于那根线抽不动了，但不管怎么用力都扯不断……接着就是在漫长的不安和恐慌中找镜子，终于找到了一块镜子，那时早已身心俱疲。只是在看到自己的脸时，她惊呆了——脸上所有的雀斑像长了翅膀一样，不翼而飞，皮肤白净得就像剥了壳的鸡蛋。

　　她是笑醒的！

　　父母房间墙壁上的那块长满斑点的模糊镜子里，依然是一张布满雀斑的脸，因为刚刚睡醒，生命力更是旺盛。

章音瘪了瘪嘴，似乎不相信这真的只是个梦，她踮起脚尖，脑袋用力凑近镜子，伸出又红又粗的右手手指，不停地在小脸上摸索，希望找到那根在梦中出现的线。没多久，她又换了左手的手指，再次在脸上小心翼翼地游移，甚至用手指肚去抠。显然那根手指没有长冻疮，比较纤细，可能她认为长了冻疮的手指触感比较木讷吧。

良久。

"唉……"一声长长的叹息后，才惊觉身子发冷，牙齿打架，不管三七二十一就跳上了父母的床。

被窝里还有父母淡淡的余温，只是父母早已不见了踪影。章音用力拉扯用陈年的坏棉花打成的老棉絮被子往身上盖，屁股底下传来老布床单摩擦稻草的"滋滋"声。几分钟后，终于把自己稳妥地裹在被窝里了，然后盯着乌黑的三角屋顶发呆。

这怎么是个梦呢？如果这不是个梦那该多好。自从被同学取笑脸上的雀斑后，自己心心念念地想着有一天出现一个魔法师，像动画片里的那个巫婆一样，手指轻轻一挥，就能把脸上所有的雀斑都挥去……也是从那时起，自己越来越羡慕那些脸上不长东西的女孩，哪怕她们皮肤黝黑，但总比满脸雀斑好吧。

"唉……"她又长长地叹了一口气。她觉得自己变了，变得不爱出去玩了，变得不愿意见人了，更变得害怕了……其实她不知道，这是自卑在作祟。每个人内心都住着一个自卑，只是有些人强大了就会变得自信，而有些人弱小就会把自卑给唤出来。她就属于后一种，因为同学的嘲笑和欺负，自卑已开始在她幼小的心头发芽。

昨晚，就在昨晚，自己曾小声地问阿妈，为什么自己脸上会长那么多雀斑？当时阿妈正站在矮桌前整理第二天要去贩卖的毛线，而阿爸因为村里的事窝着一肚子的气，正用酒精来缓解愤怒和压力。

"你永远不要拿自己和别人比较，每个人都与众不同，都有他的独特性。"阿爸抿了一小口二锅头，煞有介事地说道。

他根本没有考虑到这样一句富有哲理的话对于一年级的孩子怎么可能听得懂，所以当章音用茫然的眼神看他时，他一下火了，"去，去，去一边玩去，别在我面前碍眼……"

阿妈完全置身事外，她的目光紧紧地锁在那些毛线上，嘴里念叨着数字，根本就没有在意章音委屈瘪嘴，又想说话的样子。

其实她很想问问妈妈：为什么你把我生得那么丑，因为你把我生得那么丑，所以我才遭同学们嫌弃和嘲笑。

阳光像个调皮的孩子，在有破洞的窗帘布里钻出钻进，玩起了捉迷藏。章音双手摩挲着脸蛋，一脸的愁容。

昨天是礼拜天，在外婆家待了整整一周的自己独自爬过那座高高的铁路桥回家，虽然知道父母忙碌着生计，家里不会有人，但内心却多么希望在推开家里的那扇陈旧木门时，会看到父母的身影啊。

事实当然还是事实，很难因为一个人的念想而改变。直至天黑，才等回来一脸疲惫的父母，然后在沉默中吃完了晚餐。章音不明白，是阿爸阿妈不爱自己还是对自己很放心，反正从上学到现在，未曾问过一句关于她在学校的话。

其实她还是很想说的，刚开始没被人欺负的时候，她想说说学校的趣事：数学老师喜欢打喷嚏，一打起来就没完；语文老师说话像唱歌，韵律很足；还有体育老师，整天绷着张脸，像扑克牌里的鬼牌，完全没有幽默感。也想说说那些陌生的同学，自己一下子叫不出他们的名字，但特征很明显的同学，比如那个永远流着鼻涕的盛明辉，比如缺了门牙说话漏风的吴辉，还有自己新交的好朋友黄洁。后来被同学欺负了，就更想和阿爸阿妈哭诉自己在学校所受的委屈，希望阿爸能和何玲娟的阿爸一样出面保护自己，给自己撑起一片安全的校园生活。

"唉……"章音又深深叹了一口气。不知从何时起，小小年纪的她越来越爱叹息了，像一个饱经风霜的老妇人。

昨晚又听到阿爸阿妈吵架了，他们的矛盾永远只有一个——穷！阿妈嫌弃阿爸没出息，天天把时间浪费在那些村民身上，不但赚不到钱还要受气；阿爸抱怨阿妈，一天到晚不着家，孩子也不顾……后来的后来，千篇一律的情节：阿妈开始哭诉自己的不容易，为了让这个没有任何家底的家能生存，自己没日没夜地赚钱，下班后舍不得睡一下，就要跑出去贩卖毛线，为的就是让这个家好过点；而阿爸则从一开始的怒吼到沉默，到最后的妥协。

如果自己再告诉他们这些烦心事，就是添乱。阿爸对她说的最多的一句话就是："去，去，去，小屁孩别给大人添乱。"

所以，保持沉默也许是对阿爸阿妈最好的帮助吧，至少他们无须为了自己的事情烦恼了。

"要做一个懂事的孩子。"阿妈经常这样说。

阳光越来越多了，说明时间不早了。今天是周一，再上几天学，就要放假了。

章音不想起床，不是因为天气冷，而是一想到去了学校又将受到同学的欺负，她就不寒而栗。特别是最近，盛明辉突然给自己起了一个绰号，还说这个绰号很贴切，最适合她，要求每个同学都叫她"章呆子"，她真的怕有一天，同学们都忘了她真实的名字。

但是她必须要去上学，不然阿爸阿妈又要生气了。

悻悻地穿完衣服后，章音就走出房间来到客堂。客堂的东北角有一面不完整的全身镜，是阿爸从村里废弃的橱柜上拆下来的，因为阿妈爱美，喜欢照镜子。之前章音也爱照镜子，没事就站在那里对着镜子扮鬼脸，跳自己瞎编的舞。曾几何时，镜子是她唯一觉得有乐趣的东西。但现在她不会再去照镜子了，她甚至讨厌照镜子，反正不用照也知道镜子里出现的永远是那张满是雀斑的脸，身上穿的永远不是自己的衣服，都是阿妈从堂姐那里要来的。所以，不必照，照了只会让自己越来越讨厌自己！

她像做贼似的穿过客堂，来到逼仄阴暗的灶披间里。破旧矮小的餐桌上赫然放着一个苹果。章音咧嘴一笑，急急地扑过去，刚触碰，就感觉手里湿漉漉的，拿起来一看，原来是一个烂苹果。不过这不足为奇，阿妈经常在贩卖完毛线后，买一些烂水果回家，她说这些水果便宜且不影响食用。

"又是烂的……"章音嫌弃地嘟囔着，但却没有松手，而是紧紧攥着，另一只手去拿同样放在餐桌上的书包。

突然手停了下来，急急地冲出灶披间，向外奔去。

不多久，她吃力地提来了一小桶井水，接着顺手拿了块又破又脏的抹布，放在水桶里浸湿后拧干，随后小心翼翼地开始擦拭书包上早已凝固的泥巴。那是上周六被盛明辉踩在地上留下的，自己没敢和阿妈说，阿妈也没有发现。

擦完书包，章音看了看还是有泥巴的书包，无奈地叹了一口气，扔了右手的抹布，晃了晃左手的烂苹果，迟疑了一下后放在水桶里洗了一下，就直接狠狠地咬了一口。

"呲……"苹果的冷冰冰让她龇牙咧嘴。

没办法，没有早饭。苹果是她的早餐。这个时候她特别想念外婆家，因为在外婆家每天早上都会吃到早餐，如果哪天外公去小镇上的茶室喝早茶的话，还会带回来一根油腻腻香喷喷的油条呢。

想到这个，章音狠狠地咽了咽口水，用力地挠了挠油腻的头发，背起书包，跨出了家门。

章音踏着上课响铃声急急地奔进教室，在门口还和数学老师章老师撞了个满怀，来不及道歉，章老师的一个喷嚏把她惊得身子一缩。

"这，你，干吗呢？"章老师语无伦次地说道，显然他也被吓了一跳，只是不知是被章音还是自己的喷嚏。

"冒冒失失的……上课了，还不进去……"他接着补充道，恢复了老师该有的严肃。

章音跌跌撞撞地跑进教室，在经过盛明辉的座位时，身子一个踉跄就扑倒在地，刚刚擦干净的书包再次从肩膀上飞离出去掉在了泥地上。

"怎么了，你又怎么了？怎么这么鲁莽呢？小姑娘家走路怎么不好好走呢？"章老师的声音再次传来，这一次带着深深的不满。

章音委屈地瘪了瘪嘴，慢慢地从地上爬起来，来不及揉一下摔痛的膝盖，就去捡地上的书包。因为着急，她忘了每天不变被欺负的形式，或者说，她以为老师已经进教室了，盛明辉没有胆子再欺负她。但是，她错了，她还不懂，当一种行为成为习惯的时候，是很难改变的。

欺负她，已经成为盛明辉的习惯。

"章呆子，真是个呆子！"盛明辉看着章音一瘸一瘸的背影，内心嘀咕着。说来奇怪，之前欺负何玲娟的时候，感觉会有一种满满的成就感，但欺负章音，总是让他觉得很失落。这种失落是因为她从来不反抗，而这种不反抗让他觉得特别没劲。

问题是，欺负何玲娟显然已经成了过去式，他可不敢和她的阿爸对着干。现在就看用什么样的方式去激怒章音，让她学会反抗。

盛明辉塌鼻子又是一抽，心里开始策划起了小阴谋。就在他吸鼻涕的时候，章老师又一连打了好几个喷嚏。

章音小心翼翼地打开书包，拿出了数学课本放在课桌的右侧，然后肩膀收拢，双手收在胸前，轻轻地靠在课桌上。

这张长方形的课桌上，除了坑坑洼洼的伤痕之外，还有一道很深很明显的"三八线"把课桌分成了两半，就像楚河汉界，互不干扰。

这是盛明辉为了讨好何玲娟画上去的，平时只要章音的手臂稍微压线了一点，何玲娟就会用铅笔尖戳她，很痛很痛。但何玲娟却可以恣意妄为，她心情不好，可以把整张课桌都霸占，完全不顾章音的感受。心情好的时候，还比较正常，会留出一点空间给她，所以，章音每天祈求何玲娟能有个好心情。好在自从被同学们拥护之后，她的心情一直还可以。

可是，今天她的心情似乎不好，章音刚刚靠上课桌，她就撑开了整个手臂，将整张课桌一个人独占了。

"好，今天这堂课我们做个小测验。"章老师终于不再打喷嚏了，环顾了一下同学们，认真地说道。

随后，转过身子，在黑板上开始出题。只要是考试都是这样，老师在黑板上出题，学生在本子上抄下来并解题就可以了。

章音扑闪着眼睛看了看被何玲娟霸占的课桌，她不知道自己的本子要放在哪里。

"做完的同学把本子交上来，我当面批改。"章老师边写边说道。

何玲娟从书包里掏出了数学练习本，然后看都不看章音一眼，就把大半个身子严严实实地趴在了章音的前面，然后若无其事地开始做老师黑板上的题目。这明摆着就是不让章音考试嘛。

教室里传出铅笔在本子上的"沙沙"声，而黑板上的题目也渐渐在增多。章音手里捏着练习本，却不知道要放在哪里，急得她眼眶都红了。她的脸憋得通红，嘴唇哆嗦着，咬紧牙关，硬是把快要滴下来的眼泪给逼了回去。

随后她侧着身子，把本子压在桌角边上，小心翼翼地开始抄写黑板上的题目。但因为天冷，手上又有冻疮，所以她一笔一画，写得很慢很慢。

"好了，今天就做这些题目，"章老师转过身子，放下粉笔，拍了拍手说道，"有没有同学做完的？"说完，环顾了整个教室。

章音迅速地看了一眼黑板，大半个黑板上都是题目，而坐在最前面的盛明辉已经做完拿给老师批改了。

她开始紧张，越是焦急就越写不好，好几次笔尖从本子上滑下来。她以为是手指冻僵的原因，嘴巴凑近，对着右手不停地哈气，想让手利索点，却不懂是因为本子受重不均衡，才会导致写字写不稳的。

不多久，何玲娟站了起来，她自信满满地拿起练习本走向了讲台。

章音偷偷舒了口气，立马坐正身体，开始奋笔疾书。

"咚"地一声，章音感觉手臂一震，紧接着，"啵"地一声，铅笔一歪，笔芯直直地断在了本子上，划出了一道深深的印子。

章音慌乱地抬起头，看到何玲娟正怒目对着自己。看来是自己写得太投入，没发现她已经回到座位上了。刚刚就是她故意用手臂撞了自己的手臂，以示警告。

越来越多的同学上讲台送老师批改了。章音急得像热锅上的蚂蚁，急急地从铅笔盒里找出铅笔刀，然后笨拙地开始削刚刚断芯的铅笔。

等她好不容易削完铅笔，才发现何玲娟再次霸占了她的课桌。

随后，下课铃声响起了。

"是不是都批改过了？"章老师再次环顾了整个教室，问道。

章音低着头，根本就不敢看老师的眼睛，更别说出声了。

"章音，"章老师突然问道，"你的批改过了吗？"

章音战战兢兢地站了起来，右手不停地挠着脑袋，左手压在练习本上，低着头不说话。

"别人都做完了，你怎么还没有做完啊？"章老师显然看到了章音的练习本，他眉头微蹙，不满地问道，"你到底在干什么呢？这么简单的题目都不会做吗？是不是太笨了？"不知什么原因，章老师越说越生气，有点口不择言。

"你等一下带着练习本到我办公室来！"最后，他狠狠地丢下这句话后很生气地走出了教室。

章老师前脚跨出教室门，盛明辉立马蹿到了章音的面前，幸灾乐祸地叫道："章呆子，连老师都说你笨，哈哈……"

"这么简单的题目都做不出来，你是不是太笨了？"吴辉牙齿漏着风学起了章老师。

"下课后，到我办公室来一趟！"盛连强也开始过来凑热闹。

"章呆子就是章呆子，不会很正常啊！"盛明辉讥笑道。

章音的眼泪终于掉下来了，而且还是成串成串的。这是她第一次面对同学的欺负哭泣。

看到章音的眼泪，盛明辉比谁都兴奋，这说明自己刚刚的方式有效果了，她终于有反应了。所以他开始变本加厉。

"章音，1加1等于几？"

"老师，我不知道。"

"这么简单的问题你都不知道？那你知道你自己叫什么吗？"

"我知道。"

"叫什么？"

"章呆子。"

盛明辉学着章老师的口气自编自导着。

教室里一阵大笑。

章音的眼泪更加汹涌了，把练习本都浸湿了。而盛明辉像吃了兴奋剂一般，继续嘲讽着。

没有人知道章音为什么会哭。被欺负了那么久，比这次更甚的还有，她都没有掉过一滴眼泪，但今天却哭得如此伤心，似乎要把之前所有的委屈给发泄出来。

其实只有章音自己知道为什么哭。她之前能隐忍同学们对她的欺负，那是因为外公一直对她说，在学校里，只要读书好，老师就会看得起你，这样同学也不敢欺负你的，你会受到尊重。虽然这个年龄的她根本不理解所谓的"尊重"，但有一点她是记住了——只要成绩好，就不会被欺负。所以，是这个信念一直支撑着她。如今，老师都说她是笨蛋，都在嘲笑她，她的这个信念瞬间就倒塌了，她觉得自己再也成不了好学生，这也就说明以后自己将继续忍受同学们的欺负。

内心突然滋生的害怕主宰了章音的整个思维。她不管不顾地昂起头，闭着眼睛，"哇哇哇"地大哭起来，似乎只有这样才能减轻突如而至的恐惧。

下午第一节是体育课。

难得好天气，体育老师就带学生们在操场上运动。他依然板着一张扑克脸，安排着同学们的游戏。

男同学分成两组，一组玩拍皮球，一组玩跳房子；女同学也分成两组，一组玩踢毽子，一组玩跳橡皮筋。

章音被分在了跳橡皮筋这一组，而且还是站在那里当橡皮筋的桩子，只能看着同学们如小鸟般欢快地跳跃。

中午的时候，自己还是被章老师叫到了办公室。他依然很生气，一副恨铁不成钢的样子。

"这些题目你真的不会做吗？"

章音摇了摇头。

"那你为什么不做呢？"

章音看了看一脸疑惑的老师，张了张嘴后，又低下头。她不能说是因为何玲娟霸占了她的课桌，自己没地方写字吧，这样的话，老师肯定会说，那你怎么不和老师说呢？再说如果被何玲娟知道自己告密了，到时肯定没有好果子吃。

"既然会做，却不做，你这是和我对着干吗？"章老师又发怒了，手指用力地敲打着办公桌，斥问道。

"不，不是……"章音急急地否定。

"那是什么？你说！"

面对章老师的逼问，章音不知道该如何是好，只有不断地掉眼泪，用哭泣来回避问题。

良久，章老师又敲了敲桌子，语重心长地说道："我们是一个村的，你阿爸又是村长，我希望能把你教好，这样我也有面子，对你阿爸也有交代……"

"去吧，去吧，以后不懂的来问我……"

"章呆子，该换你了！"周跃芳特有的高嗓门把章音从回忆中拉了回来。

她一愣，发现何霞不知何时站在自己身边，等待着替换。

"你看她这呆样，真是的……"周跃芳用手肘肋碰了碰身边的黄洁，翻了翻眼皮，鄙夷地说道。

黄洁一阵脸红，支支吾吾着点头。

"对了，等一下我们还是这样轮换，谁输了，谁就当桩子。"周跃芳发号施令，接着又补充道，"当然，除了何玲娟之外。"说完，对着何玲娟讨好地笑了笑。

章音站在队伍的最后面，紧跟着前面的同学，钻进翻动的橡皮筋，灵活地跳跃着。这种玩法叫"接龙"，只要谁被橡皮筋给绊到，就算输了。

不知是太阳太大，还是自己跳得太久，章音突然觉得头皮越来越痒，似乎有成千上万只的蚂蚁在爬，在啃……

她先是用右手挠着头发，接着左手也用上了，但是依然不解痒，反而是越抓越痒，把本来就油腻的头发抓得更是凌乱不堪。这一分心，就被橡皮筋给绊到了。

"章呆子，你输了，去换周萍吧。"周跃芳大声命令道。

周萍是班级里最温柔的女孩，平时很少说话，只是说起话来，声音很尖锐，像声乐中的 F 调。

但此时章音所有的心思都在头发上，她以为是自己好久没有洗头的原因导致头皮发痒，早知道这样，礼拜天的时候就应该洗一下头发。不过阿妈不在家，家里没有热水，根本洗不了。

她双手如装了电动马达一般，不停地挠着，狠命地挠着，似乎这样可以减轻这种蚀骨的痒。

"喂，章呆子，和你说话呢！怎么又呆住了？"周跃芳的大嗓门带着不满叫道。

章音边挠着脑袋边走向周萍。突然她感觉指甲里抠到了什么东西，软软的，热热的，关键似乎还在动……

她好奇地把手从脑袋上拿下来，摊开一看，才发现一个如蚂蚁般的东西在指甲里蠕动。

"这是什么啊？"向来温柔的周萍突然尖叫，声调直达 F 调。

同学们纷纷涌过来，探头好奇地盯着章音摊开的手。

指甲缝里的小虫开始蠕动着身子。大家屏住呼吸，眼睛都直直地盯着它慢慢地爬出指甲缝，爬向指肚又爬到了章音的手心里。

良久。

何霞突然变了脸色，尖叫："这是头虱！"

同学们的目光齐刷刷地射向了她，一脸茫然。

"什么叫头虱啊？"周跃芳追问道。

"一种，一种长在头发里的吸血虫……"何霞面如土色地回答道，边说边身子往外退。

"吸血虫？"何玲娟重复道。她被何霞的反应给吓到了。

"是的，还会传染人……"何霞颤声道，"这是我阿妈和我说的，她学校里也有学生长这个，把头发都剃光了……"说完，她身子又往后退了一大步。

刚刚还拥挤在章音身边的同学，立马像躲瘟疫般散去。何霞的话她们是相信的，因为大家都知道何霞的阿妈是镇上一所中学里的卫生老师。

何玲娟瞪着眼睛，此刻的她比谁都紧张和害怕，要知道章音可是自己的同桌，关键今天自己还把头趴在她的课桌上，如果何霞说的是真的，那自己是不是就被传染到了？这种吸血的虫子长在脑袋上，会不会把她的血吸干？到时自己就变成傻瓜了，又回到之前被同学欺负的日子了……

一想到这些，她张开嘴巴就开始"哇哇哇"大哭，边哭边挠自己的头发，似乎这里面已经有成千上万只的头虱在撕咬她的头皮，吸她的血。

因为何霞的那句"会传染的"，同学们都不敢接近何玲娟，更别说去安慰她。连平时和她寸步不离的周跃芳都呆愣在原地，眼神中带着恐惧，身子紧缩着。

何玲娟女王的身份和待遇似乎在这一刻动摇了……

第八章

越来越孤独

笑声、闹声、哭声……声声入耳，却与她无关。在学校，她像一个刻意被隐藏起来的人，没人在意她的存在，就连天天要欺负和嘲笑她的人，似乎也消失不见了……

　　欺凌真的消失了吗？

　　不！她越来越孤独，越来越喜欢黑夜。因为唯独黑夜让她知道自己的存在，安全地存在着……

章音感觉自己的身体正在漂浮着，暖洋洋、昏沉沉的。她闭着眼睛平躺着，身子下面是厚厚的软垫子，硬硬的被子几乎遮住下巴。虽然额头上感觉冰冷冰冷的，但还是感觉浑身舒适、惬意，想着就这样永远赖在床上。

　　不幸的是，她必须马上醒过来。耳边传来的声音正在搅扰着她此刻的清净。至少，有一个声音是自己无法置若罔闻的。

　　"医生，还有热度吗？"阿妈的声音紧张又不安。这种语气，章音感觉熟悉又陌生，很久没有听到阿妈这样的声音了，她心头很暖。

　　"嗯，昏睡了两天两夜，现在热度退了，应该不会有事了……"一个陌生的声音响起。章音不用睁眼都知道说话的是医生。但下一秒，她吓傻了，自己发着高烧，还昏睡了两天两夜，这是什么情况？

　　她艰难地睁开沉重的眼皮，想看看自己到底在哪里。但一束阳光刺得她不得不再次闭上眼睛，皱起了眉头。

　　"音音，"阿妈唤着小名，弯下身子，凑近章音，惊喜道，"你醒了？"

　　"感觉怎么样？头还痛不痛？肚子饿不饿？要不要吃点东西？"阿妈紧握着章音的左手。虽然阿妈的手指冰冷冰冷，章音心里却感到温暖如春。

这明明像机关枪一样的话语，对于章音来说，却像春风，她喜欢极了。如果自己生病可以换来阿妈的陪伴和关心，那么她还真的希望自己一直生病着。这就是一个七岁孩子心里最直接最简单的想法。

虽然眼皮很沉重，太阳穴还会传来阵阵疼痛，但是章音还是努力地睁开了眼睛。

"阿妈，我肚子饿……"

"嗯，好，"阿妈又惊又喜，手忙脚乱地从窗台上拿过一个钢制的杯子，嘴里说道，"这是早上让你阿爸带过来的刚煮好的稀饭，应该还热着，阿妈喂你吃。"

章音知道这个杯子，那是阿爸前几次去镇上参加会议发的，当时还带回来一小块奶油蛋糕，让她兴奋了大半天，一直舍不得吃，直到第二天看到被老鼠咬掉了一半，才心疼地吃掉。

"来，阿妈扶你坐起来。"阿妈一手端着杯子，一手轻轻地抱着章音，让她半躺在用稻草芯做成的枕头上。

章音这才发现，自己住在医院里。白色斑驳的石灰墙，还有用海绵制成的床褥，怪不得自己觉得身子底下软软的，不像家里的床又硬又冷。

"阿妈，我为什么在医院里？"章音喝了一口已经冷掉的稀饭，狐疑地问道。她记得自己应该在学校啊，怎么会在医院呢？

"你发烧了。"阿妈又舀了一小口稀饭往章音嘴里塞。

"发烧？"章音重复着，她想不明白好端端的自己为什么会发烧，关键刚刚听医生说，自己还昏睡了两天两夜，这到底发生了什么？

"对啊，"阿妈顿了顿，然后满腹狐疑地问道，"音音，大冷天的，你怎么会想要洗头呢？还是用冷水洗？"

"洗头？冷水？"章音瞪大眼睛，不可思议地盯着阿妈，似乎在怀疑阿妈的话。

"对啊，要不是你外婆看你小脸烧得通红，这不知道会闯出什么祸呢！你要知道我就你这么一个女儿……"阿妈说着眼眶就红了。她看上去老了很多，眼睛里充满了血丝，眼袋耷拉着；原本扎起来的头发乱糟糟的，一缕缕蓬乱地贴在蜡黄的脸颊四周。所有的不安和焦急一览无余，看来这两天，她都没有好好休息，都守候在女儿身边。

章音喉咙一紧，鼻子一酸，眼眶就红了。但是这情感还来不及渲染，她就被另一个问题给缠绕住了——自己到底为什么会洗头？到底发生了什么？

脑袋似乎被一根梆子一记一记地捶着，嘤嘤地疼痛。

何玲娟哭了没多久，盛明辉就跑过来了，他不问青红皂白，一下就把章音推倒在地上。

"章呆子，你反了，敢欺负我们的大王！"盛明辉恶狠狠地叫道。说完，小身板挺了挺，下巴傲娇地一抬，然后鼻涕"哧溜"一声溜进了鼻孔。

"盛明辉，她头上有吸血的虫子……"周跃芳突然大叫一声，本来高嗓门的她，这一叫吸引了班级里所有的同学。

章音就像是一只怪物，在众目睽睽之下不知所措，小肩膀不停地颤抖。其实她比谁都害怕，因为这个虫子现在正长在自己的头发里。

"什么吸血的虫子？"盛明辉一脸困惑地眨着眼睛。

"就是，就是……"周跃芳想要表述，但怎么也表述不清楚，急得她直接把何霞给推出来，"你问，你问何霞，她懂，她什么都懂……"

"我，我，"何霞支吾着，小脸涨得通红，不知道该用怎样的语言去描述，良久才逼出一句话来。

"就是那种会钻在你头皮里，用力吸你的血，而且还会生孩子的那种虫子，叫'头虱'，"她眨巴了一下眼睛后，继续补充道，"这是我阿妈告诉我的，这头虱还会飞，一不小心就会飞到你的头上……"

"会飞？"盛明辉大惊失色，双手捧住脑袋急急地往后退，似乎下一秒虫子就会飞到他头上。

"会死……死人……吗？"吴辉面如土色，本来就牙齿漏风的他，说话更不连贯了。

他的话无疑像晴空的一道霹雳，惊得每个人都毛骨悚然。

"这……这……不会吧……"盛明辉不停地眨巴着眼睛，说话如舌头在打架。

"怎么不会，这血被虫子吸光了……就死……了……"

何玲娟哭得越来越大声，她要把所有的恐惧和无助都发泄出来。之前被同学欺负她都没有哭得那么伤心，如今性命攸关，她怎能哭得不伤心？虽然这些都是她凭空想象出来的，但丝毫不影响她情绪的渲染。

面对这个完全陌生的生物，特别是何玲娟不停地挠着脑袋发出撕心裂肺的哭声，大家都如惊弓之鸟，不知道下一个遭殃的是不是自己。

章音身子猛地一颤，这些记忆如闪电一样击中了她瘦弱的身子。她突然感到一阵恐慌，胸口发沉，寒意袭人……

"阿妈，"她疾呼，双手紧紧地抓住阿妈的手臂，惊恐地问道，"我会不会死？"

"你这孩子，乱说什么呢？"阿妈剜了她一眼，嗔怒道。随后柔声安慰道，"医生说你热度退了，没事了，等一下就可以回家了。"说完，伸出手去摸章音的脑袋。

章音本能地往后一躲。

"这孩子，好端端的，又怎么了？"阿妈尴尬地缩回了手，不悦道。

"真的吗？"章音紧张地反问。

"当然真的啊，阿妈还骗你不成啊。"

阿妈狐疑地看了她一眼。

章音瘪了瘪嘴，如释重负，又倍感担心。

"阿妈，我想再睡一会儿。"章音低低地说道。记忆中，自己还是第一次睡这么柔软的床垫，她不想这么早离开。

闭上眼睛，头又开始痛了，那些记忆再次跑了出来……

"你们都干什么呢？"体育老师突然出现在操场上，本来就板着的脸因为愤怒绷得更紧了，看了让人不寒而栗。

何玲娟吓得猛地收住了眼泪。

"不好好玩游戏，都围在这里干什么？"他直接走过来，手指指着地上的章音，叫道，"你坐在地上干吗？还不快起来！"

章音畏畏缩缩地站了起来。她心头的恐惧越来越强烈——自己身体里的血会不会马上就被头上的虫子吸干了？

"你们不想玩，都给我回教室去！"体育老师怒吼着。

"老师，章……章音头上长了会吸血的虫子……"胆子比较大的盛明辉低声说道。显然他有点不习惯叫章音的真名。

"什么？什么东西？体育课你们不好好玩游戏，在研究什么吸血虫！"老师很不耐烦地打断了他的话。

"这是真的，会飞会吸血，把血吸干了就会死人了……"盛明辉在说这

119

些话的时候，塌鼻子猛地一吸，两条鼻涕虫就钻进了鼻孔。

体育老师嘴角一咧，打趣道："这不是什么吸血虫啦，是因为一直不洗头的缘故，就像你的鼻涕一样，一直不擦，就一直在。"说完，眉毛挑了一下，严肃地说道，"大家都回教室去，别站在这里了！"

"啊？这样啊？原来是没洗头的原因啊！"盛明辉若有所悟地嘀咕着，然后伸出锃亮的袖口往鼻子上一擦，一条鼻涕给带了出来，粘在了袖口上，亮晶晶的。

"对，就是没有洗头。"体育老师敷衍着。

对于孩子来说，老师的话就是圣旨，大人不会说谎，所以听到体育老师说没事的时候，大家立马又像放飞的麻雀一般，叽叽喳喳。

七岁的孩子还不懂得辨识大人的语气。

"何玲娟，别害怕了，老师说没事。"周跃芳主动挽着何玲娟的手臂，安慰道。

"不。我不要和她坐在一起，"何玲娟嘟起小嘴，嫌弃地说道，"她都不洗头，那么脏。"

说完，抿紧嘴巴，眉头微蹙，把头转向了另一边，像是闻到了某种难闻的气味般。

好不容易卸下恐惧的章音，在听到何玲娟的话后，突然滋生了一种嫌弃自己的念头。别的女同学都是干干净净的，为什么自己会这么脏？脸蛋看上去脏也就算了，那是天生的，但如今连头发都那么脏，脏到长虫子的地步，难怪同学们会不喜欢自己，现在老师也不喜欢自己了。她摸了摸油腻腻黏在一起的头发，一股难闻的味道散发出来。

这样的自己怎么可能让别人喜欢？因为根本不具备让人喜欢的资本。

这种念头如被人下了蛊一般萦绕在章音的心头直至放学。

放学后……

章音皱了皱眉头，努力搜索放学后的自己到底做了什么。

"嘭"地一声水响，章音就把塑料小水桶丢进了外婆家的水井里，拼尽力气拉了大半桶井水上来，接着，不管三七二十一就把整个脑袋塞进了小水桶。

"咝……"

一股刺骨的寒气钻进了脑袋，生疼，生疼，让她忍不住倒吸了一口冷气。

但想到同学们嫌弃的眼光，还有避之不及的样子，她咬紧牙关，双手胡乱地抓了几下头发，脑袋在水里用力晃动。

十分钟后，章音晃着滴着水的脑袋钻进了灶披间，躲在一堆稻草里。她又冷又怕，因为洗头把衣服和鞋子都弄湿了，被寒风一吹，冷气嗖嗖地往骨头里钻。她又担心外婆会骂她，因为刚刚实在找不到擦头发的东西，就直接拿起了外公的毛衣，胡乱擦了一下。

章音晃了晃头，记忆似乎在这里断了……她睁开眼睛，摸了摸头发，不知那些头虱会不会已经被自己洗掉了。

"音音，阿妈等一下送你回外婆家，"阿妈看到她睁开了眼睛，柔声说道，随后又嘀咕着，"已经两天没有去上班和贩卖毛线了，不知道又要扣多少钱……"

章音垂下了睫毛，她知道家里的情况，父母每天都在为生计奔波，自己耽误了阿妈两天的时间，就等于他们家两天要没饭吃了。

"音音，你以后要乖乖的，不要再犯这种傻事了，大冷天的洗头，阿爸阿妈现在都很忙，没时间照顾你……"阿妈轻轻抚摸章音的小脸，再次柔声说道。

"嗯。"她巴眨着眼睛，用力地点点头。半晌，轻声唤道："阿妈。"

"嗯？"

"什么是头虱？"

阿妈明显地一愣。

"你问这个干吗？"

"同学说我头上长头虱了。"章音再次垂下睫毛，不安地说道。

"让我看看。"阿妈不由分说地把她缩在被窝里的脑袋给扒出来，然后双手在她的头上翻找。

"唔，真的有。"阿妈边翻找边说道，"不过，没关系，现在天冷，等天气暖和了，阿妈给你把头发剪了，头虱就不长了……"说完，她整理了一下被自己弄乱的头发，笑着安慰道。

"真的吗？头发剪短了就不会长了吗？"章音巴眨着眼睛，反问道。不过很明显，她的小脸有了笑容。

"当然啊，你头发太多了，就容易长，等把头发剪短了，它们就没地方长了……"阿妈轻轻拍了拍章音的脸蛋，笑着说道。

"耶，太好了，我终于不会死了……"章音兴奋地从床上蹦起来，边叫边转圈圈。

阳光从窗缝里挤进来，撒在章音满是笑容的脸上，她想着再也不会被同学们嫌弃了，心头就越来越兴奋激动。

不知为什么，自从那次操场事件后，同学们似乎都把她当成了隐形人，连平时每天都要欺负她的盛明辉都躲得远远的。

　　章音不在乎这些，她现在每天都盼着时间过得快一点，再快一点，天气暖和点再暖和点，这样阿妈就会带她去剪头发，那些遭人嫌又折磨自己的头虱就会消失了。

　　现在的她，坐在教室的最后一排，而且是一个人坐。何玲娟还是通过她的阿爸和老师说了，调换了位置。其实她这样让章音反而觉得开心，至少没有人和她说什么"三八线"，也不会有人霸占她的课桌让她做不了作业。

　　现在是课间十分钟，同学们都围在一起玩丢沙包。这是最近新流行的一种游戏，几个沙包放在桌子上，然后游戏者拿起其中一个沙包抛向半空，等沙包落下的瞬间，他必须要捡起放在桌上的另一个沙包往上抛，最后接住第一个落下来的沙包，一旦没有接住，就输了。这种沙包是自制的，就是把黄沙或者黄豆装在一个像豆腐块大小的布兜里，缝上后就成了沙包。

　　每一次看到同学们玩得不亦乐乎，章音的心都痒痒的，她也特别喜欢玩这个游戏，因为这是考验一个人的速度、眼力和判断力的游戏。所以在前几天，她缠着外婆给自己做了两个，平时放在书包里不拿出来玩，只有放学后在家里玩。

　　不过今天她突然很想玩，特别是在看到何玲娟娴熟地抛上抛下，引来同学们一阵叫好声时，她的虚荣心也开始膨胀了，因为她自认为玩得比何玲娟好。

　　只是当她的手伸进书包的夹层时，小脸变了，那放在书包里的两个小沙包不见了。不可能啊，昨晚玩了之后自己就放进书包了，临睡觉前还检查了一遍呢。最关键的是，早上上学路上，自己还一边走一边玩呢，怎么可能不见了呢？

　　章音急急地把书包拎到课桌上，半个脑袋钻进了书包，仔细地翻找着，结果空空如也。

　　难道是自己在上学路上给弄丢了？

　　"何玲娟，用我的沙包！"盛明辉手里捏着两个沙包，大声嚷嚷道。

　　章音一下呆住了，这正是自己的沙包！不会错，当时外婆说家里没有废旧的布，就用外公的袜子做成的，外公的袜子上补了很多补丁，她一眼就能认出。

　　只是自己的沙包怎么会跑去盛明辉的手里呢？

　　"喂，这沙包怎么那么臭啊？是不是用臭袜子做的啊？"周跃芳捏着鼻子，皱着鼻子叫道。

　　"袜子做的怎么啦，关键是好用，你知道哇？"盛明辉翻了翻白眼，不服气地顶回去，"你们的里面都是黄豆，我的里面可是黄沙啊，抓在手里不会痛。"说完，他下巴一抬，塌鼻梁又是一抽。

　　没有错，这就是自己的沙包。记得那天自己特地跑到铁路那里，因为那里堆积了一小堆黄沙，然后用一个废弃的瓶子装了满满一瓶子拿回外婆家。当时外婆还夸自己脑子活络，一不浪费黄豆，二来瓶子洗洗干净可以装家里的东西。

　　"好吧，那就用你的吧。"何玲娟放下其他的沙包，接过了盛明辉递过去的沙包，再次玩耍。

　　"嗳，这个沙包真的好好用啊。"何玲娟越玩越顺手，嘴里夸赞道。

　　"送给你了。"盛明辉大方地说道。

　　章音很想大叫：你凭什么把我的沙包送给别人？你经过我的同意了吗？

　　但是她不能，因为即便她说了这个沙包是自己的，也没人会相信的。在这个班级里，没有人会帮她，也没有人和她说话，更没有人会相信她。

他们把她当成了空气，而且还是空气中的一氧化碳。

章音委屈地趴在课桌上，眼睁睁地看着属于自己的沙包在别人的手中上下翻滚。欺负可以隐忍，唯独掠夺她的东西让她无法忍受，她认为只有那些东西才不会抛弃她，才不会欺负她，才会听她的指挥。确切地说，在它们面前，章音找到了一种存在感，一种被尊重感，这个于她而言特别重要。

所以她恨，非常恨，超级恨！因为盛明辉把她最后的存在感和尊严感也给掠取了，毁灭了。

虽然章音很痛恨，但是一想到另一件事，她的心里又乐开了花。

早上外婆告诉她，隔壁张阿婆家的儿子结婚，她的父母会来喝喜酒，这样她就能看到阿爸阿妈了。自从前两天从医院回来后，章音突然感觉到了浓浓的母爱，她原谅了父母平时对自己的不关心，因为她知道，父母现在努力工作挣钱，也是为了这个家。

——记得放学后马上回家，不要在外逗留了。

临出门时，外婆特意叮嘱了一遍又一遍。其实外婆不说她也会早点回家的，除了可以吃到连过年都吃不到的美食之外，最关键的是可以和阿妈坐在一起。

章音嘴角漾起笑容，边急急地整理书包，边努力夹紧双腿。憋了两堂课的尿已经在膀胱处作祟了，似乎稍微一动就会跑出来。

她一把背起书包，就往教室门后冲去，她想着去了厕所后就不回教室了，这样不浪费时间。

教室门口被盛明辉和吴辉两个人堵住了，他们用充满挑衅的目光看着章音。

"从今天开始，最脏的人必须最后一个离开教室。"盛明辉高调地宣布，说完塌鼻子一吸，两条鼻涕如收到命令般消失得无影无踪。

"为什么？"周跃芳站在讲台前擦黑板，满脸狐疑地问道。

"怕她的脏传染给我们啊……"盛明辉嬉皮笑脸地说道，然后目光轻轻地扫过一脸懵懂的章音。

"哈哈……这个想法好啊！"吴辉急着在旁边煽风点火。

"好啦，同学们，现在开始排队离开教室。"盛明辉再次宣布，"当然，第一个离开的是何玲娟，因为她最干净。"

何玲娟咧嘴一笑，眉眼一挑，下巴一抬，大模大样地朝教室门口走去。

"嗳，等等我，我帮你拿书包。"周跃芳慌忙扔了手中的黑板擦，急急地迎向何玲娟，讨好地从她的背上接过书包。

同学们开始依次排队走出教室。章音满脸通红地站在原地，从小腹传来的疼痛让她根本不敢动，再说盛明辉正虎视眈眈地盯着自己，一旦动了，肯定又被他推开。

肚子越来越痛，尿意越来越浓。

章音双腿紧紧交叉，双手用力地捏住书包的背带，咬紧牙关，但身子却不停地颤抖。

终于同学们都走完了，就剩下盛明辉了。

章音偷偷舒了一口气，刚想迈步，只听"砰"地一声巨响，门被走出教室的盛明辉给关上了。

她委屈地瘪着嘴巴，捂住肚子，慢慢地移向门，伸手去拧那把锁，但冻僵的手指似乎不听使唤，费了好大的劲才打开了门。

这一次章音如离弦的箭一般冲向走廊尽头的厕所。

冬天的天黑得快，走廊里早已没有了人，校园一片寂静。

走进那间用水泥砌成的简陋厕所时，章音小心翼翼地移动脚步，因为里面太黑了。

哦，忘了今天为了喝喜酒，外婆特地给她穿了一条红色灯芯绒的背带裤，所以当章音急急地去解背带上的扣子时，冻僵的手怎么也不听使唤。

她越急就越解不开。

而下一秒，裤裆里一片温热，小腹的疼痛瞬间减轻。当意识到自己尿了裤子时，章音吓得不敢动，连喘息都不敢。

她根本不知道该怎么办。

外面传来脚踏车的声音，她知道是数学老师章老师骑车回家了。这声音，自己听到过好几次，还是比较熟悉的。

不知过了多久，当寒气从下半身逼来时，章音才发现自己的背带裤都湿透了。她瘪了瘪嘴，心里开始抱怨外婆为什么给自己穿这条背带裤。

她不敢走出厕所，担心一不小心被人看到，明天又将成为同学的笑柄，她真的已经受够了那些嘲笑，不管是无声还是有声，都让她痛不欲生。

天是真的黑了，校园更寂静了，只有虫儿发出不同的鸣叫声。

章音从裂开的屋顶看到了月亮，她想起了早上外婆的叮嘱，想到了此刻餐桌前那些自己没有吃过的美食，还有阿妈踮起脚尖，伸长脖子，焦急地盯着自己回家的那条路。

寒风一阵紧一阵慢。

章音拖着沉重的步伐，早已变得僵硬的裤子冷冰冰地裹着她的双腿，边哭边走在回家的路上。只有这个时候，她才不用担心别人看到她的孤独和无助。

第九章

不可亵渎的隐私

我不知道从什么时候开始，身上散发出一种难闻的味道，这种味道如影相随，怎么也挥之不去……

　　同学们每一次的皱眉、捂鼻、作呕吐状，都让我无地自容，颜面尽失。

　　在这无尽的折磨和冷漠中，我越来越沉默，沉默的不止是语言，还有内心……

"这到底是什么味道啊？"钱多多手里捧着刚刚打完的篮球，从教室后门冲进来，路过我的座位时，大呼小叫道。随后皱起眉头，张开鼻翼，像一只狗似的在空气中捕捉味道的来源。

我后背绷直，肌肉僵硬地坐在位置上，脸上风轻云淡内心却忐忑不安。

时间过得很快，自己在这所学校已经上了快五个月的学了。从寒冬上到初夏，现在已经是五月底了，再过不了多久，自己就是初一的学生了。

南方的天气比起北方热得早，关键还闷。从小在北方生长的我很难适应这么早来的湿热，每天像被蒙在棉絮里那般难受，所以早早就穿上了短袖校服。

刚刚结束的体育课上，老师让我们跑了 800 米，还做了 100 个仰卧起坐。汗腺比较发达的我，除了刘海湿透，连那件白色的短袖校服都湿漉漉地贴在后背上。此刻，一股难闻的味道正从我的腋下似有若无地飘出来。

"不会是你身上的吧？"钱多多突然把目光定格在我身上，不怀好意地问道，随后身子猛地往我这里一凑，用力吸了吸鼻子。

我本能地身子往后一躲，满脸通红，用力收紧肩膀，双臂夹紧腋下。

"不会真的是你吧？"钱多多突然问道，满脸狐疑，"哦，老天！"他夸张地叫道，尾音陡然变得尖锐刺耳，那些本来没有关注到这些的同学纷纷转过头来看。

"都说外国人有异味，怎么你这个北方人也有异味啊！"他鼻子再次凑过来，嘲笑道。

"你放屁！"我咬牙切齿地从喉咙里挤出一句脏话。我实在忍无可忍他这样冒犯生我养我的地方。于我而言，那是我内心最纯净最高尚的地方。

"哟，骂人还带脏字啊？这年头脏字不是用来骂人的哟……"钱多多不生气，嬉皮笑脸地说道，篮球在双手之间来来回回。

"不过，如果这真的是个屁，那你的屁味也太奇葩了吧？"他眼皮一翻，继续嘲讽道。

教室里一阵哄堂大笑。

我羞得满脸通红，想反驳却又不知怎么反驳，关键还是担心自己身子一动，那股味道再次从腋下飘出来，到时人证物证俱在，更是无地自容了。

"对了，记得以后没事不要吃大蒜，那种东西容易制屁……"说完，身子半蹲，做了一个投篮的姿势，末了，回头冷哼了一声。

"喂，钱多多，你到底闻到了于师太的什么味道啊？"一个声音像公鸭般的高个子男孩不怀好意地调侃道。他是钱多多的好哥们，叫许一多，两个人的名字里都有一个"多"，所以脾性喜好都差不多，一样喜欢嘲笑和欺负别人。

"这个么……"钱多多侧着头，假装思索了一下，随后狡黠地说道，"屁的味道。"

"哈哈……"教室里都笑翻了。

我依然僵直着后背，努力不去理会因为愤怒狂跳的脉搏和胸口紧绷的嫌恶感。但胃里突然涌起一阵翻江倒海的恶心，让我根本顾不上这些嘲笑，直接冲出教室。

"砰"地一声，就撞上了正要走进教室的姜昕语。

她手中的一叠英语练习本"哗哗"地掉在了地上。而我根本就无暇顾及，连"对不起"都没有说一声就冲向走廊拐角的卫生间。

卫生间的隔间里，我躲在里面已经好几分钟了。

我想趁厕所里的人都走光后，用水清洗一下散发味道的腋下，这样也许就能把这让人作呕又嫌弃的味道给洗走了。

我一直紧张地盯着手腕上的手表，上课的时间马上就要到了，但还有同学在上厕所。我急得后背涌上一阵又一阵的细汗，嘴里默念着：快点离开，快点离开……

终于外面一片寂静。

我偷偷地打开隔间的门，微微探出头，警惕地环顾了一下四周，确定没人后，迅速地蹿到洗手池边，打开了水龙头。

怕水声太大，又小心翼翼地调小了。

然后假装洗手，把手臂渐渐往水池里伸长再伸长，直至把整条手臂都淹没，眼睛警惕地盯着厕所门口，紧接着迅速地捞了一把水，塞进了袖口处的腋下，搓了几下。

一分钟后，我已经把两个腋窝都洗了一遍。

按捺住狂跳的心脏，像做贼似的低下头，凑近腋下，用力地嗅了嗅，发现那种难闻的味道真的减淡了很多。我心满意足地舒了一口气，关上了水龙头，顺便对着镜子整理了一下湿漉漉的刘海。

刚想转身，心里的不安让我再次打开了水龙头，这一次不再偷偷摸摸，而是大方地挽起了短袖的袖口，用手心掬起一窝水，在腋窝处又来回搓了几下，低头嗅了好几次，确定没有异味了才放心地走出厕所。

我是踩着上课的铃声走进教室的。

班主任兼语文老师林玲已经拿着一叠试卷站在讲台上了。马上要期末了，所以各式各样的测验很是频繁，看来今天又要语文测验了。

林老师看了我一眼，没有说话。我吐了吐舌头，急急地跑向自己的座位。刚坐下，就听到姜昕语咕哝道："什么怪味道……"

眼角的余光看到她皱着眉头，右手捂住了鼻子和嘴巴，满脸的嫌弃样。

我的脸似乎被无缘无故地打了一记耳光，火辣辣的疼。

明明在厕所洗干净了，为什么她还能闻到呢？难道是自己没有洗干净？还是嗅觉有问题？

整堂课我都被这个问题所困扰，都在担心腋下的味道再次跑出来，所以整张语文测试卷就做得云里来雾里去的，不知所云。

"姜昕语，最后一道选择题你选了什么啊？我怎么感觉好难啊？"刚一下课，童心就从前排位置直接转过身子，满脸愁容地问道。

"唉……"姜昕语叹了一口气，眉头紧锁，哀怨道，"我根本就没有心思考试好哇。"

"怎么啦？"童心右手盖上了姜昕语摊在课桌上的左手，关心道。

"不知怎么回事，总有一股很奇怪的味道在我周围，搅得我呼吸很不顺畅，精神恍惚……"

姜昕语的话如一颗响雷惊醒了心不在焉的我。

本来弓着背的我猛地坐直了，脊背僵硬地坚挺着，放在课桌上的双手迅速移到了下面，肩膀再次收紧，双臂紧紧挨着身子两侧，不敢轻易动弹，连呼吸都小心翼翼的。

童心疑惑地瞥了我一眼。然后转了转头，在空气中用力吸了一口气，若有所思地说道："好像真的有耶，这是什么怪味道啊？"说完，故意把目光停留在我脸上。

我如坐针毡。

这一次像老鼠一样蹿出了教室。

我逃课了，有生以来第一次。

走在陌生的街头，一种从未有过的悲凉感袭上心头。这个让很多人向往的城市竟然是我噩梦开始的地方，如果我早点知道会是这样的校园生活，那么我情愿承受对父母的思念也不愿过来。但是人生只有结果，没有如果。

偌大的一个城市，我竟然不知道该何去何从。心头的积郁就如这闷热的天气一样，压得我喘不过气来。

我打算去附近的一个开放式公园浪费半个下午的时光，然后趁着放学之前逃回学校，这样就不会被每晚来接我放学的妈妈发现了。

这算是一个区域公园吧，不算很大，却特别安静，里面除了几位老人家在打太极、活动身子之外，基本没什么人。我是一个害怕安静的人，但此时我却那么向往独处。

我就这样漫无目的地走在铺满鹅卵石的小道上。城市的富裕有时候就是从道路上展现的，在我们小镇，鹅卵石算稀奇品，只会在很少的地方出现，因此甚得众人的喜爱。很多人就喜欢光着脚在上面走来走去，说是脚底按摩，解除疲乏。如果小镇的人知道这个大城市里到处可以看到鹅卵石，他们会不会露出羡慕的神色？

我的嘴角微微一上翘，仅此而已。下一秒愁绪就涌了上来。

这股怪异的味道到底是什么时候出现的？

好像是就在最近，自己隐约有闻到过，只是没有介意。又好像就在前几天，和爸爸妈妈去公园放风筝的时候，满身是汗的自己也飘出了这种味道，记得当时妈妈看自己的眼神有点怪异，还莫名其妙地说了一句：漫漫长大了。而今天是最严重的一次，不但自己闻到了，而且旁边的同学也闻到了。

这到底是什么味道？

我看了看四周，侧过脖子，低下头，先是在身上嗅了嗅，随后又往腋下闻了闻，一股洋葱般的味道直接绑架了我的鼻腔，让我忍不住想干呕。

"这什么怪味道啊，怪不得钱多多说我吃大蒜吃多了。"我眉头越蹙越紧，嘴里咕哝道。

它为什么会散发呢？而且只是在腋下？

我记得只要我一出汗，这种味道就会从腋下跑出来，就像前几天放风筝时，就像今天体育课之后，一旦我的腋下有大量汗液分泌出来的时候，就会散发出这种难闻刺鼻的味道。

一种前所未有的无助感裹挟了我。

是啊，天气越来越热，我根本无法阻止自己出汗啊！一旦出汗，那么这个味道就像鬼魅一样跟着我，甩不掉，挥不走……

我抬起下巴，看天空，有点灰沉。这个城市和小镇不同，似乎很少看到蓝天白云，每天都像被蒙上了一层薄薄的纱，让人看不透。就像这个城市的人，也让人捉摸不透。比如姜昕语，她似乎非常讨厌自己，但经常会把英语笔记放在我的课桌上；又如钱多多，那个天不怕地不怕、干瘪瘦小的男孩，却好几次看到他沿着车站那条路孤独地行走，那个大书包把他的背压得弯弯的，根本直不起来。

初夏的风，性情很柔和，它如母亲的手那般轻轻拂过香樟树的树叶，然后再拂过我的脸颊，我的身体……

那股味道像幽灵般又出现了。哦，不，其实它始终存在，只是我假装忘了它。

我愣了一会儿，找了个石凳坐了下来，从书包里掏出了笔记本。自从上次试卷失踪事件后，我再也没有记录过任何心情。

——为什么是我？我到底做错了什么？为什么我要承受这种嘲笑和欺凌？为什么那么多不好的事情都要发生在我身上？为什么别的女孩身上没有这种味道，而我会有？为什么连自己的身体都要欺负我？！

——哦，老天，如果时间可以倒退，我情愿回到那个没有高楼没有肯德基的小镇，因为那里至少有我的快乐，那里只有我的朋友，没有欺负我的人。

——我这辈子一定是被恶魔下了蛊，才会有这样的霉运，才会受尽欺负和嘲笑，却无力反抗也无法反抗。其实很多时候，我想反抗，却发现不知用什么样的方式去反抗，因为你很早就被别人贴上了标签，这个标签也像身上的味道那样，如影相随，挥之不去。

——如果幸运之神能降临我身边，哪怕只是短短的一分钟，我都愿意用我十年的寿命去换取这一分钟的幸运。幸运对于我这样一个倒霉蛋来说，是那么的遥远和奢华！

最后的感叹号我用尽了所有的力气。确切地说，应该是承载了我所有的愤怒。

我已经受够了，彻底受够了！但我始终没有和妈妈说，半个字都没有透露，不知是因为知道了她的秘密，还是我觉得自己能一个人承受。

人很奇怪，越是成长，越会把父母给分隔出去，不想和他们分享自己的心情，更别说是秘密，似乎这样就证明了自己已经长大。

我不知道在这张石凳上坐了多久，直至太阳西斜，天空暗沉，公园里的老人都渐渐离去，才惊觉时间应该不早了。

慌忙中抬起手腕，手表的时针指在了"五"上。

"糟了，赶不上放学了！"我嘴里嘀咕一声，抓起书包就往学校方向跑去。

事情完全没有按照我想象的方向发展。妈妈还是知道了我的事情，并在接到老师的电话后，第一时间赶到学校，开始疯狂地找寻我。

当我气喘吁吁地出现在妈妈面前时，她正失魂落魄地打着电话，从语气里可以听出，这绝对不是她的第一个电话，因为声音嘶哑，分明是说话太多引起的症状。

我心头一紧，一种强烈的自责感涌上了心头。

"妈妈。"我怯怯地叫道。

她猛地转身，满脸惊愕，半响才反应过来，急急地扑过来，一把抱住我，大哭道："漫漫，你去哪里了？吓死妈妈了，吓死妈妈了……"

我能感觉到她的全身都在发抖。我很想安抚她，很想像她对小时候的我那样，轻轻拍打肩膀，以示安慰，甚至我想和她说"对不起"。但就在这时，一阵风倏地吹过，那股味道又如幽灵般飘了出来。

我慌乱又决绝地推开了妈妈。

"我就在这里啊，你担心什么嘛，真是的。"我沉着脸，嘟囔道。

"我，"妈妈一愣，她明显地被我的反应给懵住了，良久才反驳，"你整个下午都不在学校，我能不担心吗？你知道你老师给我电话说你不见了，我有多害怕多恐惧？我好害怕你被坏人拐走了，害怕你走丢了，更害怕你遇到不测，你怎么可以这么冷淡地对一个为你整整担惊受怕了整个下午的母亲？"妈妈的声音嘶哑却尖锐，声带如被用力撕开了一般。

"那是你的事情，我根本不需要你来担心！"我强忍住泪水，冷冷地回应。

妈妈身子向后一个趔趄，像是挨了一记耳光，"我是你的妈妈，漫漫！"

"我知道。"虽然妈妈的表情让我哽咽，但我依然用冷淡的语气和她说话。我不想让她看见我的伤，不想让她闻到我身上的怪味，我不想让她知道我是个遭人嫌弃的学生。

"你！"妈妈被气得说不出话了，愤怒地眨着眼睛。我发现她在用力控制自己的眼泪，我的心一片慌乱和自责。我只有小时候见过妈妈哭过，后来的后来从未再看见过。而此时此情，我的心里好似有几条蛇在盘旋翻滚，又像千军万马在碾压。

妈妈，对不起！

我心里暗自道歉。

第一次在车上是那么安静，第一次感觉回家的路那么漫长。

妈妈再也没有说过一句话，从她僵硬的脊背，我知道是我伤害了她，是我把她所有的爱屏蔽了。

妈妈，女儿只是不想让你也闻到那股奇怪的味道，因为我害怕看到你突然皱起的眉头，害怕连你也要嫌弃我。我的心早已在今天的这个午后四分五裂，痛到麻木。

憋屈了一整个下午的眼泪，终于通过干涩的泪腺，涌出眼眶，滴落在紧紧交叉在一起的手背上。

之前所有的欺负和嘲笑我都能隐忍，因为我觉得那没有涉及我的个人隐私，但如今我那么伤心和绝望，是因为他们竟然拿我的隐私作为嘲讽的工具。那是侮辱，人格上的侮辱。

我终于明白妈妈记忆中那个叫"章音"的女孩为何能那般隐忍所有的欺负，面对盛明辉这样的人，可以做到无视和淡然。当她靠一个人的力量无法反抗时，她选择了承受，她认为身体和精神上的欺负是一个人可以承受的，所以她选择缄口不语，选择不说。

如果有一天，同学们把她的隐私作为欺负和嘲笑的资本，那么她还会隐忍吗？也会和我一样选择守口如瓶吗？

我突然有一种强烈的欲望，想看看妈妈的眼睛，想再一次跳进她的眼底，去她的童年里找寻这个女孩。

但是自从上次后，我就再也没有进入过妈妈的眼底，似乎那个超能力突然消失了，突然不灵了！

"漫漫……"爸爸终于开口了，他从后视镜里紧张地看了我一眼，"是不是遇到什么不开心的事了？"

他的语气是试探性的，神色有些小心翼翼——他不知道到底发生了什么，妈妈的脸色阴沉得可怕。

我稳了稳心绪，低声回应："没有……"面对妈妈我都不愿意说出口，更何况是爸爸，那个于我而言还很陌生的男人，哦，对，最关键的是他是个男人。

"嗯……"他点点头，"有什么不开心的可以和爸爸妈妈说，"接着迟疑了一下，"或者和妈妈说。"

我点点头，心里很难过。

爸爸老了。我已经很久很久没有这样看过自己的爸爸，在我的脑海中，他一直是小时候记忆里的样子。

我通过后视镜观察着爸爸。

额头上已经明显有了抬头纹，眼皮因为松弛有点耷拉，即便戴着眼镜也无法隐藏眼部周围的皱纹，就像我再怎么假装不在乎，也无法无视我内心的伤痛。

他满脸疲态。大城市的生存压力把眼前这个小镇的骄傲人物压得喘不过气，但他依然用自己的肩膀撑起一个家的安定和幸福。因为他回不去了，之前所有的光环都像一把把枷锁，把他锁死在那里。其实我想我也可能回不去了，所有的嘲笑和欺凌都像是滚烫的烙印摁在我还未成熟的内心。

我开始可怜爸爸，同样可怜我自己。我和他也许都是这个城市的可怜之人。

"漫漫，"爸爸突然又唤我，这一次他没有从后视镜里看我，"人要学会适应，学会慢慢和自己妥协，你已经渐渐长大了，这个城市和小镇是完全不同的，所以你要习惯这里，接受这里……"

我疑惑地从后视镜去瞄他，从他淡定又严肃的面容中，我知道他是认真的。但他忘了自己的女儿才六年级，这些话对于一个六年级的孩子来说，能理解吗？

其实我是理解一点的，但我觉得爸爸不应该这样说，因为他不知道我经历了什么，不知道我正在经历什么。前不久在一本书上看到说：不是谁都有资格活得轻盈，也没有谁能够对他人的遭遇感同身受。虽然我一知半解，但还是悟到了一点——别把自己的要求强压给别人，因为你根本不知道他正经历着什么。

爸爸，你不知道你的女儿正经历着什么，所以你没有资格要求你的女儿去和这个城市妥协。

"爸爸刚来的时候，人生地不熟，单枪匹马，完全靠着不放弃不动摇的信念，才能走到今天这一步。你看你现在算好的了，至少在这个城市有一个家，还有爸爸妈妈陪着你……"这是爸爸第一次和我说他的故事，虽然只言片语，但还是能感受到他这一路走来的不容易。

"爸爸让你来这个城市，就是想让你比小镇的那些孩子起点高一点，受的教育好一点，眼界和视野能开阔点，这些都是为你以后的路铺垫的，你的路也会比他们更宽更广点，你就有资本去选择自己想要的生活，能真正获得一种幸福感，这样爸爸妈妈也就放心了……"

我安静地听着，这些话对于一个六年级的孩子来说似乎太压抑太急切了点。这是爸爸有史以来第一次这么语重心长，这么认真地和我说话。虽然他没有妈妈的那种丰富的肢体语言，没有妈妈那种直观上的爱，但是我还是能感受到一份深沉的父爱，一种心安。莫名，我不争气的眼泪又掉了下来。

"所以，漫漫，"爸爸顿了顿，"不管发生什么，或者你不愿意说，都要记住，爸爸妈妈永远在你身边！"

未等我渲染爸爸的情感，妈妈突然就"嘤嘤"地抽泣起来。

"你有什么不开心可以和我们说，你怎么可以不声不响地就跑出去呢？"她开始低声抱怨，看来还沉浸在刚刚的情绪中，"你这样做想过你的父母吗？你想过我们会有多紧张多害怕吗？你刚来这个城市不久，人生地不熟的，你让我怎能不胡思乱想害怕紧张？"

"你可以任性，可以发脾气，但是你别忘了，这里不是那个任由你随心所欲的小镇，而是一个大城市。所以请你在任性的时候，想想这个问题，想想你的父母好吗？"

妈妈越说越生气，从刚刚的抽泣到了现在的愤怒。她还是无法原谅我今天的这种行为，那种让她觉得全世界都要塌下来的感觉她根本承受不起。

我应该是感动的，就像刚刚听到爸爸的话那样。这份被渲染的情感，本应让我感激涕零的，但莫名就想起她的童年，一种说不出的厌恶感和叛逆瞬间充斥着我的全部细胞。

——这一切都是我给你背的果！

"我希望，今天的事以后永远都不要发生，"妈妈突然从副驾驶上转过身子，眼睛直直地盯着我，"不管遇到什么事！"她很用力地强调了后面一句，我知道那是她最后的底线。

我没有点头也没有摇头，一种似曾相识的感觉在空气中慢慢滋生，只一秒钟，就像潮水一般裹挟着我，直接跌入那个熟悉的时空。

这一次的感觉和之前的都不一样，来得那么猛烈那么霸道，让我措手不及又欣喜万分。

第十章

突如而至的『客人』

当我看到座位上那一滩红，我不是羞得无地自容，而是想抽自己一记耳光。人最可怕的不是你没有知识，而是你的无知……

　　我就是一个无知的人，无知到把所有的隐私都出卖了，成了别人的笑料。

这个女孩在哭泣。我看着她的脸扭曲、起皱，她的双手时而攥紧时而松开，身上一件红色的不合身的滑雪衫，仿佛那是一件可以容忍她全部情绪的收纳袋。她叫什么名字来着？章音——她叫章音，是妈妈的同学，是被盛明辉欺负的女孩。

章音此刻正在哭泣。

天是黑的，黑到伸手不见五指，黑到连呼吸都看不到。我站在时光的光影里注视她，那里有一道光，可以让我很清晰地看到她，看到她脸上的每一粒雀斑、她颤抖的小肩膀、她庞大又破旧的书包，还有……

那是裤子吗？怎么如一块僵硬厚实的布垂在那里？随着她的脚步，发出"嚓嚓"的声音，那是冰冻后冰块之间摩擦的声音。

她尿裤子了？所以不管怎么被欺负都不哭的她，哭了？所以这么晚的夜，她才刚刚回家？

一个上一年级的孩子怎么可能还会尿裤子？一定是有人故意造成的，那么是谁？是不是又是那个塌鼻子的盛明辉？他到底对她做了什么？这件事妈妈有没有参与？

我在愤怒。其实到现在，在妈妈的记忆中进进出出几次了，我还是不能理解他们为什么欺负她，难道真的只是因为她脸上的雀斑吗？

她还在哭泣。这哭声在这寂静的夜晚尤为凄惨瘆人。我难过地闭上了眼睛——如果知道会看到这一幕，我真的不愿意穿越进来，因为此时我的内心也是支离破碎的。

当我再次睁开眼睛时，场景换了，转换到了妈妈的教室。

我正意外时，看到妈妈一把推开教室的门，神色慌张地跑进来，她边跑边朝外看，似乎有人在追她。

她急急地跑到了自己的课桌前，偷偷地从裤兜里掏出一块看不清颜色的手帕，随后低下头，猫着腰，手臂不停地挥动着。

她在干什么？

我用力踮起脚尖，伸长脖子，想把镜头拉近。猛地她突然转头，眼睛直直地盯着我，一脸警惕。

"啊！"我一声尖叫，本能地想捂住脸。

随后才反应过来，我是一个意外闯进妈妈记忆中的偷窥者，刚刚所有的肢体动作包括那一声尖叫都是我自己想象出来的。所以刚刚妈妈的那个目光根本不是在看我，而是在看教室的门——她害怕突然有人进来。

她舒了一口气，继续低下头，更加卖力地挥动右手手臂。

我看到了，她在用力地擦拭一个书包，一个上面都是泥土印的书包。她很用力也很仔细，捏紧手帕来回不停地擦拭，在泥巴严重的地方，还特意用通红的小手揉搓了一下。

这书包很眼熟。我知道是章音的书包，是被盛明辉不止一次扔在泥地上、来回碾压的书包。

妈妈为什么要帮她擦书包呢？她不是和盛明辉一伙的吗？而且从她所做的一切里都能明显地感觉到她不喜欢章音啊。

在我被这些问题困扰的时候，妈妈已经擦完了书包，她把手帕胡乱地塞进口袋，拍了拍双手，咧嘴一笑，似乎对自己的工作很满意。

接着她又往教室门口看了看后，再次低下头。这一次她从抽屉里拉出了自己的书包，从里面掏出了一块崭新的橡皮，在鼻子底下闻了闻，露出一副很享受的样子。

原来妈妈喜欢闻橡皮啊，怪不得每次都给我买很多，即使我现在基本用不到。

几秒钟后，她趴在课桌中央，用橡皮用力地擦拭着课桌。我一看，原来课桌中央有一条明显的"三八线"，显然妈妈想把这条线擦掉。可是她为什么要擦掉这条线呢？我皱起了眉头，妈妈的行为让我很不可思议。

我开始怀疑自己穿越错了记忆空间。也许这不是妈妈的童年。

妈妈依然弓着背，用力擦拭着，橡皮越来越小，而课桌上的橡皮屑越来越多。终于，她直起了背。随后再次弯腰，鼓起腮帮子，对着课桌用力一吹，橡皮屑四处逃散，三八线消失得无影无踪。

妈妈再次扬起嘴角，咧嘴一笑。虽然被她的行为搞得莫名其妙，但我也跟着笑了。很奇怪，只要妈妈笑，我就也想笑，就像妈妈说的，我笑了，她就情不自禁也笑了。

"何玲娟，你在干什么呢？"教室门口，盛明辉的声音突然响起，"大家都等着你玩踢毽子呢。"他边说边朝妈妈走来。

妈妈的脸瞬间变得惨白，慌里慌张地把橡皮往抽屉里一塞，然后结结巴巴地说："我，我有点不舒服，你们先去玩吧！"说完，假装捂住肚子，坐在了椅子上。

"那要不要叫老师啊？"盛明辉急急地问道，"你不玩大家都觉得没意思。"他又补充道，紧连着的两句话，意思南辕北辙，谁让他是孩子，脑子里想的都是玩。

"不用！"妈妈边说，边把手伸进了书包，眼睛直直地盯着离她越来越近的盛明辉。

我正纳闷妈妈把手伸进书包干什么时，她突然以迅雷不及掩耳之势在课桌上狠狠划了一下，然后把手又伸进了书包。

"走吧。"妈妈站了起来，对着一脸茫然的盛明辉说道。

我看到刚刚干净的课桌上又被画上了一条歪曲的"三八线"，那是妈妈刚刚画上去的。

既然她擦掉了，为什么又要画上去呢？她不是大王吗？为什么让我感觉她似乎有点怕盛明辉呢？

"砰"地一声巨响传来。我身子猛地一惊。

妈妈不知何时下了车，这个响声是她关车门的声音。我木讷地看了看周围，原来到家了，我也回到了现实中。

"快快。"我一走进家门，就趴在鞋柜上，看着鱼缸里的快快，想和它说说话。

"你知道吗？我今天连死的心都有了……"

"你说，我身上怎么突然会有异味呢？我每天都有洗澡啊，怎么可能还会有那种味道？"

"这简直是晴天霹雳啊，问题是我都不知道这是什么味道，为什么会有？关键是我怎么洗都消除不了！"

"要不，你今晚去一趟海龙宫，帮我和龙王求求情，赐我一杯神水，祛我之异味？"

快快依然甩着尾巴，悠闲地从鱼缸的这头游到那头，不时地探出头，吐几个鱼泡泡，似乎在告诉我，它也无能为力。

我叹了一口气，觉得很无趣。

"对了，你还记得我告诉过你一个秘密吗？"正想离开的我突然又趴回了鞋柜，探头看了看厨房，压低喉咙说道，"就是我能穿越到妈妈的童年……"

"你还记得吧？你应该记得！"我凑近鱼缸，低声道，"我今天感觉好奇怪啊，哦，不，是我今天又穿越到妈妈的童年，感觉妈妈好奇怪，她的很多行为让人匪夷所思呢！不过我依然对她心存厌恶，我讨厌看到她童年那跋扈的样子！"

咳。我深深吸了一口气，耸了耸肩膀，咕哝道："不说了，和你说了也没有用，反正你也听不懂，即便听懂了也记不住，鬼都知道，你的记忆才七秒。"说完，我不满地弹了弹鱼缸，悻悻然地走向房间。

今晚很奇怪，妈妈竟然把鸡翅红烧了，还故意没有放辣椒，她明明知道我和爸爸最爱的就是炸鸡翅啊，还是要带辣的。

"少吃点油炸食品，对身体不好。"妈妈似乎看出了我的疑惑，直截了当地说道。

"多吃辣的也不好，所以以后我们家尽量不吃油炸不吃辣。"她又补充道。整个过程都没有看我和爸爸讶异的表情。

看来她压根就不是和我们商量来着，而是直接通知我们。没办法，谁让她是煮饭的呢？我郁闷地看了一眼热气腾腾的鸡翅，困难地咽了咽口水，然后干巴巴地扒着饭。

太诡异了！童年里的妈妈很诡异，现实中的妈妈也很诡异。

"你也太专制了吧？"爸爸终于发话了。

"怎么吃油炸的就不好啦？怎么吃辣的就不好啦？油炸我经常吃，辣味更是从小吃到大，也没怎么样啊！怎么到了你这里都不好啦？"他继续不满地抱怨道。

"反正我说不好就是不好，我说了算，"妈妈很强硬，这是我第一次看到她对爸爸说话这么强硬，"还有，以后你少带漫漫出去吃油炸的东西，被我知道了，和你没完。"说完，她不管爸爸早已变了颜色的脸，转身进了厨房。

"你，你这女人疯了！"爸爸筷子一甩，就站了起来，"老子想吃什么就吃什么，难道还要经过你同意！"说完，朝房间走去。

我瞄了瞄妈妈，她的肩膀快速地抖动着。我很难过，也很自责，看来都是我惹的祸！如果今天下午不逃学，和妈妈说话不那么冷淡，那么她就不会生气，不生气就不会把鸡翅红烧了，不红烧鸡翅，爸爸就不会生气了……

唉，我怎么这么不讨人喜欢呢？

体育课结束后，我再一次在课间十分钟的最后两分钟冲进厕所。

童心虎视眈眈地盯着突然冲进来的我，眼里满是警惕。

我压根没想到这个时间段，厕所里还有人，而且还是童心。她此刻正站在最里面隔间的那扇门前，双手抱胸，眼睛瞪得圆圆的，似乎谁要侵略她的领土般虎视眈眈。

"还有人吗？"隔间里突然传出另一个声音，我一听就知道是姜昕语，太熟悉了。

"你先别出来，来了个讨厌的人。"童心鄙夷地回应，然后狠狠地剜了我一眼。

我先是一愣，紧接着是着急，如果她们不出来，那自己不是不能清洗腋下了吗？腋下时时传来的黏稠感和一阵阵的异味让我必须、马上、立刻处理。

但，她们在。而且看情形，如果自己不走，她们是不会走的。

我想了想，转身退出了厕所。

"好了，可以出来了！"童心如释重负地说道。

然后我听到门打开的声音。

"刚刚是谁啊？"姜昕语的声音。

"还有谁，于师太呗。"

"那她呢？"

"走了。"

"走了？我没听到她上厕所啊？"

"她没上啊？"

"她不上厕所来这里干吗？"

"鬼知道，看她一副鬼鬼祟祟的样子，准没好事。"童心的语气中满是嘲弄。

"嗳，不说她了，你怎样？没事吧？没弄开来吧？"她转移了话题，关切地问姜昕语。

"还好，换得及时，不然可就遭殃了。"

"嗳，你说这个体育老师，脑子是不是被枪打过啊？看他长得那么帅，简直就是黄鱼脑子嘛，你都说要请假了，他还拎不清，非不给你请假，说什么这是给期末测验做准备。"

"唉，算了，如果不测验，到时体育不及格，就评不到三好学生了。"

"你呀，就天天想着做你的好学生。"

我贴着厕所外面的墙壁，听着她们往外走的脚步声，急急地闪进了男厕所。还好那会儿里面没人，不然又要丢丑了。

边清洗着腋窝边想着刚刚听到的对话，我有点懵。

刚刚体育课的时候，姜昕语突然提出要请假。老师问她为什么要请假，她说头晕，中暑了，虽然看她脸色确实有点苍白，但老师还是没有同意她的要求。

结果体育课一结束，就不见了她的踪影，原来是来上厕所了。只是既然是上厕所，为什么要躲那么久呢？而且还让童心站在门口，似乎怕被别人看到。刚刚她们之间有一段对话也是好奇怪啊，什么弄开来，什么换得及时，还抱怨体育老师脑子有问题，不懂她们……

上课的铃声打断了我的思考，我急急地关了水龙头，甩了甩手，然后低头闻了闻腋下后就冲出了厕所。

突然，感觉小腹处隐隐传来一点痛。这种痛很奇怪，很细微，是平时从未有过的，但急着去上课的我没有介意。

这一堂是数学课，张老师一上来就把昨天放学前才考的试卷发了下来。拿着又是不及格的试卷，我心里狠狠地诅咒了他一通：你妈生你时是头胎啊，做什么都这么急，还能不能让别人活啦？我诅咒你下次穿衣服不能卷袖管，让你难受死！

一抬头，却发现他双臂撑在讲台上，唾沫横飞地在抱怨一道他认为白痴都能做得出来的填空题，一副恨铁不成钢的样子。而我意外地发现，穿着短袖的他竟然也把袖口处给挽了一圈，直接露出了缝脚线。

变态！

我在心里恨恨地嘀咕了一声，却涌上了一股难言的悲哀。要知道在小镇的时候，我可是年年拿三好，可自从到了这座大城市，教育上的差距和知识点不同，让我不但跟不上进度，读得也很吃力。

如今，我这个学渣和学霸成了同桌。我用眼角的余光瞥了一眼旁边姜昕语的试卷，上面红色的大大的"100"还是刺痛了我的眼睛。

我颓废地低下了头，猛地发现姜昕语双手紧紧地捂着肚子，再瞄了一眼她的脸，煞白，鼻子上和额头上都渗着汗水。

她怎么了？是不是生病了？她那么严重，会不会死啊？

紧张害怕无措瞬间包裹着我，看着眉头紧蹙、牙关咬紧、身子蜷缩的姜昕语，再看看正沉浸在数学试题里的张老师，我头脑一发热，猛地从座位上站了起来。

"老师，姜昕语生病了。"我第一次声音响亮地说道。

张老师一愣，目光直直地盯着我，似乎还没有反应过来。其他的同学目光也齐刷刷地投到了我的身上。我发现有一束目光充满了愤怒和敌意，那目光来自我同桌姜昕语。

"姜昕语，你生病了？"张老师狐疑地问道。那种语气让我听来不是在怀疑姜昕语，而是在怀疑我。

我的脸"噌"地就红了。爸爸一直说人贵在有自知之明，而我此时发现自己缺少的就是这个品质。

"如果不舒服去医务室看看吧，别硬撑着，反正这张试卷你考了满分，不听也没有事的。"张老师的语速很快，但声音明显柔和了很多。

姜昕语低着头，咬着下唇，不说话。但明显地可以看出她似乎在发抖，不知是因为疼痛还是紧张。

一分钟后，张老师眉头微蹙了一下，"那个于……于漫漫是吧，"他终于说出了我的名字，"你陪姜昕语去一趟医务室吧。"

"老师，我陪姜昕语去。"未等我说话，童心"噌"地站了起来，自告奋勇道。

张老师看了看我，又看了看童心，不耐烦地挥了挥，说："去吧，去吧。"

童心抿嘴一笑，漾起了两个深深的酒窝，急急地绕到姜昕语身边，挽起她的手臂，低声说："走，我们去医务室。"

姜昕语身子僵硬，不肯动。

"走啦。"童心再次拉扯她的手臂。

她强硬地甩掉了，冷冷地回绝道："不去！"

童心尴尬地站在那里，走也不是，不走也不是，不知所措。

"姜昕语，磨蹭什么呢？大家都等着上课呢，"张老师再次发话了，语气里表现出对姜昕语这种忸怩作态的不满意，"快去，别耽误别的同学上课。"说完，对童心挥了挥手，示意快点带姜昕语去医务室。

"噌"的一声。

姜昕语自己站了起来，刚刚煞白的小脸涨得通红，愤懑的双唇紧闭，眼里含着泪。随后不等童心去搀扶她，就自顾自地往教室门口走去。

一抹触目惊心的红印在她白色的校裤上。

童心急急地贴在姜昕语的身后，努力帮她挡住同学们的视线。

我茫然地坐了下来。

为什么大家明明看到姜昕语流血了，却个个像做贼似的不好意思地低下头呢？我知道不只是我一个人看到，所有的同学都看到了，包括急性子的张老师。

我看了看脸上还一阵红一阵白的张老师，他盯着试卷若有所思。而我突然又感觉小腹一阵疼痛，像有什么东西在里面涌动。

"于师太，你实在太过分了！"童心站在我的座位前，右手指着我的鼻子，怒吼道，"没想到你这么恶毒！"她的声音短促尖锐，像一把锯子刺在一块金属板上。

我惊慌失措又不知所措。虽然我知道她说的是数学课上发生的事情，但我真的不知道自己这么做怎么就过分了呢？难道她把姜昕语流血怪到我头上了吗？

"你真的把姜昕语给害惨了，你知道吗？她现在在厕所哭得死去活来的，你说怎么办？"童心放下指着我的右手，双手叉腰，再次尖锐地叫道。她的声音明明让很多同学都侧目，却没有一个同学过来围观，连向来最喜欢看我笑话的钱多多都假装在看书，这不符合常理啊，但我真的不知道为什么会这样。

"我，我去……我去赔礼道歉！"我低着头，结结巴巴地说道。

"赔礼道歉？谁稀罕你的赔礼道歉，你以为赔礼道歉就能解决问题吗？这件事没那么容易！"童心再次尖叫。她的这种声音就像是一只持续不断哀嚎的甲壳虫，不屈不挠地爬进我的脑海，让我心痛欲裂，却理不出头绪。

　　"以后，你离姜昕语远一点，不然我不会放过你的！"最后她终于收起了尖锐的声音，换成了恶狠狠的警告。

　　我呆呆地坐了下来，满脑子的疑问，但却怎么也没有答案。看了看身边姜昕语的椅子，上面还有一片已经干掉的血迹，似乎诉说着它的主人到底经历了什么样的疼痛和不堪。

　　小腹处又是一阵疼痛，比刚刚的两次更严重了，而且能明显地感觉到下面热烘烘的，很难受。我伸手抚摸了一下小腹，猜想着可能昨晚的冰激凌吃太多了。昨晚爸爸妈妈吵架后，我也就匆匆扒了几口饭，半夜肚子饿，偷跑出来一下子吃了两个冰激凌蛋筒。

　　接下去的那堂英语课，我身边空空如也，姜昕语再也没有回到教室。听童心和别的同学说，她回家了。

　　我也不知怎么回事，满脑子都是姜昕语刚刚愤怒的眼神和她染上血迹的白色校裤。而小腹处的疼痛也是一阵紧一阵慢地折磨着我，让我坐立不安，心神恍惚。我开始后悔昨晚上的贪嘴。人总是在受到教训后才会感到后悔，但这世界上没有后悔药。

　　终于熬到了下课，我的腹痛已经让我感到恶心，想要呕吐。

　　在课桌上趴了几分钟后，没有缓解，反而越来越严重，于是我准备去洗手间吐一下，也许吐出来就好多了。

　　从座位上站起来时，我明显地感觉小腹一热，一股什么东西从那里冲了出来。顾不得多想，我就急急地离开座位，朝着厕所跑去。

　　一路上，看到同学对我指指点点，还有同学直接捂住嘴在那里笑。这样的目光和嘲笑于我而言早已习以为常，谁不知道我是六（三）班的转学生，谁不知道我有一个叫"于师太"的绰号，谁不知道我的逃学事件。所以，我不以为然，无视这些诡异的目光和嘲笑。

当站在厕所隔间里脱下白色校裤时，那一抹从内裤印到白色校裤上的红色血迹还是将我吓得不知所措，面如土色。我终于明白那些同学异样的目光了。最关键的是，我怎么和姜昕语得了一样的病呢？

我既紧张又害怕，看着这突如其来的一抹红，脑海一片空白，一种前所未有的无助感紧紧裹挟了我，让我无法喘息。直至学校响起了放学的铃声，我才如梦初醒。

只是这样的我怎么能出去？怎么有脸出去？怎么敢出去？我如一只受惊的小鹿躲在隔间里，竖起耳朵听着一波又一波的同学进进出出，直至完全安静。

看来所有的同学都走出校门了。那么妈妈一定在校门口等急了！她看不到我，会不会像上次那样担心受怕？会不会又要哭泣？会不会又紧张得到处找寻我？

一想到这些，我很难过，其实我最见不得妈妈那紧张不安的样子，她这辈子已经经受了太多的担心和忐忑。

眼泪终于流下来，但我不敢哭，怕自己的哭声引来不必要的麻烦。

妈妈，你在哪里？

不知过了多久，我听到一阵"噔噔噔"的高跟鞋撞击地面的声音由远及近地过来，从速度上来听，这个人很急很急，急得能听到脚步的踉跄。

"漫漫，漫漫，漫漫……"妈妈的声音跟随着脚步声钻进了厕所，"你在里面吗？"她小心翼翼地试探着，语气里确实满满的都是担心和焦急。

"妈妈，妈妈，我在这里。"我急急地回应，带着浓浓的哭腔。

"漫漫，你真的在这里啊？"妈妈顺着我的声音直接打开了隔间的门。

然后，她满脸的错愕。

"哦，漫漫，别怕，"她一把搂过双脚早已麻木的我，抚摸着我的背，"有妈妈在，有妈妈在……"

我的眼泪瞬间如决堤的海，汹涌地从眼眶中奔出来。这是我第一次哭，即便之前受尽了同学的嘲讽，我都不曾流泪，但此时，面对妈妈，我终于彻底放开了。

"不哭，不哭，是妈妈的错，是妈妈忽视了……"妈妈紧了紧手臂，不停地道歉，"对不起，对不起，宝贝……"

良久，我终于从大哭到了抽噎。

"来，漫漫，"妈妈一边帮我把裤子拉上来，一边从身上脱下罩在吊带连衣裙上的开衫，"妈妈帮你系上。"她边说边麻利地把开衫围在我的腰间，利索地打了个结。

"好了，看不到了。"她舒了一口气，看了看自己的杰作，咧嘴一笑，"来，宝贝，我们回家！"妈妈怜爱地用手抹去了我的泪痕，伸出右手牵起了我的左手。

我安心地跟着妈妈的脚步，走出了厕所。

第十一章

报复来得那么猛烈

教室外的走廊上，那一块陌生又熟悉的东西像小丑一样抽打着我的脸。所有的人在那里围观，猜测着东西的主人……

　　我从指缝里，看到童心不怀好意的目光，我的身心在她的肆无忌惮中沦陷、撕扯……

海阳中学校门口，我牵强地对妈妈笑了笑，挥了挥手，走下了车子。

我还是有点紧张，内裤上突然多了一样和自己身体毫无关系的东西，让我好不自在。关键是，我总担心它会偷懒，甚至会出卖我。

昨晚回家后，妈妈给我上了一堂简短的生理课，内容当然是和下午在我身上发生的事情有关。她告诉我这是一个女孩成为女人的特征，是身体某个部位的新陈代谢，让我不要害怕，因为只要是女孩子，都会有。她告诉我，这个东西是阶段性的，会在准确的时间点儿来，然后在一周之内走，不会给我带来任何麻烦。她告诉我，刚开始可能有点不适，但是每个人不同，有些人会肚子痛，而有些人一点不舒服的感觉都不会有。她告诉我，这段时间内，只要注意，勤快地更换，就不会再发生像昨天下午发生的事情……

末了，她一本正经地叮嘱我，它在的时候，不能吃生冷的东西，不能剧烈运动，不能洗冷水澡。最后，临出门时，说道：

——宝贝，不要害怕，它来了说明你是正常的，不来才说明你不正常呢。

晚上躺在床上的时候，我终于明白了童心和姜昕语之间对话的意思；终于理解了为什么同学们都看到了姜昕语校裤后面的血却无动于衷；也知道了童心后来对自己这般怒吼的原因。

原来，姜昕语是因为它在。而傻傻的自己却什么也不知道，竟然给她闹出这么多笑话。不过也不能怪自己，毕竟之前一直在小镇上，没有和妈妈生活在一起，妈妈也没有和我有意识地说过这方面的知识。当然也不能怪妈妈，也许她觉得自己的女儿还小吧，也许她没有料到我的它来得有点早吧！

我背绷得笔直，必须小心翼翼地挪步，才能保证它安分地待在我的内裤上。前面是姜昕语和童心，她们边走边聊，看上去心情很不错。特别是姜昕语，她今天穿了白色的短袖校服，下面配了一条蓝色牛仔裤，修长的腿，微翘的屁股，透着一股逼人的青春气息。

其实内心我很喜欢像她这样聪明、漂亮又活泼的女孩，只是她总是把我拒在千里之外，如今发生了昨天的事情，她更加不可能接受我了。

童心突然转过头又急忙回过头。

我看到她凑近姜昕语，耳语了几句。姜昕语脊背一僵，随后又若无其事地往前走。而童心却又转过头，狠狠地瞪了我一眼。我知道她在用眼神警告我小心点。

第四堂的语文课，我整个人都在忐忑中度过，这种忐忑让我总是时不时把目光瞥向姜昕语。下意识里，我觉得和她是同病相怜，或者说我们正同时承受着经期的不方便和困扰。

但今天的姜昕语看上去非常好，微翘的嘴角勾勒出了一道美丽的弧线，长长的睫毛盖住了眼睑，她在快速地写着刚刚林老师布置的课堂作文。学霸的样子就是这样的，面对每一门功课都泰然自若，完全不像我，眉头紧锁，一脸的苦瓜相。

教室里都是"沙沙"的声音，同学们个个埋着头奋笔疾书。

我看着黑板上"＿＿＿＿是我的朋友"的半命题作文，两眼一抹黑，完全没有思路。本来低着头的林老师突然抬起了头，目光犀利地扫了过来。我慌忙低下头，假装在作文本上涂抹。

其实连涂抹都谈不上，因为本子上除了作文题目之外，没有任何一个多余的字。我偷偷瞄了一眼姜昕语的本子，她早已写了满满的一页，正准备翻过去写第二页。

时间不等人，用余光偷瞄了一眼教室墙壁上的挂钟，已经足足过去十五分钟了。用余下的二十分钟去写一篇 600 字的作文，对于别的同学来说，不难，但于我而言，很难！因为我们小镇从五年级才开始学习写作文，而这里三年级就开始学习了，我现在的写作水平只能达到三年级的程度。

但我不能交空白本子上去吧，别看林老师温柔可人的样子，凶起来那可真的是吃不了兜着走。我很焦灼，像热锅上的蚂蚁，以至于身子开始不安地在座位上扭动，右脚尖抵着左脚尖来回用力碰撞挤压。

一股温热又强烈的东西从身体里跑了出来，我脸色瞬间苍白，后背"嗖"地滋出了一身冷汗，明明肺叶在拼命地运转，但仍然觉得头轻飘飘的，脑海一片空白。

因为害怕和害羞，我已经忍了一上午都没有去卫生间更换。妈妈说，要及时更换才不会弄脏裤子，而我怎么可以不听妈妈的话！

在浑浑噩噩、忐忑不安中熬到了午间休息的铃声。

"写完的同学先放着，没有写完的同学利用中午的时间写完，然后由课代表统一收集，交上来。"林老师扫了一眼教室，说道。

　　我呆若木鸡地坐在位置上，神思恍惚，一种无法用言语去形容的情绪侵占着我的整个身体，不知该如何是好。

　　直至小腹处的疼痛再次席卷而来，我才猛地惊醒，刚要起身去卫生间的时候，姜昕语突然从门外走进来，手里捧着一大叠英语试卷，后面跟着童心。

　　"于……于漫漫，"她漫不经心地称呼我的真名，"林老师让你去一趟她的办公室。"说完，看都不看我一眼，从她的声音里能感觉到满腔的寒意和不适。

　　"哦。"我点点头，小心翼翼地起身。

　　"现在就去，"她补充道，"老师说的。"

　　"哦。"我无奈地点点头，忐忑地从她们身边经过。

　　"什么怪味？那么难闻。"童心突然捂住鼻子，不满地嘀咕着，"嗳，你有没有闻到啊？"

　　"嗯，每时每刻都在被侵袭。"姜昕语再次漫不经心地回应。

　　"啊，不会吧，你，"童心满满的同情心，"你怎么能受得了啊？"

　　"不然怎么办？"姜昕语满满的无奈。

　　"换座位啊！"

　　……

　　我抿紧双唇，把所有的愤怒和委屈都努力压在喉咙里。没有错，这两天因为另一个不速之客让我忽略了身上的异味，刚刚因为紧张惊出了一身汗，腋下的味道更加明显，无须太靠近，就能闻到。

　　而今天似乎更加浓烈。

　　我还是选择了先去林老师办公室，因为刚刚一紧张一慌神一着急，忘了拿书包里的卫生巾。

从老师办公室到教室的路不是很长，我却走了很久很久。不是因为双腿之间黏稠感越来越强烈，而是林老师的那番话让我如鲠在喉。

"于漫漫，学习上是不是有什么困难？有困难要和老师说，别藏着掖着，学习这东西最忌讳的就是藏着掖着，因为这样你根本找不到问题啊。

"最近各科老师都和我反映你上课不在状态，对你的不管是课堂作业还是家庭作业都很不满意，最近几次测验也很不好。

"我知道你是从北方转过来的，适应需要时间和过程，但已经快半学期了，你应该能适应了吧？听说你在那里可是年年是三好啊，那说明基础很好的嘛，怎么到了这里……

"马上要期末考试了，接下去就是初一了，你这样的成绩上初中都岌岌可危啊。

"这样，你今晚回去和你父母说一下，让他们和我联系一下，我需要和他们沟通一下，必要的话来学校一趟……

"面对问题，一味地逃避，而不是去解决，这种学习态度怎么行？"

末了，林老师低声嘀咕道。虽然很小声，但我还是听到了。

现在是午间休息时间，走廊里、校园里到处都是来回走动、欢声笑语的同学。初夏的阳光洒在他们洁白的校服上，很耀眼，像一颗颗钻石。

而我是一颗玻璃，玻璃渣子，没有存在感，一丝一毫的存在感都没有，更别说成就感了。哦，不，我有存在感，我的存在就是成为别人的笑料，取悦更多的人。突然意识到这点的我，一股浓烈的悲凉感袭上心头。我真的是个可怜的人！

远远的，我看到教室门口的走廊处拥着一群同学，他们指指点点、窃窃私语、交头接耳着，似乎在议论着什么。

我不止是个想象力丰富的孩子，还是个好奇心很重的孩子。

"要命了，这是什么怪物啊？"许一多特有的公鸭嗓穿过人群直接刺穿我的耳膜。

我更是好奇，加快了脚步。

"这是什么啊？到底是什么啊？"钱多多诧异地叫着，因为诧异，声音显得更加精神。

随后我看到他干瘪瘦小的身子从人群旁"嗖"地穿到了人群中，右脚不停地来回晃动，似乎在踢什么东西。

"太不要脸了！实在是太不要脸了！"

我刚靠近人群，就听见童心大惊小怪地尖叫着，尾音陡然变得尖锐，夸张得足以让人唏嘘。

"这么隐私的东西不好好放好，竟然扔在这里，难道她不知道还有男生吗？"她继续义愤填膺地叫道。

几个女同学羞红了脸，探头探脑地捂住眼睛从指缝里看着地上，小声嘀咕着，脸上露出奇怪又诡异的神色。

到底是什么？到底是什么让同学们围观？

我站在人群后面，用力踮起脚尖，伸长脖子，好奇地往里探：一块正方形的，带着塑胶纸的东西静静地躺在水泥地上，从它身上的脚印和一些地方的破损，能猜到它刚刚经历了怎样的蹂躏。

这就是让这么多同学围观、议论的东西？我实在不知道它让童心如此愤怒的原因在哪里。

"童心，你是不是知道这是什么啊？"钱多多眼神中透着不怀好意，故意问道。

"我！"童心的脸瞬间涨得通红，她看了看周围其他同学好奇又幸灾乐祸的目光，结结巴巴地辩解道，"我，我怎么知道……"说完，狠狠地白了钱多多一眼，那眼神似乎在说：要你多事！

"那你干吗说什么隐私啊？什么不要脸的？"钱多多眉毛一挑，挑衅道。

"我，"童心一下语塞，刚刚褪下去的红晕再次袭上脸蛋，又气又急地叫道："要你管！"说完，脚一跺，捂着脸冲进了教室。

"哟，哟，生气了啊……"钱多多嘴一撇，嘲弄道，"摆什么架子啊，你以为你不说，我就不知道啊！"

"咦，你知道啊，那快说啊。"许一多瞪着眼睛，公鸭般的嗓子急急地追问。

同学们齐刷刷地把好奇的目光聚焦在钱多多身上。

我假装不看他，在旁边晃荡，但耳朵却竖起，生怕给漏听了。

"这个嘛……"钱多多卖了个关子，"一般女同学都知道的吧。"说完，他迅速地扫了那些女同学一眼，随后把目光停留在我身上，虽然只是一秒钟，但令我毛骨悚然，有种强烈的不祥的预感。

难道……

我下意识地身子一僵，小腹一紧，又是一股熟悉又陌生的东西从两股间流了出来。随后疯了似的冲向教室，后面同学们还在说什么，我已经不在乎了，脑海里只有一个声音在狂喊：不要，不要，千万不要！

童心趴在姜昕语前面，低着头，捂着嘴巴，正在小声嘀咕着什么。而姜昕语脸上露出奇怪的表情，半是愠怒半是平素似乎没见过的羞涩之色。

"还在吗？"姜昕语压低声音问道。

"嗯。"童心用力地点点头，神色有点得意。

"这，不太好吧……"姜昕语面露难色。

"没事，谁让她……"

童心看到突然出现的我，说了一半就收住了嘴，假装若无其事地撩了撩头发，转过身子，坐回了自己的位置。

我还是从她故作淡定的姿态里看到了一丝慌张。我把诧异的目光从她的背影移向了姜昕语。

姜昕语脊背僵硬地挺在座位上，双手交缠在一起，脸色平静，嘴唇紧抿，似乎担心一张嘴就把刚刚的秘密说出来。

她很紧张。我可以感觉到她很紧张，甚至和童心一样有点慌张。

只是她们为什么在看到我后把话题戛然而止？难道她们的话题和我有关？不过此时此刻这不是重点，重点是我要确认自己刚刚一闪而过的念头！

我弯下腰，从抽屉里拿出书包放在课桌上，接着想想不好，又拿起书包坐在了位置上，把书包再次塞进抽屉，用半边身子挡住姜昕语这边的视线，右手摸索着探进书包，手指一点点地伸进书包的最底层。那里放着早上妈妈给我的三片卫生巾。

右手的触觉告诉我，本来的三片变成了两片。我的后背猛地渗出一层冷汗，凉飕飕的，如我的心，刺骨地痛！

欺人太甚了！

"童心！"我"噌"地从座位上站起来，用力压制怒火，吼道，"你实在太过分了！"

这是我有史以来第一次反抗，而且还是在没有任何证据的情况下，我是不是疯了？

我当然没有疯！虽然没有任何证据证明此刻躺在教室外走廊上的那片卫生巾是我的，但就凭刚刚她们俩鬼鬼祟祟的样子，我能预感到这件事一定和她们有关。她们是在报复，在报复我那天让姜昕语出丑了。

"我哪里过分了？"童心也从座位站了起来，眼睛直视我，尖声质问。

我本能地一惊，但一想到自尊被践踏，就忍无可忍，"你，你为什么把我的东西丢到走廊里？"我右手指着教室外，眼睛直视她，压住声音质问。我还是担心太大声会引起外面同学的注意，毕竟这是丑事。

"什么？什么意思？"童心假装无辜地反问，但她的眼神明显地躲闪了一下，瞟了一眼一声不响的姜昕语。

我冷冷地瞟了一眼，发现姜昕语的脸一阵红一阵白，好不尴尬。

如此一来，我更是确定是她们干的好事，怒火像被丢进了干枯了几季的野草堆里，迅速蔓延，一发不可收拾。

"你，你！"我气得语塞，"你还狡辩！"我手指指着她。

"我狡辩什么？"她一脸的无辜相。

"难道还要我说出来吗？你自己心里最清楚了！要想人不知，除非己莫为！"我急急地控诉。

"我到底做了什么啊？你这个神经病！"她尖叫着，似乎受了很大的冤屈。

她越是装得无辜，我越确定这件事就是她做的。

"你，你，"我气得身子都在发抖，没想到做了坏事的人可以比我这个受害者还淡定，我又急又气，脚用力一跺，眼眶一热，叫道，"走廊上的东西……"声音就如被强硬撕裂了韧带，疼痛！

沉默，可怕的沉默。

　　我本以为她百口莫辩了，以为她无话可说了，以为她不得不低头了。但事实却完全出乎我的意料。

　　"哦，天哪，姜昕语，你听到了吗？那是于漫漫的，这简直太不可思议了！"童心十指张开，眼睛瞪得大大的，对着沉默的姜昕语叫道，"于漫漫，那是什么东西？你不知道不能乱扔垃圾吗？"她话锋一转，把矛头对准了我。而夸张的声音早已把一部分在教室外的同学给吸引了过来，一些不是我们班的学生也站在教室门口，探着身子竖起耳朵，偷听着。

　　那一刻，我觉得天塌了，真的塌了！我怎么也没有想到她会使出这招先发制人。关键她假装很单纯的样子，什么都不懂。这样就更好地掩饰了她的动机——因为不懂，怎么可能会把这个东西扔到走廊上。我怎么就没想到，自己根本就不是她的对手呢？自己一个小镇上的孩子的心思怎么有大城市孩子这么缜密呢？

　　看着童心阴谋得逞后得意的样子，我终于，彻底明白，我简直是在自取其辱！

　　"怎么回事？怎么回事？"爱管闲事的钱多多小身子很敏捷地从几个课桌间穿梭过来，好奇地打探。

　　童心双手交叉抱在胸前，对着依然不说话的姜昕语挑了挑眉毛，似乎在说，看我怎么演戏。随后，转头露出一脸无辜受害样，对着奔过来的钱多多委屈地说道："唉，明明是她自己的问题，竟然来冤枉我和姜昕语。"说完，手指了指我。

　　我猛地抬头，看到她嘴角的不怀好意，我知道一场更大的凌辱在等着我，但我却无力辩驳。

　　太悲哀了，面对被践踏的自尊，我竟然连辩驳的机会和勇气都没有。我开始可怜自己，同情自己，看不起自己。

"她平白无故地冤枉我把她的东西给扔到走廊上，还大声质问我！你说她过不过分！"童心不依不饶地控诉着，似乎这样才能平息刚刚受到的伤害，哦，不是伤害，是惊吓——差点被我揭穿事实真相的惊吓。

贱人！

我在心里恶狠狠地骂道，但是却不敢发出声。

"嗳，童心你也别生气了，这小镇上来的人没啥素质，乱扔垃圾算是小事情。"钱多多突然煞有介事地劝慰道。这不符合他向来喜欢挖苦人的风格啊，但仔细回味，字字戳心啊。

"不过，我很好奇，这到底是什么东西啦？"许一多凑了过来，继续追问这个问题。

童心冷笑一声，回应道："那问当事人咯……"随后耸耸肩，补充道，"她的东西她最有解释权啊。"

"于师太，这是什么啊？你快说说，这是不是你们小镇上的特色啊，就像是你身上的怪味，都是产自于你们小镇?！"许一多公鸭般的嗓子尖叫着。

我心里咯噔了一下，被一种屈辱感包围。

"哈哈，许一多，你太可爱了，她身上的怪味哪是什么特产啊？那是狐臭！"童心笑得前俯后仰。

我咬紧牙关，怒视着童心，伸在课桌底下的双手紧紧攥成了拳头，我真想一拳打在这张虚伪丑陋的脸上，把她的面具给扯下来，让每个同学都看看她的真面目，哪怕到时我继续被欺负被嘲笑！愤怒像龙卷风一样在我的内心拔地而起。

"狐臭？这又是什么东西？"许一多瞪着眼睛，一脸茫然。

"狐臭狐臭嘛，就是狐狸的臭味咯……"钱多多假装很懂地解释道。说完，还刻意拎起鼻子，对着空气深深吸了一口气，煞有介事地补充道，"确实，真的是狐狸的味道。"

"哈哈，于师太，你家不会养狐狸吧？还是你们小镇流行养狐狸啊？"许一多不怀好意地追问，眼神里满满都是捉弄。

我咬牙切齿地盯着眼前这几个侮辱我的恶魔，张口刚想反驳，却被姜昕语给抢了去。

"许一多，别问了！"顿了顿后，继续说道，"马上就要上课了，如果不想让老师看到，不想把事情搞大，我劝你快去把东西处理掉吧！"姜昕语眼睛直视前方，谁也不看，语气平静，听不出任何情绪，但我还是能辨别出后面的那句话是说给我听的。

其余的人听到姜昕语这么一说，都不再闹了，各自回到了自己的座位。我低着头，快速地离开座位，走出教室。

那块让我颜面尽失的卫生巾依然默默地躺在走廊上，像一块被万千人唾弃的抹布，又像是我那任人践踏的自尊。

心，在这一刻彻底被击碎！女孩子唯一的隐私就这样被别人赤裸裸地曝光在阳光之下，曝光在同学们的眼前！这种感觉是什么？就像你被别人硬生生地扒光衣服，被绑在光天化日之下，你根本无力挣扎，无力反抗，连眼泪都是耻辱！

但我还是哭了，在蹲下身子，捡起这片卫生巾的时候，哭了……我觉得我捡起的不是一片卫生巾，而是我破碎的自尊！

抬起头，阳光刺眼，头晕目眩。

妈妈，你说这是女孩子正常的生理反应，你说没有这种生理反应才是不正常的。如果让我选择，我情愿是个不正常的女孩，这样至少就少了一样让别人嘲笑侮辱的东西。爸爸，你说让我学会适应这个城市，适应这个校园，是不是也要让我适应同学们对我的嘲讽和欺凌？

爸爸妈妈，你们的初衷是为了让我接受更好的教育，以后能有更多的选择，为自己创造更好的幸福。但我似乎违背了你们的初衷，在这所美丽的校园，我无法接受更好的教育，无法做出自己的选择，更无法创造自己的幸福，甚至连最基本的自我保护都做不到！

其实我是可以反抗的，我的性格根本无法容忍被别人欺负。但是你们不断地在我面前重复，这里是大城市，是讲文明的地方，是我们这种小镇来的孩子不能为非作歹的地方，所以我不能，也不敢去反抗，不反抗，除了隐忍我真的不知道还有什么办法。哦，也许我可以学妈妈那样，把这一切告诉你们，然后你们会来学校找老师找校长，然后的然后，也许我就不会被欺负了，或者说和妈妈一样成为被保护的公主。但我不愿意，我不愿意这样做，我情愿无休止的隐忍，也不愿意要那样的结果。

这种结果会像无数记耳光抽在我的脸上。妈妈她不觉得，但我会觉得。

第十二章

噩梦如影相随

她长大了，但依然孤独，依然自卑，依然和同学们格格不入……

　　我看着她，总是在想，到底是什么让她可以一次次地选择隐忍？

　　而我，会不会和她一样，接受无限期的欺凌？

　　一股深邃的悲凉在我跳出妈妈的记忆时，如影相随……

——老天是如此不公，把所有的不幸都降临到我身上！

房间里的书桌前，我胳膊肘支在大腿上，手垂在两膝间，身子往前倾，目光呆滞地看着刚刚在日记本上写下的这句话。

下午最后一堂班会课，让我再次成为同学们的焦点。期末将近，班会课一般都成了语数英老师的课，他们似乎商量好的，都在上课铃声还未响起就来到教室，然后拿出一张试卷，说一堆潜台词，最后的结果就是要霸占班会课做一些他们想让我们做的事情。

所以，当林老师空着手进入教室的时候，同学们不禁疑惑，像看怪物一样盯着满脸笑容的林老师。

"怎么？是不是习惯了考试，突然不考有点不适应？"林老师笑着调侃，"要不我回办公室去拿一下？"

"哦，不，不要，不要……"同学们异口同声地回应，刚刚还感觉无趣的班级氛围一下变得有趣多了。

大家不再像之前那样唉声叹气，怨天尤人，而是统一把目光齐刷刷地看向了林老师，等待她的发落。

"今天的班会课，我们就实实在在地上班会课，"林老师扫了一眼教室，又补充道，"最近大家都很累了，所以今天我就想让大家放松一下……"说完，嘴角微微一扬，甩了一下头发。

同学们的眼睛一下就亮了，能感觉到沉闷的教室里突然注入了很多活跃的细胞。我压抑的心情也被林老师的这段话给扫去了不少阴霾，毕竟考试于我而言就是一种折磨。

"我们来做个游戏。"林老师带着试探的目光再次扫视了一下整个班级的同学们。

"什么游戏？什么游戏？"钱多多急急地追问，从他不停扭动的后背来看，他此时很兴奋。

"说说你们的真心话，你们最希望什么？"林老师双手背反在身后，边从讲台上走下来边神秘兮兮地说道。

教室里突然一阵沉默。

"这不是真心话大冒险嘛。"童心在那里嘀咕道。

"唉，这可和真心话大冒险不同哦，我要的是此时此刻，你们内心最希望的是什么，请注意时间定语。"林老师一本正经地说道。

"好了，大家现在就开始写吧，为了保护隐私，我们不要写上自己的名字，只要写出自己的希望就可以了。写完后，叠成统一的正方形，由各组小组长统一收集，最后给我。"林老师直截了当地把游戏规则说了一下。

匿名写，让同学们都舒了一口气。殊不知，这一切都在林老师的掌握之中，作为语文老师，她对班级里每个同学的笔迹太熟悉了。

我认真又忐忑地聆听着林老师读着一张又一张写着同学们不同希望的纸条，脑海里一遍又一遍地回顾自己写的内容：

——我只希望幸运之神稍微眷顾我一点点。

"我想换座位……"林老师轻声念道，然后抬起眼皮，眼神犀利地扫了一遍整个教室，似乎在捕捉写这张纸条的同学。

"这个希望有点意思，"林老师笑着说道，"但我真的很想知道这位同学为什么想要换位置呢？"她再次狐疑地扫了一遍教室，然后目光不经意地在我的脸上定格了那么一秒钟。

我的心一紧，随即就不断地往下沉往下沉……

不用猜，我都知道这是姜昕语写的。只是我没有想到她会在这种场合下表达出来，看来她早已受够了我身上的味道，或者说她对我是忍无可忍了。

教室里一阵沉默，大家没有交头接耳，没有议论纷纷，似乎都知道是谁写的。

"这件事先放一下，如果真的有需要，我希望这位同学放学前到我办公室把原因告诉我。"林老师没有再深谈下去，而是给了彼此一个台阶。

我嘴唇紧抿，那种遭人嫌弃的感觉愈加强烈和浓稠，怎么也化不开。

"漫漫，吃饭了……"妈妈推开房门，柔声唤道。

自从那次逃学后，妈妈对我明显地温柔了很多，不知是我多疑还是敏感，我甚至感觉到她对我很小心翼翼。但我却认为她是虚情假意，因为最近被欺凌得越来越频繁，我对她的恨和厌恶就越来越强烈。虽然知道这和她没有关系，但只要一想到她曾经也是一个欺凌者，我就无法接受！

"考完试，暑假妈妈带你回小镇去，好吗？"她突然补充道，带着讨好的口吻。看来她还是看出了我的不开心，可惜她以为我的不开心是因为想念小镇。

于我而言，还有什么比每天能和爸爸妈妈在一起更幸福的呢？如果这里的一切都是美好的，那么小镇之前的那些美好只会是回忆，而对于一个六年级的孩子来说，是很少活在回忆中的，除非那些回忆比现在拥有的美好一千倍。

但我突然没有了想回小镇的欲望。人很奇怪，总是不喜欢把自己最糟糕的状态带给那些生命中最初的人，或者是内心最神圣的那块土地。就像爸爸，如果在这里他活得灰头土脸的话，打死他都不会回那个小镇的，或许人习惯了荣归故里吧。

"嗯，我不想回去！"我站起身来，双手插在校裤口袋里，漫不经心地说道，"我觉得还是待在这里，上一些补习班吧。"

妈妈狐疑地盯着我，似乎第一次认识自己的女儿。我猜她怎么也没有想到我会主动提出上补习班，这简直太意外了。

我没有多做解释，也没再说话，而是迅速地闪出了房门，因为我很怕自己的眼神会出卖自己的心情和真实想法，甚至是对她毫不掩饰的厌恶。

餐桌上依然没有油炸和辛辣的菜。而我却鼻子一酸，眼眶泛红。

下午知道了自己身上的味道是狐臭后，特意在放学路上，跟妈妈借了手机，在百度上搜索了一下这个陌生的词语。

——狐臭是由于体表细菌和大汗腺所分泌的异味物质所致，很难根治。

——油炸和辛辣食品会激发大汗腺的分泌，会导致异味加重……

当我看到这行字的时候，如鲠在喉心如刀绞。终于明白为什么妈妈把油炸和辛辣食品拒之门外，为什么她不允许我去吃这些东西，原来她早就闻到了我身上的异味，而且知道是什么。

面对我的这个异味，她选择缄口不语，却用心保护。

"漫漫，还傻愣着做什么，快吃吧，吃完了做作业。"妈妈边说边从桌上端起一碗东西放在我前面，"这是薏米水，除湿的，南方的夏天湿气很重，所以也会导致我们身体湿气加重，容易出汗。"

我默默地端起碗，什么也不说，我怕一开口眼泪就会下来。突然发现自己除了是个想象力丰富的女孩之外，还是个情绪化的女孩。前一秒还对妈妈恨之入骨，后一秒又被她感动得心尖发颤。

"漫漫，妈妈发现你最近心事很重的样子，是不是遇到什么不开心的事了？"妈妈边给我夹了一块红烧鱼边柔声问道。

"如果有什么不能解决的，你都要和妈妈说，我们一起商量一起面对和解决好吗？"她继续补充道。

妈妈的语气特别柔软，我的心也觉得特别温暖，有那么一瞬间，我想把心里的秘密都说出来，但一想到她曾说会像外公一样保护我，我还是困难地把嘴里的饭给强咽下去，就像咽下所有我想说的话。

"妈妈，林老师让你今晚给她打个电话……"我突然想起林老师的话，传达道。

"怎么？"妈妈停下吃饭的筷子，瞥了我一眼，"惹事了？"

"漫漫，我知道你从小像个假小子一样，性格强硬，没什么规矩，但那是在小镇，你怎么野都没有关系，有你爷爷罩着，但是这里是大城市，你千万不能惹是生非，和同学之间要团结友爱，和睦相处，别去招惹别人，知道哇？"我还没有说话，她就自说自话地说了一堆。我真不知道，如果她知道不是我不想团结友爱，而是别人不想和我和睦相处；不是我去招惹别人，而是别人喜欢招惹我的话，她会是怎样的想法和行为呢？

"你自己打电话给老师不就知道了？"我不想解释，冷冷地回应。刚刚的温暖突然就消失殆尽了。

"你呀，别给我丢脸，别惹事就好！"妈妈狠狠地瞪了我一眼。

扑通！

就在妈妈瞪我的时候，我又一次不由自主地跳入了她的记忆时空，来到了她们的校园——依旧是破旧低矮的平房和凹凸不平的泥地。

学校的围墙边，堆了很多小树苗，几个老师站在那里正吩咐一群学生：有的负责搬树苗，有的负责挖坑，有的负责埋土，还有专门负责浇水的。

"今天是植树节，每个同学都在校园里栽下一棵树，你们在成长，树也陪着你们一起成长……"一个高个子的戴着眼镜的男老师站在旁边大声说道。

哇！我心生无限羡慕。植树节，亲手种下一棵小树苗，和它一起成长是一件多么美妙和有意义的事情啊！可惜我们现在的学校从来没有过，校园里的每一棵树都是建校时那些不知名的工人给栽上的。

妈妈的这个年代虽然物质匮乏，但精神还蛮富足的。从那些孩子兴奋的脸上就能看出他们浓浓的满足感。

"何玲娟，我来帮你挖坑。"

循声望去，一个胖嘟嘟的男孩双手叉腰，在堆满的树苗前来回踱步，似乎在考量到底先搬哪一棵树苗。

这是盛明辉吗？似乎长高又长胖了，要不是他那典型的塌鼻子，我一下还认不出来了呢。真的长大了，鼻子下的两条鼻涕也不见了。

"好呀，给我一棵大的树苗，盛明辉。"妈妈站在围墙边，双手做成喇叭状，对着盛明辉的方向叫道。

她也长大了，眉眼都长开了不少，皮肤依旧白皙，嘴唇红润，额头上的那颗黑痣更明显了。一阵风吹过，撩起了她的披肩长发，她用右手轻轻拨开吹在脸上的头发，催促道，"快点啦，快点啦……"

盛明辉双手在那件灯芯绒的外套上擦了擦，然后在手心里吐了一口唾沫，手掌合十搓了搓，蹲下了肥嘟嘟的身子。

随后他双手捧起了一棵相对比较粗的树苗，猫着腰，弓着背，吭哧吭哧地迈开双腿困难地朝妈妈的方向走去。

"哈哈，你怎么像狗熊啊？"妈妈拍着双手，笑得前俯后仰。

我被妈妈的笑容感染了，从来没有看到过妈妈笑得那么灿烂，那么美好，以至于我忽视了站在她不远处的另一个女孩。

"砰"地一声。

盛明辉直接把树苗扔在了地上，随后一声"哎哟"，一个头发短得像男孩的女孩一屁股坐在了地上。

"章呆子，你把树苗都坐坏了。"盛明辉猛地推了一把女孩的肩膀，气愤地叫道。

这是章音？她也长大了，只是头发剪得很短，脸上的雀斑似乎更深更大了。

"我，我不是故意的。"她咧着嘴，咕哝道。

明明人家是受害者，却被盛明辉硬生生地扣了一个"破坏者"的帽子。这和童心多像啊！都是喜欢颠倒是非的家伙。

"去，帮我再去搬一棵小树苗过来！"盛明辉再次推了推章音的肩膀，命令道。随后，语气一转，对着妈妈讨好地说道，"何玲娟，我先帮你挖坑吧！"

我特别厌恶他的这副嘴脸，小小年纪就懂得溜须拍马。但我不明白为什么妈妈这么享受这种被拍马屁的感觉呢？从她上扬的嘴角、笑成弯月的眼睛，我能强烈地感觉到她的满足。可是现在的妈妈最讨厌这种阿谀奉承的人，她称之为"小人"。

章音双手撑地，龇牙咧嘴地慢慢站起来，伸手拍了拍屁股，才发现那里早已湿成一片，还黏上了很多泥巴。因为她坐下去的地方，为了松软泥土，方便挖坑，刚刚被妈妈浇了水。

她没有说话，手在红色灯芯绒的裤子上蹭了蹭，慢吞吞地朝着放小树苗的地方走去。阳光照在她瘦小的身子上，影射出她同样瘦小的影子，她是孤独的……

"喂，这么小，怎么能活啊？"盛明辉用脚踢了踢章音刚刚搬过来的小树苗，不满地叫道。

"都差不多大的。"章音低着头，双手缠绕着，辩解道。

"胆子大了啊，敢和我顶嘴了，我说小就是小，你快点再去给我搬棵大的过来。"盛明辉白了白眼睛，再次命令道。

妈妈嘟起小嘴，看着章音不说话，却满脸的不满意。

章音没有再反驳，而是再次走向了树苗堆，只是走到一半时，她突然停下脚步，抬起头看着太阳，那细碎的阳光落在她的脸上，把雀斑映衬得分外明显。她舔了舔嘴唇，咧嘴一笑。

"好了，你把这棵放在这里，"盛明辉这次终于满意了章音搬来的树苗，指手画脚地命令道。未等章音舒一口气，他又命令道，"去，帮我也搬一棵过来，"随后补充道，"也要大的！"

章音看了看自己负责的那块地方，水还没有浇，树苗也还没有搬，而很多同学都已经开始在为树苗埋土了。但她知道无法拒绝盛明辉的要求，所以一路小跑着又去搬树苗。

等她气喘吁吁地搬回来后，盛明辉已经帮妈妈挖好了坑，就等着把树苗放进坑。妈妈在那里撒娇："太重了，我根本搬不动。而且我也不想弄脏我的衣服。"

今天她穿了一件蓝色的外套，好像是棉布的，看上去还蛮新的。记得妈妈说，小时候外公疼极了她，经常在发了工资后给她买漂亮的衣服，所以当很多女生还在穿别人穿剩的衣服时，她早已穿起了自己的新衣服。

"章呆子，你来搬树！"盛明辉看了看傻愣着的章音，再次命令道。

章音哼都没有哼一声，连忙蹲下身子，吃力地抱起一棵看上去比较大的树苗，用力地移向那个挖好的坑。

"我扶着，你来埋土。"盛明辉再次命令道。

她依然不吭声，很听话地蹲下身子，双手快速地把那些泥土往坑里拨去，还不忘再用双手拍打几下，让树苗栽得更结实。

妈妈双手插在口袋里，闲适地站在一旁，盯着章音的一举一动。

良久，章音终于站了起来，看着栽好的树苗，咧嘴一笑，然后不顾满手的泥土，往鼻子上一擦，本来就满脸的雀斑加上鼻子被蹭上的泥巴，整张脸就一个字——脏。

"哈哈……"妈妈捂住嘴巴，笑得摇头晃脑。她很庆幸自己没有动手，不然就和章音一样脏了。

章音知道妈妈在笑她，她只是尴尬地扯了扯嘴角，转身朝堆树苗的地方跑去。

那里的树苗早已被同学们搬得差不多了，只剩下几棵又小又残废的，一看就是发育不良。

她默默地蹲下身子，挑了一棵相对还好的小树苗抱进了怀里，然后急急地奔向了围墙边。

这时候我看到大多数同学都已经完成了栽树任务，只有少数同学还继续在埋好土的树苗根部用脚使劲踩踏，怕泥土不够结实。

"好了，大家把工具都收起来，去洗洗手，可以回家吃饭了，下午还要上课呢。"那个高个子戴眼镜的老师又吩咐道。

一阵热烈的骚动，刚刚还喧闹的操场瞬间就只剩下章音一个人。她呆呆地站在还没有挖坑的地方，不知所措。但她没有放弃，而是低着头，猫着腰在围墙边上走来走去，似乎在找寻什么东西。

半晌，她手里拿着一块瓦片，兴冲冲地跑到小树苗旁，蹲下身子，开始吃力地用瓦片在地上挖土……

阳光照在她的后背上，射出一道坚韧又不屈的光，那是我从来没有看到过的。

当一帮同学拥着妈妈从教室里走出来时，章音已经把小树苗小心翼翼地放进了坑里，正埋头在埋土。

盛明辉对着吴辉挑了挑眉毛，眼神示意了一下，嘴角露出不怀好意的笑容。

"章呆子，"他跑近章音，弯下腰，低声唤道，"你的树种不活的。"说完，狡黠地一笑。

未等章音反应过来，他就一把拔起了小树苗，和吴辉使了个眼色后，飞快地跑出了校门。

　　这下章音彻底傻眼了。刚刚自己在种植这棵小树苗的时候，说了很多自己的愿望给它听，她还帮这棵树起了一个名字叫"许愿树"。如今盛明辉把她的树拔了，就等于拔了她的愿望，她的希望啊！

　　她拔腿就要追，刚一抬脚，就摔了个狗吃屎。吴辉边收起伸出去的右脚，边讥笑道："你一个呆子，还种什么树啊！"

　　章音从地上爬起来，愤怒地瞪了吴辉一眼，咬牙切齿地叫道："要你管！"随后朝着盛明辉跑的方向追去。

　　同学们都愣住了，这是有史以来第一次看到章音反抗，吴辉觉得特别没面子，立马撒腿就跟着跑出去。大家似乎都知道要上演一场好戏，也急急地跟着跑出校门。

　　那条坑坑洼洼的石子路上，盛明辉拖着小树苗边跑边往后看。

　　章音紧跟在后面，边追边叫："你把树苗还给我，还给我……"

　　"我不还，我就不还……"盛明辉气喘吁吁地叫道。但他毕竟太胖，跑一下下就跑不动了，右手把树苗立在那里支撑着自己摇摇欲坠的身体，左手指着追上来的章音威胁道，"你敢过来试试！"

　　章音站定在离他不到一米的地方，双眼如愤怒的狮子紧紧地盯着盛明辉。

　　"你今天敢动我，看我怎么弄死你！"看着章音虎视眈眈的样子，盛明辉再次威胁。其实他心里很虚，毕竟第一次看到章音发火，而且这样子，似乎要把自己给活吞了。

　　我看到章音的脸痛苦地抽动着，从她紧紧攥着拳头和额头的青筋暴露，我知道她是真的被惹火了，而且是立马就要燃烧的怒火！

　　"你还我！马上还我！不然我真的打你了！"章音毫不示弱地叫道。

　　盛明辉身子往后闪躲了一下，假装下巴一抬，扭过了头。其实他是害怕对视章音的眼。

　　说真的，其实这个时候我真的希望章音能不顾一切地扑过去，狠狠地揍他，用力地揍他！这种感觉就像我在揍钱多多，在揍童心一样，心头很解恨，很舒畅。

　　"章呆子，你竟然敢和我顶嘴！"吴辉从后面直接冲过来，一把就推上了背对着他的章音。

　　我暗叫不好。

　　毫无设防的章音就这样飞了出去，跌在了路边田头那条又窄又小的泥路上。田地里刚刚浇过水，漫过了小泥路。她趴在那条泥路上，一动不动。

　　盛明辉和吴辉的脸瞬间变了，特别是吴辉，知道自己闯祸了，吓得不敢说话。

　　"喂，你们到底把她怎么了？"周跃芳扯着高嗓门叫道。她的声音一下就把刚刚赶到的同学们给吸引了过来，大家站在路边，身子前倾看着躺在田头的章音，指指点点。

　　"吴辉，是不是你！是不是你把她推到田里去的？"妈妈突然板着脸质问早已吓得面如土色的吴辉。我是第一次看到妈妈这样凶，这么严肃。

　　"我……"吴辉支支吾吾，双手不知所措地绞着衣角，低着头低声嘟囔，"我只是这么轻轻一推，她就摔出去了，我又不是故意的……"

　　"再说，谁让她和我顶嘴的啦……"他又补充道。我真想狠狠地甩他两记耳光，难道章音连顶嘴的资格都没有吗？她顶嘴一下，你就要把她推到田地里；如果她打你一下，你是不是要把她给杀了？

　　无知，幼稚，可笑至极！

　　"那你也不能这样推她啊，万一她死了，怎么办？"妈妈皱着眉头，看了看依然一动不动的章音，埋怨道。

她的话像一道闪电，触得大家伙面如土色。

"不会吧……"

良久，盛明辉怯怯地试探道。他的头耷拉着，满脸的惶恐不安。要知道这件事的起因还是他自己，要不是自己去拔了章音的小树苗，就不会发生这种事情了，但他怎么会想到向来逆来顺受的章音，今天会有这么大的反应呢？早知道她会这样反抗，自己打死也不会去招惹她。

如今……

"吴辉，都怪你，这是我和章呆子之间的事情，你瞎掺和什么！"盛明辉把矛头指向了战战兢兢的吴辉，大声指责道。

吴辉一愣。他没想到平时把自己当做小弟一样差遣的盛明辉在关键时刻竟然把所有的责任都推给自己，他也火了："都是你，都是你为了讨好何玲娟，总欺负人家章音。你说说，人家章音怎么惹你了？人家帮你把何玲娟的树苗都种好了，你干吗还去拔人家的树苗啊？你不去拔，不就没事了吗？"

"你，难道你就没有欺负过章音吗？好几次在她抽屉里放癞蛤蟆的人是谁？在她脖子里放蟑螂的人又是谁？在她书包里吐痰的人又是谁？别说你不知道！"盛明辉不甘示弱地反击道。

"那也是你让我去做的，要不是你让我去做，我是不会去做这些事的！"吴辉瞪着眼睛，脖子上的青筋暴露，连说话都不漏风了。

"放屁！我让你去吃屎，你是不是也去啊？"盛明辉讥笑道，对着吴辉恶狠狠地瞪了一眼。

同学们一阵大笑，都幸灾乐祸地看着这对平时好得都恨不得穿一条裤子的好兄弟是怎么翻脸的。

　　吴辉其实是个比较爱面子的男孩，正因为这样，为了不让自己被欺负，面子不给糟蹋，所以他愿意忍气吞声地听从盛明辉的指挥。只是现在，盛明辉竟然完全不念旧情，不照顾他的面子，说出这般粗鲁的话，他实在忍无可忍。

　　"啊！"他大叫一声，身子就朝着盛明辉冲了过去，像一头愤怒的犀牛。

　　妈妈脸色铁青，冷冷地盯着这一幕，鼻梁处皱起几条纹路，似乎不理解面前两个正扭作一团的男孩为什么要把自己给扯进去。

第十三章

一棵小树苗

植树节，她想栽下一棵承载她全部愿望的小树，等着它陪她一起成长，见证愿望实现的那天……

小树苗刚栽下就被人恶意地拔出，夭折了！

她愤怒地还击，第一次用力还击，别人以为她疯了，只有她自己知道，现有的可以让你们践踏，唯独不能践踏她的希望。

小树苗是她的希望！

“把树还给我！”

章音站在田埂边，伸出右手，说道。

同学们所有的注意力都被在地上扭作一团的盛明辉和吴辉吸引了，谁也没有注意到章音。

所以她的声音虽小，却无疑如响雷把同学们给轰愣了，大家瞪大着眼睛，像看到鬼一样，惊恐万分。

确实像鬼！

满脸的泥巴，几根刚刚探出头的绿草挂在湿漉漉的脸上，身上的衣服不但湿了，还沾满了泥巴，两个膝盖处尤为明显。

“把树还给我！”章音再次重复道，眼神涣散。

大家屏住呼吸，谁也不敢说话。躺在地上的盛明辉一把推开了骑在自己身上的吴辉，跌跌撞撞地爬起来，去捡不远处的那棵小树苗。

“还给你！”盛明辉一脸的诚惶诚恐，看了看手中这棵枝叶断了好几根的树苗，又看了看一脸坚持的章音，边说边抛出树苗，那感觉就像在抛一颗随时就要爆炸的手榴弹。

树苗当然没有落在章音的面前，而是落在了周跃芳的面前。她像触电一样地跳开了，似乎一旦沾染就会身亡。

同学们面面相觑，谁也不敢动一下。

何玲娟看了看章音，走出人群，捡起了小树苗，然后朝着章音的方向递过去。

安静无声！大家屏住呼吸看着这意想不到的一幕。

这可是何玲娟啊！一个高高在上的公主，她竟然会主动拿树苗给章音，难道她也被章音的气势给镇住了？还是……

每个同学的目光里都带着很多问号，包括章音。只见她瞪着眼睛，小嘴紧抿，似乎不相信眼前的这一幕是真的。

她迟疑地伸出了手……

"啪"地一声，何玲娟双手一松，小树苗再次掉落在地上。

"你不能种树，因为你种的树也会长雀斑，也会长头虱，到时就会传染到别的树上，别的树就会死！"何玲娟漫不经心地说道，似乎在说一件无关痛痒的事情。

哦，不，从她冷静和冷漠的神态里能感觉到，她不是在说，而是在宣布，在命令！

章音忍不住倒吸了一口凉气，自己真的很傻，怎么会相信她变好了呢？这个从一开始就嫌弃自己的女孩，她怎么可能突然对自己友善呢？

"就是，就是，怎么能让你种树呢，到时你的树会害死我们的树！"盛明辉真是个见风使舵的人，刚刚还恹恹欲死的他瞬间满血复活，在旁边煽风点火。

同学们也傻眼了，这逆转也太快了吧，怎么感觉像在演戏呢！

——"咔!"

未等大家反应过来,吴辉已经踩在那棵小树苗上,刚刚那声沉闷的"咔"声显然来自他脚下的小树苗。从他满脸的得意洋洋来看,此时他很兴奋很开心——不但挽回了自己的面子,而且还帮大家除害了。

对啊,这棵无辜的树苗,因为它的主人被无辜地贴上了"祸害"的标签。

与其说刚刚章音被吴辉给撞懵了,还不如说她被现在的情景给吓懵了。她搞不懂,自己只是想种一棵小树苗,这么小的愿望,为什么还会被阻止被封杀!什么传染什么祸害,这一切的一切都是他们想象出来的罪名。

他们早已习惯了欺负她,从一年级到现在的三年级,整整两年的时间,早已把这种习惯演变成了一种自然。也就是说,如果不欺负她,就是违背了自然。

看着被踩断的树苗,就像看到被折翼了的梦想。章音突然有一种冲动,强烈的冲动——她要打破这种自然!

"吴辉,你赔我小树苗!"章音大叫道。说完,她用手背奋力地擦了一下脸上的泥巴,眼睛直视着还站在小树苗上的吴辉。

吴辉内心还是胆战的,但他是个好面子的人,所以当章音把矛头直接指向他的时候,他再一次觉得颜面尽失。

"赔,我赔你,赔你……"他边说边用力踩踏小树苗。很明显,他不敢再打章音,但是他可以打她的小树苗啊,这种转嫁的欺负,其实也很过瘾。

看着她拿自己毫无办法,吴辉的劲道就更大了,边踩边叫:"我踩,我踩，我踩踩踩……我赔（呸），我赔（呸），我赔赔赔（呸呸呸）……"叫完，还吐出舌头扮鬼脸，一副你奈我何的模样。

他这一副无赖样当然又引得同学们大笑。

章音又气又急，眼睁睁看着小树苗在吴辉的脚下哀嚎，自己的希望渐渐熄灭，直至消亡……

她眼睛死死地盯着，像一只处于戒备状态的小兽，坚强而又脆弱，努力摆出一副吓人的姿态想吓跑正自鸣得意的吴辉。

"哟，想吃人啊？眼睛瞪那么大！"盛明辉夸张地叫道，"你要知道是我们在帮你解决问题，你应该感谢我们。"说完，袖口又放在鼻子底下撸了一下。

"对对对……"吴辉马上附和。然后还对着盛明辉挤眉弄眼的。

"别闹了，走了……"何玲娟一挥手，冷漠地说道。本来还在看热闹的同学们像接到命令一般，都闭上了嘴，跟上了她的脚步。

吴辉对着满脸无助的章音耸了耸肩，吐了吐舌头，做了一个鬼脸，随后"啾"地一声，伤痕累累的小树苗在半空中划了一道弧线后又落在了不远处的地上。

看着被踩得不成样子的小树苗，还有同学们对自己弃如敝屣的态度，愤怒将章音的手臂绷得直直的，就像一把拉满弦的弓，她猛地放开喉咙大喊道：

"何玲娟，你凭什么说我的树会传染？"

大家被章音突兀的大喊声给镇住了，特别是当听清是针对何玲娟时，更是惊诧得不行。要知道，自从一年级何玲娟爸爸到学校之后，就没有人再敢欺负她，连说话都小心翼翼的。今天章音是吃了熊心豹子胆了，竟然敢指责何玲娟。

"谁说我有雀斑，我的树就会长雀斑？谁说我长了头虱，我的树就会长头虱？你有什么证据吗？"章音再次质问，眼睛直视何玲娟，不躲不闪。她现在终于认识到，自己被欺负都是因何玲娟而起，包括今天的事。如果她不这样说，吴辉就不会再次去踩踏小树苗，不踩踏，小树苗就不会死，小树苗不死，自己的希望也不会变成绝望。

何玲娟的脸都耷拉下来了，她转过身子，冷冷地盯着像一只狂怒的小兽的章音，没有说话，但那眼神像利剑一样足以刺穿章音。于她而言，所有的同学从一年级到现在三年级，没有一个人敢这样和她说话，而眼前这个常年被自己欺负和压制的女孩今天竟然想反抗，这种感觉就像是家里的奴隶突然想对主人抗议，让人很不舒服。

何玲娟的眉头越蹙越紧，嘴巴嘟得都可以挂油瓶了。

"哟，你好大的胆子！竟然敢这么说话！"盛明辉看看势头不对，马上跳出来，挡在何玲娟前面，右手指着章音，大吼着。他的塌鼻子因为气愤，鼻翼快速扩张。

章音一愣，明显地有点要缩回去了，但看到夭折的小树苗，她的怒火又被点燃了，"没有证据，就是诬陷！你就是诬陷我！"她依然怒视着何玲娟，大叫。

一阵寂静，同学们面面相觑却又冷眼旁观。

"唉，我说你个呆子，我在和你说话你听到没有？你是吃错药了还是摔疯了，你知道现在是在和谁说话吗？"盛明辉再次怒斥道，眼皮不断地挑着，意思在说，你再敢这样说话试试。

"反了，反了，这呆子竟然反了！她竟然说我们何玲娟诬陷她！"周跃芳的大嗓门穿破了天际直接回到了地上，只见她双手叉腰站在何玲娟身边，似乎随时准备战斗。

"她凭什么就说我的小树苗会长这些？"章音假装无视这些同学，再次质问道。眼睛依然直视何玲娟，一副不依不饶的样子，其实她内心怕得要死，更担心接下去的每一天都不会再有好日子过。

"凭什么？就凭你脸上长了雀斑啊，就凭你长了头虱啊！"沉默了很久的何玲娟冷冷地回应道。

"你看看别人会长雀斑吗？别人有长头虱吗？"她再次补充道。那种语气盛气凌人，似乎在说，你就是个错误，所以不要来指责别人为什么这样对你。

章音一下语塞，只能干瞪着眼。她说的没有错，整个学校，没有人长雀斑，其他年级也有长头虱的，但也是被孤立的，所以她无话可说。

"难道你一个人长这些奇怪的东西还不够，还要祸害别人吗？"何玲娟再次厉声质问，她的目光像一道闪电，全部聚焦在章音的身上，仿佛要透进她的骨子里，直达她的灵魂——你的存在就是个罪人，如果你再把这种罪传递给别人，那么你就是罪加一等！

章音有那么一瞬间是恍惚的，就好像是一个锤子打上了她的脑袋。

"我没有要祸害别人……"不管如何，她还是想辩驳。

"你想种树，就是想祸害别人！"何玲娟冷冷地说道，"除非，除非你把脸上的雀斑祛除，把头上的头虱消灭，不然你就别想种树！"

何玲娟的话让章音目瞪口呆，她还是无法想象自己和树之间到底发生了什么，让他们非得把它置于死地。"是是是！就算我不可以种树，那你们也没有必要去伤害一棵树的生命啊？"因为愤怒，她的呼吸很急促。

"谁让它是你的树！"何玲娟不假思索地回应道。

"树是树，我是我，根本就是两回事！"章音辩驳。

"呆子就是呆子，不是已经说得很明白了吗？谁让你拿了这棵树，只能说它自己倒霉咯，如果是别人拿的，它现在应该和其他的树一样在校园里咯……"盛明辉直接抢话，满脸的嫌弃。

"那你们也不能把它给弄死啊！"章音嚷嚷道。

何玲娟冷冷地瞥了她一眼，似乎在说：就凭你，还为一棵小树苗伸张正义？

"弄死它是为它好，不然它得了和你一样奇怪的病，那不是更痛苦！"盛明辉再次抢话，从他满脸得意的样子中看出，对自己这两次的辩驳他甚为满意。

"你凭什么说它就会得和我一样的病啊？"章音再次嚷嚷。

"说你是呆子就是呆子吧，怎么……"盛明辉气得直翻白眼，不知道用什么样的语言才能表达清楚。

"走！"何玲娟用一个字直接打断了盛明辉的话，嘴角扯了扯，往前走去。

"嘿嘿，你这辈子都别想种树……"盛明辉在转身的同时，对着目瞪口呆的章音重复着何玲娟的话。说完，把两只手放在头顶上，吐了吐舌头，扮了个鬼脸。

章音再次眼睁睁地看着同学们屁颠屁颠地跟在何玲娟的身后，然后一脚一脚地从小树苗的身上踩过……

他们终于走了。

章音憋着嘴巴，小心翼翼地从田埂爬到石子路上，来不及拍打身上的泥巴，就急冲冲地奔向小树苗。

为数不多的几片绿叶早已支离破碎地耷拉着耳朵，一些好不容易冒出的绿叶折了头，根部硬是被活生生地折断了，露出木头的原色，似乎在诉说自己曾经历怎样的噩运。

章音呆呆地看着这棵因为她而被蹂躏致死的小树苗，隐忍了好久的泪水终于沿着脸颊流下来，流出两条深深的泪沟，露出了原本的肤色。看着远去的同学们，她终于发现自己犯了一个致命的错误，总以为自己的隐忍会换来别人的同情。如今，自己无数次的隐忍却换来了别人变本加厉的欺负。

她蹲下身子，捡起小树苗，嘴角露出一丝惨烈的苦笑。何玲娟说得一点也没有错，自己就是一个罪人，只要和自己有关的东西都会遭罪。就像现在手中的这棵小树苗，它是无辜的，却逃不掉被欺负的命运，只因为它是她的小树苗。她用手背擦了擦眼泪，抬头望向蓝天白云，蓝天蓝得没有一丝褶皱，白云白得没有一点瑕疵，而她的眉头和心头却起了皱纹——不知道这种被欺负的命运将会持续多久，还有多少无辜的小生命会因为自己而被伤害。

章音拖着脏兮兮的身体，如木偶般走在这条石子路上。这是唯一一条通往外婆家也通往自己家的石子路，但很多时候，自己只能站在这条路上，朝着自家的方向望一望，再望一望。于她而言，家是冷清的，是寂寞的，是孤独的，是一个对爸爸妈妈无尽的等待中的所在。就像这条路对她而言也是这样的，基本都是形单影只，孤身一人在这条石子路上来来回回。没有人愿意和她结伴而行，没有人会和她说话，难得自己的好友黄洁会陪她走小段路，但看到其他同学，她就立马离开，那种紧张总是让她本来就白皙的脸更白，那颗鼻翼处的黑痣更黑，所以章音还是选择自己一个人上学放学。这两年来，她学会了自娱自乐，一个人边跳边跑，偶尔会扯上几句五音不全的儿歌，偶尔会哼上几句外公最喜欢的评弹，而更多的时候她会走得很慢很慢，会和路边的野花野草说说话，会一本正经地当一个小老师，传授它们知识，虽然它们根本就听不懂，但她还是乐此不疲。

这条石子路有好几条支路，通往不同的小村庄，很多同学都是住在这些小村庄里。在通往章音外婆家的支路上，黄洁等在路口。

"章音，你今天怎么了？"一看到章音，她就急急地问道。从她紧张又焦急的神色可以感觉到她对章音刚刚的表现相当意外。

章音没有回话，而是挑起一边眉毛和一边眼皮，斜着眼瞄了一眼黄洁，好像在说：今天的我让你很意外吗？是不是你也习惯看我骂不还口、打不还手的状态？

"你自己小心点，刚刚盛明辉正在怂恿别的同学一起欺负你，说不会放过你的！"黄洁紧张地看了看周围，微微凑近章音耳边，低声说道。不知是因为紧张还是害怕，她的声音竟然有点颤抖。

章音身子往后一仰，有意识地避开了黄洁，随后对着她咧嘴一笑，一副无所谓的样子。

黄洁狐疑地看了看完全反常的章音，自顾自地朝着自己家的方向走去。她心里很纳闷，换做之前，自己主动和她搭讪，她每次都受宠若惊般兴奋，今天却像被鬼附身了一般。

难道真的被吴辉推得把脑子给摔坏了？

她和其他同学一样都以为章音就是一个逆来顺受，习惯了被他们欺负的女孩。却没有人知道，章音在自己村庄里是孩子王，不管是比她大的还是比她小的孩子，个个听从于她，把她封为"大王"。

很意外吧！人是一种很奇怪的动物，当失去某种东西时，通常会通过另一种渠道来弥补失去的东西，这样才能起到一种平衡。不然一旦失去了平衡，就会很糟糕。章音就属于这样一种人，当她在学校里不断被同学们欺负后，她内心的某种东西渐渐消失，这种东西也许是快乐，也许是欢笑，也许是自信，也许是安全感……总之，后来，她又从村庄里的孩子们身上获取了这些失去的东西。

这是什么时候的事情呢？

章音看着黄洁肥嘟嘟的身子一摇一摆地走进家门，她的思绪开始像三月的柳絮般飞舞。

在她读二年级的一个周日，村里有一户人家死了一个老头。村里有个规矩，只要是丧事，全村的人都要去，所以平时都在外婆家生活的章音就跟着妈妈一起去了这户人家。那天，全村的孩子都聚集在一起，那些差不多大小的孩子很快就玩到了一起。因为章音很少和这些孩子一起玩，所以比较拘束，都是跟着他们的节奏来。直至有小伙伴说，这些游戏都玩腻了，有没有什么新鲜的游戏时，章音想到了自己学校里最近流行的一种新游戏——木头人。这个游戏相当好玩，就是一个人面向墙壁，其余的孩子站在这个人的身后，距离五米左右，接着面向墙壁的人嘴里唱"木头人，木头人，不许讲话不许动！"在他唱的同时，那些他身后的孩子可以随意往前移动，当他话音一落，他就会立马转身，这些移动的孩子必须是一动不动的，如果在他转身后还在动，就要出局。当章音把这个她只看到同学玩自己却从来没有玩过的游戏告诉村里的小伙伴们时，大家炸开了锅，兴奋得手舞足蹈。这游戏一玩，就玩到了月亮升起。从那次起，村里的孩子每周都等着她回家，然后找她一起玩，而章音呢，她总能把一些旧的游戏经过自己的改良，创新出比较新鲜好玩的玩法，这样一来，大家就越来越喜欢她，越来越依赖她……

想到这里，章音咧嘴一笑，沾满泥巴的脸皱成了一团。她的心却渐渐抚平了。

中午匆匆扒完了饭后，章音就急急地朝学校走去。她还是不甘心自己的希望就此破灭，所以想趁同学们午休回家时间，自己先去学校再找一棵废弃的小树苗，偷偷地种上。为了节约时间，还特地从家里偷偷拿出了一把小铁锹。

校园里静悄悄的，只有几只麻雀蹲在篮球架上叽叽喳喳，似乎在议论些什么。章音四处张望了一下，确定没人后，就急冲冲地奔向了上午堆小树苗的地方，却发现那里空空如也。

不会吧？上午明明还看到有几棵的，怎么会没有了呢？是谁把它移走了呢？移到哪里去了呢？

章音双目搜索周围，嘴里嘀咕着。

不会是扔到河边了吧？

这个念头一起，她撒腿就往学校旁边的一条废弃的小河边跑去，一边跑一边默默祈愿……

几分钟后，当她气喘吁吁地跑到小河旁时，发现一个人早已站在那里。

何玲娟？她怎么会在这里？她来这里干什么？

章音猛地刹住了往前冲的脚步，愣愣地盯着不远处的那个背影。只见何玲娟卷起了袖口，弓着背，猫着腰，屁股翘起，用力地把一些小树苗往河里推。

她到底是在干什么啊！

章音双拳握紧，牙齿咬得咯咯响。因为气愤，胸部剧烈地起伏着，那瞪直的眼睛里一头小兽蓄势待发。

自己千算万算都没有算到会在这里看到死对头何玲娟，更没有想到会看到这么令人愤怒的一幕，看来自己还是来晚了一步。

只是，她这样做到底是为了什么呢？难道她早就猜到自己会去河边找小树苗？所以要直接把自己所有的念想和希望都抹灭吗？

她怎么会这样蛇蝎心肠！章音在心里暗暗骂道。其实说真的，她自己也不知道什么叫"蛇蝎心肠"，只是看葫芦娃里的蛇妖精，感觉特别坏。

我不能让她把所有的小树苗都给推到河里，不然自己的希望就真的落空了。章音再次心里暗自嘀咕。

只是下一秒，她又胆怯了，如果自己这样过去和她争夺小树苗，先不说能不能争得过，到时即便自己争到了，也不一定能种上去！因为她肯定会找盛明辉他们来阻止的，这样等于又是竹篮打水一场空了。看来只能智取。

章音四周看了看，找了一棵比较大的树，躲在后面，然后探出头，小心翼翼地盯着何玲娟的一举一动。她还是愤怒的，以至于双手的指甲深深地抠进了树皮里，但她自己却没感觉到，因为她除了愤怒之外，还特别地用心。

五分钟后，何玲娟终于完成了"任务"，她直起腰，双手拍了拍，放在腰后背敲了几下后，转身朝着教室的方向走去。

在她转身的瞬间，章音看到她嘴角漾起的笑容。那是一种如释重负的笑容，似乎终于完成了一件大事。

呸！把自己的快乐建立在别人的痛苦之上的坏蛋！

章音朝着何玲娟的背影吐了一口口水，低声咕哝道。随后蹑手蹑脚地走到河边，看着河里的小树苗发呆，寻思着怎么才能打捞一棵上来。

接着她从旁边找来了一根长长的竹竿，然后踮起脚尖，身子前倾，伸长手臂把竹竿往河里捅，良久，终于拉上了一棵很小的小树苗。虽然心里有点不喜欢，但总比没有好，章音把竹竿一扔，双手在灯芯绒裤子上擦了擦，拎起小树苗就往操场赶。

远远地，她看到上午自己种树的地方似乎有什么东西，在阳光下闪出细碎的光。

章音急急地奔过去。

一颗很大又很壮的小树苗乖乖地躺在地上，那些细碎的光是绿叶上的水珠。章音简直不敢相信自己的眼睛，放下手中那棵小得不起眼的树苗，揉了揉眼睛，再睁眼看，没错！真的是棵小树苗，而且是在自己的地盘上。

是谁？是谁把小树苗放在这里的？难道是老师看到这里空着，所以放了一棵，等着栽种？嗯，应该是这样，不然不可能无缘无故地在这里放一棵小树苗。

章音终于露出了欣喜的笑容，脸上的雀斑都似乎被染上了光泽，变得透亮。她心里暗想：哼，他们休想再把我的小树苗给糟蹋掉，到时我就告诉老师去！

三年级的教室窗户前，一个女孩半个身子都趴在窗台上，伸长脖子往操场这里张望。阳光下，女孩额头上的痣更加明显。

第十四章

碎了的手表

看着地上的玻璃渣子，她终于第一次号啕大哭，似乎摔碎的不是表盘，而是她那颗假装坚韧的心……

所有的委屈、不甘、恐惧、愤怒都涌出泪腺，迸出眼眶，掷地有声地掉落在地上。没有人同情她，没有人安慰她，更没有人站出来为她辩护，一顶"故意破坏"的帽子扣在了她的头上……

何玲娟特别兴奋，她已经不止一次抬起自己的右手，对着阳光，眯起那双好看的眼睛，盯着手臂处突然多出来的一块石英表，嘴角渐渐漾起一道美丽的弧线。

　　这是一块上海牌男士手表。从它的款式和新旧程度，还是能看出它已经有些年代了，圆形的玻璃表盘有明显的磨损，不锈钢的表带不再那么锃亮，但这丝毫不影响何玲娟对它的喜爱。因为整个班级没有人戴手表，甚至有些同学也许还从来没有看到过手表。

　　"何玲娟，你戴的是什么？"吴辉巴眨着眼睛，好奇地问道。他不懂为什么整堂课何玲娟都在摆弄手腕处的这个怪东西。他实在看不出这东西有什么好玩的。

　　"你不懂了吧！"何玲娟鄙夷地瞥了一眼满头雾水的吴辉，嘴角骄傲地往上一扬，"这叫手表。"说完，又开始抬起右手，眯起眼睛独自欣赏。

　　"手表？"吴辉摸着脑袋，再次好奇地问道，"它是什么东西？"

　　"笨蛋！"盛明辉不知何时突然蹿了出来，在吴辉的脑袋瓜上拍打了一下，自豪地说道，"手表，顾名思义就是戴在手上的表，那么表是用来干吗的啦？这点你不会也不懂吧。"说完，斜眼看着吴辉，一脸的嘲讽。

"啊，原来这是看时间的啊……"吴辉嘴巴张得大大的，一排参差不齐的牙齿跑了出来，一副恍然大悟的样子。

盛明辉无奈地翻了翻眼皮。其实吴辉不知道手表是什么东西也很正常，毕竟是单亲家庭，家里又是村里有名的特困户。但有一点让他想不明白的是，这么穷的家底，为什么吴辉还会这么好面子？现在他没时间去思考这个答案，所有的心思都被何玲娟的手表给吸引了。

"何玲娟，你的手表真漂亮。"他谄媚地奉承道，满脸的羡慕。

"漂亮吧，那是我爸爸给我的，他说我现在上五年级了，要有一块手表，这样的话代表我能自己掌控时间了……"何玲娟骄傲地说道，说完再次抬起了右手臂，因为表带实在太松，所以直接到了她的小手臂处。但这丝毫不影响她欣赏的兴致，目光始终定格在手表上，似乎像一块磁铁般被吸引了，而嘴角一直上扬着。

这也难怪，对于一个刚上五年级的孩子来说，开学第一天就能戴上一块手表，这是一件多么值得炫耀的事情，其实最值得骄傲的是父母的认可和信任。

"哇，你爸爸真好，如果我有一个这样的爸爸就好了……"盛明辉再次说道，这一次他脸上羡慕的神情特别真实。他是真心羡慕何玲娟有这样一个爸爸，就像章音从小学一年级就开始羡慕何玲娟有这样一个爸爸一样。

"那当然，"何玲娟终于收回了目光，不屑地瞥了一眼满脸羡慕的盛明辉，骄傲地说道，"我爸爸对我可好了，我就是他手心里的宝，只要我想要的，他肯定能满足我……"说完，垂下手臂，晃了晃右手，那本来就特别宽松的表带就在她纤细的手腕处来回转动，就像是时针和秒针在相互追逐。

盛明辉眼睛直直地看着何玲娟的手腕处，困难地咽了咽口水，试探地问道："这是你爸爸给你新买的吗？"

何玲娟身子明显地一愣，语气很不友善地回应："当然！"随后，收起了抬起的手臂，放在了课桌下，黑着脸不开心地命令道，"别待在我身边啦，走开！"

盛明辉不明就里地看了看突然变脸的何玲娟，又和同样一脸茫然的吴辉对视了一下，然后悻悻然地离开了。他不知道自己哪里得罪了这个大王，让她突然性情大变。

看着盛明辉离开了，何玲娟嘟起嘴巴，嘴里冷哼了一下后，就趴在课桌上，脑海里浮现出了昨晚的一幕。

"玲娟，明天开始爸爸每天要上白班，你妈妈也决定在镇上摆个小摊位，卖一些杂货，所以白天我们都不在家，就不能给你们煮饭了，以后中午饭就要依靠你来煮给哥哥吃了。"

"你现在长大了，哥哥又没有自理能力，所以你应该帮爸爸妈妈分担点家务事了。"

"这样，为了不耽误你上学时间，爸爸把我的手表给你，这样你只要看一下手表，就知道时间了。"说完，爸爸摸了摸手腕处戴了好几年的手表，随后摘了下来，拉过何玲娟的手，小心翼翼地帮她戴上。

"太松了，明天我拿到镇上去弄一下，取几节表带下来，这样你就能戴了。"说完，爸爸又摘下了何玲娟手上的手表。

"爸爸，先放我这里几天吧，等周日的时候再去镇上弄好吗？"何玲娟急急地央求道，接着又补充道，"明天就上学了，你和妈妈又不在家，所以……"

爸爸略一思考，叮嘱道："嗯，也好，但你要保护好，千万不要弄丢了。"说完，把手表递给了何玲娟。

这手表可是爸爸的心头肉啊！这年头戴手表的人本来就少，农村的人更是少之又少，爸爸因为在镇上上班，所以几年前咬了咬牙，买了一块当时比较时兴的上海牌手表。后来，他像宝贝一样伺候着，连何玲娟都不能触碰一下，要不是现在特殊情况，他是打死都不可能把手表给别人的。

想到这里，何玲娟急急地把手表从手上摘下来，拿在手里再次预习了一下昨晚爸爸教她认时间的方法后，才依依不舍、小心翼翼地放进了裤袋里。但是，不知怎么回事，心里总有一种说不清的感觉，就像是无数只猫爪在挠一样，这种感觉和刚刚盛明辉问她手表是不是新买的一样，很矛盾。她不知道其实这是虚荣心在作祟，刚刚面对盛明辉的问题，自己选择说谎，其实就是不想被他嘲笑。而现在也是一样，想戴在手上炫耀，又怕真的弄丢。

几分钟的纠结后，她还是选择了从裤袋里掏出手表，再次戴在自己的手上，嘴角绽开了满意的笑容，全然无视同桌吴辉诧异的目光。

何玲娟就这样带着一种前所未有的满足感上完了五年级的第一节也是第一次的英语课。

课间铃声刚响起，同学们突然像说好的一样一下子簇拥到了何玲娟的课桌旁，叽叽喳喳地嚷嚷着。

"何玲娟，这手表怎么看时间啊？"周跃芳的大嗓门直接盖过了所有的叫嚷声，她一把推开了挡在她前面的同学，把高大的身子安放在何玲娟的课桌前，然后直接趴在上面，讨好地征求道，"你教教我吧，我什么都不懂，可好奇了……"

"对呀，对呀，这手表到底怎么看的呀……"何霞在旁边也叽喳起来，一年级的时候她说话细声细语的，但到了五年级，完全像变了一个人，说话特别尖锐，胆子也变得很大，课间时不时和男同学追追赶赶，吵吵闹闹的。

何玲娟得意地瞥了一眼满脸好奇的同学们，随后轻轻叹了一口气，假装无奈地说道："唉，看在同学一场的份上，那我就教教你们吧……"

说完，她抬起右手，又在半空中晃了晃，随后才慢慢地把右手臂平稳地端放在课桌上，左手在裤子上擦了擦，又在手表的镜面上轻轻抚摸了几下后，才煞有介事地说道："你们看，这里面有两根针，一根长一根短，一根跑得快，一根跑得慢。"她边说边用食指指着表面。

"嗯，这两根针是什么呢？代表了什么呢？"周跃芳急急地问道。

何玲娟鄙夷地白了一眼猴急的周跃芳，然后又扫视了一遍这些同样伸长着脖子、眼睛直直盯着自己手腕处的手表的同学们，冷笑了一声："急什么急？我不是还没有说完嘛……"

"短的针和跑得慢的针代表时针，长的针和跑得快的针是秒针。"她一字一顿地说着，接着又指了指表盘，"你们看，里面有很多数字，是从 1 到 12 的，代表着不同的时间点，所以时针指在哪里，就说明现在是几点。"

"那秒针呢？秒针指在哪里呢？"何霞的问题就像她的声音一样尖锐。

何玲娟愣了一下，努力从脑海中搜索着昨晚父亲教自己怎么看秒针的方法，但她发现根本记不起来了。如果现在真实地告诉同学们，说自己也不认识，那么肯定会被他们嘲笑，虽然他们不敢当面嘲笑，但这一定会影响自己在他们心目中的威信。本来自己今天壮着胆子把手表戴出来，就是为了在他们面前显摆，增加自己的威信的。如今看他们的神情，已经对自己佩服得五体投地了……

所以，坚决不能说！

"我不教你们了，教了你们也没有用，反正你们又不戴手表。"何玲娟找了一个特别合理的理由拒绝了。她觉得这是最好的理由，因为自己讲的也是事实，这些站在自己面前的同学是不可能戴上手表的。

"教了我们，我们也可以去别的班级显摆！"吴辉突然插话，他双眼透着光，似乎很兴奋的样子。

刚刚想偃旗息鼓的同学们因为吴辉的话又兴致勃勃了。何玲娟气得想骂人，但又不能骂，她只能用眼角的余光狠狠地剜了吴辉一眼，心里嘀咕道：你这个小不点，要你多管闲事！

"这个秒针啊……"无奈之下，何玲娟只好装模作样地说道，但她的脑海里正想着万全之策，"哎哟，我的肚子好疼，要上洗手间……"她一把揉住肚子，眉头紧皱，咬着下唇，边叫着边从椅子上站起来。

随后，她猫着腰，右手捂住肚子，快速地冲向了教室门口。

"砰"一声巨响，她和从教室外边走进来的章音撞了个满怀。

未等同学们反应过来，又传来一声尖叫："啊！"

那是何玲娟发出的，只见她脸色煞白，左手握着右手的手腕处，双眼惊恐地盯着脚下的水泥地。

大家循着她的目光看向了那块去年学校才浇筑的水泥地，刚刚还在何玲娟手腕处的手表赫然躺在地上，表盘上的玻璃因为撞击碎成了玻璃渣子，分散在四处。

反应过来的同学们像小鸟一般迅速地围了过去，大家瞪着眼睛，看着地上被摔碎的手表，不知所措。

"你，你……你赔我的手表……"惊醒过来的何玲娟哆嗦着嘴巴，对着早已吓傻的章音怒吼道。她第一次感觉到了害怕，这可是爸爸的宝贝啊！自己第一天拿就把它给摔碎了，被爸爸知道后，不知道会生气成什么样子。

　　章音低着头，咬着下唇，双手缠绕在一起，慌乱地揉搓着，不敢抬头看一眼何玲娟。她不知道怎么会这样，自己明明好好在走路，怎么何玲娟会突然冲了出来，把自己也吓得半死，最关键的是，她的尖叫，还有她突然煞白的脸更是让自己忐忑不安，以为哪里弄痛她了。现在才知道，她的表情会这样，源于现在躺在地上的这块已经破碎的手表。她认为是自己弄碎了她的手表，如今她要自己赔偿这块手表。

　　章音觉得特别冤枉。

　　英语课是五年级新添的科目，今天的英语课是第一次上。不知为何，她对英语有种很特别的感觉，一种强烈的求知欲，因为这种感觉，所以下课后，她就直接跑去办公室找英语老师陆老师，问了几道上课没有搞明白的题目。本来兴奋又幸福的她，怎会料到一场厄运会无缘无故地降临到她身上。

　　"你赔，你赔，赔我的手表！"何玲娟再次吼道。她的小脸依然煞白，含泪的眼睛死死地盯着呆若木鸡的章音。她的内心很慌张，因为只有她最清楚，刚刚发生的这一幕到底是怎么回事。其实真的怪不了章音，是自己太焦急太慌张，是自己的手表表带太松了，所以在撞上的瞬间，自己的手本能地一甩，手表就在这个时候被自己甩出了手腕处，掉落在了地上。

　　但现在决不能承认是自己的错误，既然是和章音撞上了，那么注定了她是替罪羊，只能怪她命不好。

　　一阵沉寂，谁也不说话，谁也不敢说话，担心一说话事情就会落到自己头上。

　　害怕和悔恨还有自责，让何玲娟再也无法掩藏自己的情绪，闭上眼睛开始大哭。早知道会发生这种事情，刚刚就不应该再次戴上手表；早知道会把手表摔坏，刚刚打死也不该拿出来炫耀；早知道结果是这样，昨晚就不应该和爸爸说先要拿着……可是人生哪有早知道啊，只有结果。她看着地上表盘摔碎的手表，急得直跺脚，边哭边抱怨："都怪你，都怪你，你为什么要撞我，你不撞我，手表就不会碎，你赔我的手表……呜呜……你赔我的手表……"

章音看着情绪完全失控的何玲娟，吓得连呼吸都小心翼翼，站在原地不知该如何是好。走也不是，不走也不是。

"章呆子，你聋了呀！"盛明辉突然从队伍中站出来，走向吓得全身在发抖的章音，边推搡着她边叫道，"何玲娟让你赔她的手表，你没有听到吗？你是不是故意装聋作哑？"说完，对着人群中的吴辉和盛连强使了一个眼色。

吴辉整个人变得精神抖擞，前几天丢掉的面子现在终于可以挣回来了。

"喂，章呆子，你撞坏了何玲娟的手表，你知道哇？那可是人家爸爸给她新买的手表，很值钱的！"吴辉耸了耸瘦小的肩膀，阴阳怪气地叫道。

"对呀，是新买的呀，昨天买的，人家今天才戴上，就被你这呆子给撞坏了，你说你该当何罪？"盛连强推了推眼镜，小眼睛在厚厚的镜片后眨巴了一下，马上附和道。

同学们的目光齐刷刷地看向了水泥地上的手表，大家都心知肚明，但谁也没有说话。章音没有任何反抗，眼睛却死死地盯着手表，虽然表盘摔碎了，但从手表的样子来看，这款手表也不是新的，更何况一看就是男士手表，何玲娟的爸爸怎么可能给她买一块男士的手表呢？但她和其他的同学一样，也是不敢吱声。

何玲娟看到有人已经为自己出头，心里有了底气，眼泪换来了同情，她就哭得更伤心了，边哭边说："我回去怎么和我爸爸交代啊……他肯定会打死我的……弄不好还会来学校问同学到底是怎么回事……"

同学们面面相觑，又心有余悸。何玲娟爸爸的强势大家在一年级的时候就领教过，如果他真的再过来，后果……

"章呆子，快赔偿！快赔偿！"周跃芳第一个反应过来，直接要求章音赔偿。

大家被她的大嗓门一叫，似乎都惊醒了，都开始附和周跃芳的话，一时间，这声音此起彼伏。

"把人家的东西弄坏了，你还不想赔吗？"何霞也跟着起哄，她的声音很尖锐，再次划破了大家的耳膜。

"对，对，对，就是，就是，就是……"同学们异口同声地叫道，眼睛都死死地盯着缩紧身子、浑身发抖的章音，似乎她犯了不可饶恕的罪。

章音如受惊的小鹿，把头埋进肩膀里，双腿都在发抖，她真的不知道该怎么办！想要辩驳，喉咙里像塞了块棉花一样，无法发声；想离开，双腿如灌满了铅一样沉重。这一次，她吓得连眼泪都没有。她知道，如果自己不把这个责任担下来，不赔偿的话，同学们是不会放过她的！但是这件事真的不是自己的错，她凭什么要承认是自己的错呢？凭什么赔偿呢？而且自己的父母知道这件事，肯定也会打她的……

几分钟后，何玲娟突然停止了哭泣，她走到始终一声不吭的章音面前，厉声喝道："把我的手表捡起来！"

章音一愣，马上蹲下身子，哆嗦着右手，捡起了躺在地上早已不完整的手表，然后朝何玲娟怯怯地伸出了手。

"我，我，我不是……故意……的……"她低声解释道。

"我怎么知道你是不是故意的？你说你不是故意的就不是故意的吗？谁证明你不是故意的？"何玲娟咄咄逼人，语气很急很快。她会突然说话，和马上要上课是有关系的，她压根就不想让老师知道这件事情。

"对，对，我们都看到你撞上了何玲娟，你是故意的，你别想狡辩！"盛明辉带头帮何玲娟证明。

其他同学跟着附和，都站在了何玲娟这一边。

这是章音不用想都知道的结果，她绝望地低下了头，轻声致歉："对……对不起……"

"哼！对不起，对不起有用吗？对不起就能让我的手表变成新的吗？对不起你就可以逃脱所有的责任吗？对不起就可以让这件事情过去吗？你一句对不起还很值钱嘛！"何玲娟像走火的机关枪，疯狂地扫射着章音，根本不给她一个反击的机会。其实章音压根就没有想过反击，因为反击没有用，只会带来更多的嘲笑和欺凌。

"何玲娟，你和她废话那么多干什么啊，直接告诉她要赔多少钱就好了。"盛明辉突然建议道，难得他有这样的思维，让大家都对他刮目相看。

"盛明辉说的没有错，就直接告诉她赔多少钱就可以了，反正她不赔也得赔，赔也得赔……"吴辉马上附和道。

同学们都急急地附和着，生怕一不留神就被分站队。

何玲娟摸着下巴想了想，其实她也不知道这块手表是多少钱，但又不能这么轻易放过了章音。毕竟章音不赔，自己就必须承担责任，到时爸爸问起来，自己可要倒霉了。最重要的是，自己在同学们面前就没有面子了。

"嗯，你就赔100元吧。"她随口报了个心里的数字。

人群突然一阵沉寂。大家都你看看我，我看看你，谁也没有想到一块手表要值 100 元，要知道，这 100 元可是一笔不小的数目啊，很多同学估计连看都没有看过。

　　章音是肯定没有看到过，所以在听到这个数字的时候，她突然抬起下巴，张大嘴巴，号啕大哭……

　　她所有的委屈、无助、恐惧和愤怒都通过发达的泪腺涌出眼眶，掉落在拿着破碎手表的手背上。她想不明白，自己的命为什么会这么苦？当初进这所学校是为了帮父母减少麻烦，没想到却给自己带来了无尽的麻烦！这么多年来，面对他们的欺负和嘲笑，有时候甚至是打骂，自己都忍气吞声，不曾反抗，也不曾和父母说。那不是因为自己胆小怕事，不是因为不想反抗，而是不想给父母添麻烦。妈妈说了，长大后，脸上的雀斑会渐渐消失的，会越长越漂亮的。她相信妈妈的话，因为妈妈说把头发剪短了，头虱就会消失，后来头发剪短了，头虱就真的没有了。妈妈给她一个又一个的希望，这么多年来，她就是靠着这些希望在努力和隐忍，她盼着自己快快长大，到时脸上的雀斑就会渐渐消失，上了初中，就再也不会有同学因为自己的雀斑嘲笑和疏远自己了……但如今却发生了这种事情，自己怎么和父母去说？他们那么辛苦地赚钱，自己怎么开口啊？

　　她越想越难过和害怕，为自己，更为父母。如果父母知道他们没日没夜赚来的辛苦钱要拿去为自己女儿犯下的错误埋单的话，他们能接受吗？能反抗吗？能像何玲娟的爸爸那样霸气地冲进教室，质问全班的同学们吗？他们肯定不能，因为爸爸一直说，我们是穷人家的孩子，凡事要学会低头。所以，贫穷绑架了他们的行为，他们的思想，或者直接说是摄取了他们所有的底气！

　　"章呆子，你哭有用吗？哭了就能解决问题吗？你傻啊，真是傻！"盛明辉再次推搡着哭得全身打颤、上气不接下气的章音，大声叫道，"你以为你哭了就不用赔偿了吗？你以为你哭了就没事了吗？"

随后他叹了一口气，嘲讽道："省省力气吧，有这些哭的时间还不如想想怎么和你爸爸妈妈说这件事吧，小心被他们打死！"说完，他掩嘴嘿嘿一笑。

他的话让章音更加恐惧，哭得更加伤心。对啊，如果自己说把同学的手表给弄坏了，需要赔偿100元，火暴脾气的爸爸肯定会把自己打死，到时谁也救不了自己。最关键的是，自己向来是个好女儿的形象会在他们心目中轰然倒塌，到时爸爸肯定又要逼着妈妈再生一个孩子。一想到这，章音不寒而栗，哭声变成了牙齿的打颤声。

"你再哭也没有用，我限你一周内把100元赔给我，不然我就汇报老师！"何玲娟一把抢过章音手里的手表，冷冷地说道，然后走向了自己的座位。其余的同学也各自回到了自己的座位。

"听到没有，一周之内！超过时间，有你好看！"盛明辉恶狠狠地威胁道，随后还举起拳头在章音面前挥了挥。

章音像一滩烂泥一样，瘫坐在地上，脑海一片空白。九月的天气还很热，她白色的衬衫早已湿透，像刚刚经历了一场噩梦！

在上课铃声响起的同时，她缓缓地站了起来，像一个干尸般慢慢移步到自己的座位，她不知道接下去等待她的将是什么，妈妈还有什么希望可以让她支撑下去？

第十五章

这是一种奇怪的现象

操场上，当我牵起她的手，低着头使出全身的力气奔向那个终点时，她终于对我笑了，那一排洁白的牙齿在阳光下像珍珠，闪着的光瞬间照进我常年结冰的心，我听到一声奇怪的"咔嚓"声，像是冰块裂开的声音，很清脆很真实……

我有气无力地走到教室的最后面，然后把书包随意地一扔，就坐在椅子上垂着脑袋发呆。

　　那天班会结束后，姜昕语真的去了林老师的办公室，我不知道她是怎么和林老师说的，反正在昨天放学前，老师还是让我换了座位，把我调到了教室最后一排的座位上。她在班级里是这么说的：

　　——马上就要期末考试了，这次期末考试代表你们的小学阶段正式结束，也代表你们将迎来崭新的初中生活。

　　——我希望各位同学不要因为个人因素影响学习，希望你们都能为自己的小学阶段画上一个圆满的句号。

　　——但确实因为某种因素严重影响到学习的话，就应及时解决，比如姜昕语同学因为身体原因，提出想一个人坐，考虑到她马上要竞选区三好学生，所以我就答应了她的要求。

　　——于漫漫，那从明天开始，委屈你一下，就暂时不和姜昕语同桌吧。

　　说完，她环顾了整个教室后，又说道：

　　——目前就后排还有一个空位，你就先坐那里去吧。

当我循着林老师的目光转头看向后排的座位时，眼角的余光除了瞄到其他同学幸灾乐祸的眼神之外，还有姜昕语下意识流露出来的胜利者表情。

唉……

我在内心深深叹了一口气，其实我不怪林老师，毕竟老师喜欢成绩好的学生是件再正常不过的事情。我也不恨姜昕语，她解脱了，我也终于解脱了……

过几天就是期末考试了，同学们似乎进入了一个很奇怪的状态，不知是刻意还是无意，面对数不清的试卷和听得耳朵长茧的说教，教室里依然是一幅其乐融融的画面，根本看不到一丝丝的紧张。但不管如何，我还是能感受到磁场里有着焦虑和害怕。

这种紧张的气氛是老师刻意营造出来的……

第三堂是自修课，但数学老师张老师如约而至地跨进教室，手里依然捧着一大叠试卷。教室里响起一阵无力抵抗的哀叹声。

"放心，今天不考试，只是讲解昨天的试卷！"张老师急急地解释道，脸上露出尴尬的笑容，连他自己都明白，最近是多么招人嫌弃。

但他的这个解释似乎没有缓解同学们的厌烦，反而增加了另一种怨气：这批改试卷的动作也太快了吧，这张老师可是教四个班级的数学，每个班级50个学生，共有200个学生。哦，老天，他这是在发疯吗？

"不用紧张，没有批改成绩。"他似乎感受到了同学们的担心和哀怨，补充了一句，随后露出苦笑。这些孩子，真是皇帝不急太监急，自己每天跟在他们屁股后面催呀催，他们倒好，不要说埋头努力向前冲，反而开始逛起了马路，慢吞吞的，一副悠闲自得的样子。

当听到说是讲评试卷，我的整个心思就开始游离出教室了。我敢这么做，一是因为眼前这个雷厉风行的数学老师一贯会把全部的注意力都集中在讲题上；二是昨晚我做了个奇怪的梦，梦境中我竟然也跳进了妈妈的眼底，再次去了她的童年记忆中。只是这次的感觉和之前的几次完全不同，不但镜头凌乱，而且还特别奇怪，奇怪得让我不敢轻易把这个梦给忘掉。

梦境中，妈妈的身影直接闯进我的眼睛，她急冲冲地走在那条从家里通往学校的石子路上。从太阳的位置看，应该正是中午烈日当头之时；从妈妈的方向来看，她应该是吃完午饭要去上学，只是，从她行色匆匆的样子来看，似乎又不像是急着去上学。我用力地扭动了一下身子，想超过她，看看到底是怎么回事。结果，我完全不能像之前那样虽然四肢不能动，但身子可以随心所欲地动，只能眼睛如一架望远镜般跟随着她。

可能是嫌自己走得太慢，妈妈竟然开始小跑起来，一边跑一边擦拭着汗水，一条马尾辫在她的脑后来回地晃动。

目测，妈妈似乎又长高了，两条腿笔直又纤细，尘土和石子在她白色的帆布跑鞋跟后飞扬。

几分钟后，她跑到了校门口，弯下腰，双手支撑在膝盖上，气喘吁吁的。只是停顿一下，她似乎想起了什么，直起身子，转身朝另一个方向跑去，而且跑的速度远远快于之前。

她不进校门去哪里？看来我的猜测是对的，我在心里嘀咕着，眼睛却紧紧地跟着她，不敢眨眼，怕一眨眼，就把她给跟丢了。

妈妈绕着学校的围墙奔跑，没多久，在围墙的尽头，一转弯就不见了。我一急，眼睛就巴眨了一下。结果，让人兴奋又奇怪的事情发生了！

目光竟然再次锁定了妈妈的身影。

她站在小河边，看着一堆小树苗发呆。从小河的样子来看，这似乎是一条废弃的小河，里面堆满了很多缺胳膊断腿的树木，还有一些石块什么的。从那堆小树苗的样子来看，这些似乎是刚扔过来的，只是个头比较小比较细，看上去就像是发育不良的孩子。哦，这些好像就是上午放在学校操场上让同学们栽种的小树苗！我脑海里闪过上次跳入妈妈眼底的一些镜头。只是，妈妈来这里干什么呢？

她双手叉腰，嘟起嘴巴，用脚踢了踢这堆小树苗，随后似乎不甘心，又蹲下身子，先是用右手搬弄它们，紧接着把左手也用上了，不断地搬弄着，里里外外的。

妈妈这是在找什么呢？

没多久，她终于停下了翻找的手，咧嘴笑了，一口整齐白皙的牙齿跑了出来，在阳光下如珍珠般耀眼。

我的目光从她的身上移向了她眼睛直视的地方。

一棵相对比较粗壮和高大的小树苗映入我的眼帘：它看上去很健康，不但有几片生机勃勃的绿叶，竟然还有几枝冒出绿芽的嫩枝丫。

妈妈是要做什么？我把目光再次移向了妈妈。

只见她直起身子，拍了拍手，然后叉腰，眉毛一抬，露出得意的神色。感觉不只对自己的举动很满意，而且对眼前这棵透着旺盛生命力的小树苗也很满意。

紧接着，妈妈搓了搓了双手，半蹲着身子，用力扛起这棵小树苗，朝着另一条路走去，那姿势和章音上次扛树一样，很好玩。

我的目光一路跟随。

几分钟后，她站在学校的操场上，像做贼似的环顾了整个校园，在确定没人后就急急地奔向了上午他们植树的地方，并在一块空地上停了下来，那里已挖好了坑，却不知怎么回事，没有种上树。

看来妈妈是来种树的。我想。

她蹲下身子把小树苗小心翼翼地放下来，就像在放一件容易碰碎的重要物品，随后探头看了看那个坑，又瞄了瞄树根，侧着脑袋，似乎在思考这个坑能否包容小树苗的根？没多久，她站了起来，又环顾了一下周围，转身离开了。

才走几步，她又撤了回来，再次蹲下身子，搬起刚刚的小树苗，把它放在了离坑很近很近的地方，舒了一口气后，再次离开。

我非常纳闷，妈妈既然不是来种树的，那么她搬这棵小树苗到这里又是为了什么？稍微一思索，又把妈妈给跟丢了！这一次，我不紧张，直接眨巴了一下眼睛，妈妈的身影再次出现在我的眼睛内。

她竟然又跑去了小河旁，我看到她的时候，她正撅着屁股，奋力地把余下的小树苗往河里推。

这又是在干吗啊？干吗突然又把小树苗往河里推？我突然发现妈妈童年的行为很诡异，总让我觉得不可思议！

难道就是因为她诡异的童年才造就了现在的性格？古怪又捉摸不透！我脑海里瞬间闪现出很多关于她的奇葩事情，像放电影一样，一幕接着一幕……等我回过神，发现妈妈又不见了，我无奈地叹了一口气，眼睛又一次眨巴一下。

她又在干吗？趴在窗台上朝着操场的方向看什么呢？从她用力探出的身子，还有嘴角扬起的笑容，似乎那里发生了很有趣的事情。我也用力想去看，可悲的是梦境中的我，目光只能锁定妈妈的背影，其余的任何都看不到。

靠！

我在自己的脏话中惊醒了，随后……

"这道题目有点绕，涉及的知识点比较多，所以我们班基本是全军覆没，"张老师突然从他的试题中抬起头，然后用犀利的目光扫视了整个教室，继续说道，"但是还是有两个同学做对了，一个是姜昕语，另一个是……"他的目光定格在姜昕语身上一秒钟后，眼珠转了转，似乎在想另一位同学的名字，又似乎在找寻另一个同学，"是于漫漫。"他的目光终于定格在我的脸上，叫出了我的名字。

我身子猛地一激灵，就像是被人从梦中硬生生地扯了出来，然后茫然地看着张老师，一脸的懵逼。我想我脸上的表情一定很滑稽，不然不会引来同学们的哄堂大笑。

"大家都别笑，我觉得于漫漫同学最近进步很快……"张老师继续说道，脸上的表情相当滑稽，是那种想笑又不能笑的尴尬和肌肉抽搐。我知道他也在用力克制自己想要笑的冲动。

这有什么奇怪的！当你习惯在课堂上基本不会听到老师叫你的名字，有一天突然叫你，而且还是表扬，你会是什么表情？对了，肯定和我一样对吧。只是我突然发现，同学们看我的眼神很奇怪，那是赤裸裸的怀疑和鄙视啊！好吧，这也不奇怪，毕竟我的成绩在那里，一个平时成绩不是很好的人，却突然会做一道全班基本不会做的题目，最关键的是我之前的学霸同桌也做对了，那么这种怀疑和鄙视再正常不过了。没错，昨天我和姜昕语还是同桌，数学测验的时候，我还坐在她身边。但我真的没有作弊，我发誓！

我依然屏蔽了张老师接下去讲题的声音。一个充满想象力的女孩，突然把脑海一转，回想起了前几天和妈妈之间的对话。

——漫漫，今天你们老师找我过去谈话了，是关于你的成绩。

——老师说你的成绩很糟糕，而且还特别不主动，你到底是怎么回事？

——之前在小镇上你不是成绩很棒嘛，老师眼里的好学生啊，怎么来到这里就不行了？

——你就不能把在小镇上学习的热情用在这边的学校吗？你这样真的让我很丢脸啊！

——我和你说啊，这里的竞争很激烈的，如果你再不努力的话，到时想跟上都难了。

——这个暑假我给你去报补习班，争取让你跟上这边的进度。

——对了，我们以后就在这里落根了，不可能再回小镇去了，所以你要适应这里的学习环境。

……

我看着张老师嘴巴快速地一张一合，就像看到了妈妈那天的嘴巴，也是一张一合。我有点厌恶地闭上眼睛，让自己再次沉浸在昨晚的另一个梦中。

她在哭，坐在那座铁路桥的台阶上哭，一边哭一边转头望向铁路的另一头。一辆载着很多人的绿皮火车轰隆隆地从她身边缓缓驶过，掩盖了她的哭声，但是她张开的嘴巴，嘴巴里那些成泡的唾沫，和闭上的眼睛，都在告诉我：她依然在哭，而且哭得更大声，似乎要和火车的声音比拼。

她是章音，妈妈的同班同学。

她为什么哭？为什么坐在铁路桥上哭？而且哭得这么伤心，这么撕心裂肺！

我的身子还是不能动，但这次很诡异，除了眼睛能动之外，我的耳朵竟然和眼睛一样，可以随心所欲。不得不承认，我在这次的梦境中拥有了千里眼和顺风耳。

"我该怎么办？我该怎么办啊？我怎么和爸爸妈妈说啊？"章音边哭边嘴里嘀咕着。声音里带着满满的哭腔。

"爸爸妈妈会打死我的，会打死我的，我还想活，我不想被打死啊！"她侧头看着越开越远的火车，嘴里继续唠叨着，那种无助的眼神和绝望的声音如针一样刺在我的心上。

到底发生了什么？自从上一次看到她哭之后，我已经好久没有见到她了。她的头发依然还是那么短，蜷在台阶上的身子依旧瘦小，那小肩膀没有节奏地抖动，看了就让人心疼。

这是个让人心疼的长得不好看的女孩。她的命运和我那么相似，都是被同学们欺负的对象。唯一不同的是我们所处的年代，还有我的脸上没有雀斑。

我死死地盯着她，眼睛舍不得眨巴一下，我担心不会像在妈妈的梦境中那般可以随时追随到她的身影。

"100元！100元！"她双手垂在两腿间，抬起头，泪眼朦胧地对着天空嘀咕，"让我从哪里去弄这100元啊？"说完，眼泪又是簌簌地往下掉，像那停不了的雨滴。

我安静地听着，看着，如一个隐形人。虽然我其实就是一个隐形人，一个偷偷穿越过来的同命人。

她似乎情绪稳定了，不哭了，撩起了一件短袖的花色衬衫，用力地抹了一下脸上的泪。

整个世界都安静了，只有风和旁边小河的流水声，在告诉我这个世界还是有生命的。

"笨蛋！笨蛋！笨蛋！"章音突然站了起来，双手握成拳头在半空中乱挥，嘴里大吼道，"你们都是笨蛋，你们都是笨蛋，我要拿把枪把你们都给枪毙了，让你们再欺负我，再嘲笑我，再坑害我……"

"去死吧，盛明辉你这个笨蛋！去死吧，吴辉你这个混蛋！去死吧，何玲娟你这个坏蛋！去死吧，那些欺负我的人！"她边大叫边跺脚，那是一种情绪到了极点的爆发！

我的心被刺穿了！不是因为她骂妈妈，而是很多个夜晚，我也会对着天花板或者望着窗外的夜空，这样叫，这样发泄。唯一不同的是，她可以大叫，而我只能在心里嘶吼！

"你们为什么要这样欺负我啊？难道就是因为我长得丑吗？就是因为我个子矮小吗？就是因为我头上生了头虱吗？"她依然对着天空大叫，似乎天空能回答她所有的问题。

傻瓜，天空怎么会回答你的问题呢？我在心里暗自心疼道。但是我也经常这样问天空不是吗？我想是不是每一个被欺负的孩子，内心都是这样的：不习惯和父母说，却会对天空诉说自己所有的委屈和疑惑。

"为什么啊？为什么啊？你们难道不知道我心里的难过吗？不知道每次面对你们的嘲笑，我都想哭，甚至想死吗？难道你们不能感受到吗？"她再次坐在了台阶上，眼睛盯着台阶旁的小石子，喃喃道。

傻瓜，如果他们懂的话，就不会欺负我们了！

"我好恨好恨啊，我打死你们，打死你们，打死你们这些欺负我的坏蛋！"她从旁边捧起了一把石子，然后一个个地往地上狠狠地砸去，似乎在砸那些欺负她的人！

　　这种情景我也有过，好多次我把床上的小熊狠狠地砸向地板，就如把自己的拳头砸在那些嘲笑欺负我的人身上，很泄愤！

　　她终于不再扔石子了，而是举着手中的最后一颗石子，自言自语道："你知道吗？其实我特别羡慕何玲娟，我不是羡慕她被同学们当大王般呵护着，这我不稀罕，我羡慕的是她有一个好阿爸，愿意帮她对付那些欺负她的同学。可是我的阿爸，天天忙着处理村民的事情，根本没时间来关心我……"说完，叹了一口气，转动了一下石子，继续嘀咕着，"告诉你一个秘密，其实我很怕我阿爸的，总觉得他很凶……唉，如果我的阿爸是何玲娟的阿爸就好了，这样我就不用赔偿手表了……"

　　"唉，可是这不现实的……"她眉头皱了皱，"咚"地一声，石子直接从她手中飞出掉进了旁边的大河里。

　　一圈又一圈的水花漾开来，就像是心的纹路，一丝丝地漾开，里面装满了少女所有的愁绪和心思……

　　下课的铃声突如其来地响起，直接把我从思绪中扯了回来。张老师的嘴巴还在快速地动着，而且是越动越快，我知道他肯定是讲到最后一道题了，然后他会以最短的时间把题讲完，在试卷讲评完的同时课也就结束了。他就是这样一个老师，从不喜欢留尾巴，从不拖泥带水，也许这就是数学老师吧！时间掌控得总是恰到好处，都是在下课铃声响起的时候结束他的课程。今天有点意外，是因为期间表扬了我。

　　我继续屏蔽他的声音，想再次进入昨晚梦境的回忆，但可悲的是，记忆似乎突然被一块橡皮擦去了，毫无踪迹。

　　看着张老师带着满足的笑容走出教室的时候，我突然想哭，因为我是那么想知道章音为什么哭得那么伤心，她口中的那 100 元是怎么回事？

我来不及多思考，体育老师突然走进了教室。

他很严肃地宣布："下一节体育课进行期末测评，这将会关系到你们评选三好学生和优秀学生，希望大家努力。"说完，不给同学们反应的机会，直接走了出去。

我突然发现体育老师的背影比他的正面好看很多。

"要命了，他不是脑子抽风了吧？体育不是下周才考吗？怎么这周就考啊！"童心叽叽喳喳地叫道，边叫边看向姜昕语，继续念叨着，"还说什么关系到评选三好学生，他这不是说给你听的嘛，真是的！"说完，嘴巴一咻，可以挂上一个油瓶。

姜昕语趴在桌上，垂头丧气地摆着一张苦瓜脸，没有接童心的话。

我暗自好笑，姜昕语正在评选区三好学生，但她的体育是班级有名的烂，看来这次的区三好要和她擦肩而过了；我又暗自欣喜，体育可是我的强项，不管是仰卧起坐还是长跑，对我来说，都是小菜一碟。

心情莫名就开始愉悦，刚刚的失落被抛到了九霄云外，乐呵呵地等着上课的铃声响起。

"今天测试的项目为长跑，男生 1000 米，及格时间为 4 分 10 秒，满分为 3 分 40 秒；女生 800 米，及格时间为 4 分，满分为 3 分 20 秒。"操场上体育老师挺直脊背，很认真地宣布着测试要求，随后大声问道，"都听明白了吗？"

"嗯！"声音寥寥无几，但我感觉到自己回答得很大声。

"那么，女生先测试！"老师扫了一眼都带着愁容的女生，直接命令道。

大家按照之前的分配列队，站在了起跑线上，等待老师的口哨声。

今天的天气特别好，可以用蓝天白云来形容，在这个城市，能看到蓝天白云简直比中奖还难。现在是上午第四节课，烈日当头，很多女同学都用双手作为遮阳伞，挡住了自己白皙的脸蛋、我不会这么做，一来我喜欢阳光，二来像我这种皮肤无所谓晒不晒的。

我瞄了一眼站在身边跑道的姜昕语，她的脸和今天的天气是两种明显的反差，阴沉得可怕，牙齿紧紧咬着下唇，一脸愁容。

不知为何，我竟然滋生出了一种同情，这种同情越来越浓郁，以致在老师口哨吹起的瞬间，我竟然主动和她说了声："加油！"

我看到她错愕的表情，还有突然一愣的身子和超出幅度的双手摆动。我对她笑了笑，然后开始两耳生风，两腿如踩了风火轮一样，遥遥领先。

很奇怪，不经意间我总是会回头去看落在最后的姜昕语，看着她咬紧牙关，努力迈腿往前跑的样子，莫名有点难过。

想起和她同桌的日子，虽说她也会和那些同学一样嘲笑自己，冷却自己，嫌弃自己，但偶尔她会把她工整的英语笔记本借给我抄，偶尔会在上课时，提醒我注意集中精力，偶尔会在别人嘲笑我的时候，阻止他们，就像上次的卫生巾事件……

风在耳边飞驰，而我的脑海里却缓慢地浮现出姜昕语的种种好，虽然这些好是那么的少，但却如天上的烈日在融化我冰冷的心。

在我跑到第二圈的时候，她还在跑第一圈。当我经过她的时候，我听到她粗重又急促的喘息声，微微侧头，就能看到她大汗淋漓。我放慢了脚步，小心翼翼地接近她，再次主动说道："加油，姜昕语！"

她又是一愣，然后点点头。

我内心一暖，听到一种很奇怪的声音，感觉像是什么东西被轻轻敲碎了……我不知道是什么，只觉嘴角上扬，开心地咧嘴笑了。双脚更是有力，更是快速了，朝着目的地飞奔而去。

然而，我的心却在慢下来，在犹豫着，一种前所未有的冲动和欲望。这种欲望促使我渐渐放慢了脚步，直至慢到等到了后面跟上来的姜昕语。

"来，"我对着她伸出了右手，笑着说道，"我拉着你跑……"

她的身子又一次明显一愣，像看外星人一样地盯着我，似乎在怀疑我的话，或者说是在怀疑自己的耳朵。

我再次伸了伸手，想了想继续说道："如果你相信我，如果你不嫌弃我身上的体味，那么让我拉着你跑完！"说完，我咧嘴一笑，手又一次往她的方向伸了伸。

她犹豫了一下，随后怯怯地把手递给了我，对着我抿嘴一笑。

"来，慢慢吸气，慢慢吐气，我们要平衡自己的气息。"我紧紧拉着她的手，边跑边示范。

她学着我的方式慢慢吸气和吐气。

"来，把腿稍微抬高点，这样步子会大一点，而且会减轻阻力。"我再次传授着自己的经验，又示范着。

她继续学着我的方式。

我们的步调越来越同步，速度也就越来越快，没多长时间，就超过了前面好几个同学。我侧头偷看了她一眼，她的嘴角始终上扬着，手也变得越来越放松……

终于，我们看到了目的地，在最后的 50 米，我又看了她一眼。

"为了不让老师发现，我不能拉着你跑了，放心吧，你一定会成功的。"

我紧紧地捏了捏她放在我手心里的手，安慰道。

她抿紧嘴巴，目光犀利地盯着前方，点了点头。

当我站在目的地，看着她笑着对我冲过来时，我又听到了内心的那种声音，"咔嚓"一声，似乎是冰块裂开的声音，很清脆很清晰！

第十六章

如鲠在喉的答案

她恐惧的眼神，姜昕语躲闪的目光，如鬼魅般在我的眼前晃动……

　　这是意想不到的答案，把我所有的想象和期盼都冻结，明明是夏季，我却忍不住打着寒战，一次又一次……

我始终咧着嘴在笑，微笑、偷笑、傻笑……双唇再也没有合拢过。我的心情在飞扬，早已把刚刚所有的疲惫带走，哪怕是多跑了一圈半，哪怕没有拿到我梦寐以求的满分，这些都抵不住姜昕语在冲向目的地时对我露出的一个笑容。

　　看来我还是那么在乎她，在乎她对我的态度。

　　体育课结束后，我假装走在她和童心的前面，放慢了脚步，忐忑不安地等待着她的主动呼唤。

　　"姜昕语，你和于师太好上啦？"钱多多像一阵风一样穿过，带来了他狐疑的声音，未等大家反应过来，人早就不见踪影了。

　　"唉，今天是怎么回事？她怎么拉着你跑步呢？"童心的声音响起，同样带着疑问和不解。

　　"你就不怕她的那个味道会熏死你？"她压低声音再次说道。不用看她的表情，从语气里都能感受到她浓浓的嫌弃。

　　我心一紧，竖起耳朵，紧张地倾听着。我在乎的是姜昕语怎么说。

　　可惜没有听到她的说话声，却传来了她和童心两个人的笑声，那种笑声如噪音一样刺痛我的耳膜。我能想象刚刚发生在她们之间的那个场景：姜昕语对着童心娇嗔地瞪了瞪眼，然后嘟起嘴巴朝我的方向努了努嘴，拎起鼻子，无奈地苦笑了一下。

我加快了前进的脚步。刚刚还阳光灿烂的心情被蒙上了一层淡淡的忧伤。

午饭结束后，我无力地趴在课桌上，无聊地翻着英语笔记，脑海里却如着了魔般一遍遍回忆体育课上发生的那一幕。

"于师太，这道题目我还是不会做，你教教我呗……"钱多多突然出现在我的面前，弯着腰，侧着头，晃动着手中的试卷，不怀好意地看着我。

我翻了翻眼皮，假装没有听到。我算是明白了，面对主动上门的欺负，有时候你就要学会视而不见，听而不闻，装聋作哑，惹不起难不成还躲不起？

"哟，还摆姿态啊？"看我不搭理，钱多多的嗓门加大了分贝，"到底会不会做啊？你倒是出个声啊？"说完，直接拉开了我前面的座位，一屁股坐了下来，一副我要和你死磕到底的姿势。

我会不会做和你有毛关系啊？即便会做，我凭什么要教你啊？你以为你是谁啊？

哼，你以为我真的傻啊，真以为你是来求教的啊！就你这副嘴脸，一看就是来寻开心的。很抱歉啊，你今天一直坐在这里，本姑娘都不会和你说话的，你就省省心吧……

我在内心一遍又一遍地自言自语着，用力克制着莫名的怒火。

"你以为你装聋作哑就没有人知道啦？用小脚趾想一想都知道你是作弊的，就凭你这个黄鱼脑子，能做得出这么高难度的题目？我这不是在听笑话吧？也就张老头相信这是你自己做的。"我的沉默终于惹恼了他，且助长了他的跋扈，他"噌"地从座位上站了起来，"啪"地一声把试卷拍在我的课桌上，大声叫道，"有本事你再做一遍给我看看！如果你做得出来，说明真的是你自己做的；如果做不出来，就说明你是作弊的！"

"就是，就是，有本事你就证明给我们看！"许一多不知何时像鬼魅般出现了，右手捏着喉结处的皮肤，尖着嗓子叫道。

他本来的高分贝再加上公鸭般的嗓子，一下就吸引了一部分刚吃完饭走进教室的同学。

我皱紧眉头，心头像被猛地压上了一层厚厚的棉絮，憋得喘不过气，眼睁睁地看着同学们把我一个人的座位围得水泄不通。他们个个脸上带着幸灾乐祸的笑容，兴奋地等待着一场即将上演的免费电影。

最近因为期末将近，大家压抑的心情正需要释放，如今钱多多制造了这个可以释放压力的机会，大家当然积极又乐意。

"怎么回事？怎么回事？"几个刚过来的不知发生了什么的同学，急急地追问，担心自己错过最精彩的片段。

我整个身子无力又无助地瘫在座位上，我知道有些事情是我无法阻止的，就像此刻这样的场景，而有些事情是我可以反抗的，但不知为何，我却懒得反抗。我一直想，是不是我骨子里就是个比较犯贱的人？都说每个人的内心都藏着一个犯贱的种子，有些深埋着，有些萌芽了，有些是疯长着……

"你们相信这道题目她自己能做对吗？"钱多多瞥了一眼看好戏的同学们，大声问道。

人群开始窃窃私语，大家一致认为不可能，有些甚至捂嘴偷笑，觉得这真的是个笑话；有的直接把头摇得像拨浪鼓，似乎只有这样才能表明自己怀疑的程度够深。

"你看，你看，没有人会相信，怎么可能会有人相信？连我数学课代表都做不出来的题目，你一个插班生能做出来，这不是侮辱我的智商嘛！"钱多多鼻子一抽，得意洋洋地叫道。

"就是，就是，虽然没有证据，但你平时的成绩就是最好的证据！"许一多马上附和道。他依然捏着喉结处，似乎为了隐藏渐渐凸起的喉结。

"不会也就算了，还非要作弊来逞能……"钱多多尖着嗓子不屑地说道。那神情就像亲眼看到了我作弊似的。

我冷冷地看着他一张一合的嘴巴，不辩解不说话不反驳。因为在这里所有的解释都是掩饰，所有的反驳都是狡辩，沉默才是此刻最好的自我保护方式。

铺天盖地的目光像一把把利剑射向毫无防备的我，我像一只刺猬一样竖起了全身的刺，而这些刺却不能作为武器射向那些对我充满敌意的人。

"聪明人都知道，想用这种蹩脚的方式来吸引别人的重视，那是多么愚蠢的事情，"童心的声音从人群后面传来。大家心有灵犀地让出了一条道，然后看着她脚后跟一颠一颠，像跳芭蕾舞般走向我的课桌，继续说道，"因为这样的行为只会让别人更加看不起你，更加鄙视你……"

"不过，话说回来，如果做错事，能主动承认错误，那还是可取的……"童心补充道，随后意味深长地瞥了我一眼。

我依然不搭理，虽然心头的怒火早已兵临城下。

看我不说话，她从鼻子里冷哼了一声，"一般来说，当别人在阐述一件事情时，如果不说话不解释，就只有一个原因，除了是哑巴之外就算是对这件事情默认了。"童心如一个思想家般分析道。

呸！我在心里狠狠地吐了一口口水。谁说不辩解就是默认，谁说不解释就是默认！很多人选择不解释是因为懒得和你们一般见识。就如此刻的我，说一个字都觉得是浪费！

"唉，大家散了吧，为了这件事情站在这里呼吸这般难闻的气味，不值得啊，这也太对不起我们的鼻子了。"钱多多捏着鼻子，阴阳怪气地说道。

他的话就像是警句，大家瞬间都皱起了鼻子，那嫌弃的表情还是刺伤了我早已习惯受伤的心，心还是会痛。

没有错，因为被挤在中间空气不流通，因为愤怒和紧张，因为害怕和委屈，我早已汗流浃背，来自腋下的味道一阵浓于一阵，连我自己都能很明显地闻到。

"这小镇人就是怪毛病多，一下身上有臭味，一下又喜欢作弊来装逼，真不知道还能搞出个什么花样来……"许一多尖酸地说道，那不屑的语气和话语像一把钥匙直接打开了我坚守已久的城门。

我能清晰地听到"轰"的一声巨响，千军万马般的怒火涌出了我的城门。

"许一多，你给我闭嘴！"我"噌"地站了起来，大吼道，"闭上你的臭嘴！你敢再侮辱我的小镇你试试，今天我让你横着走出教室！"我知道此刻我的表情一定凶神恶煞，青筋暴露，眼睛瞪圆。

不知道为什么，只要一旦涉及我的小镇，我就像是火药桶，一下就会被点燃。也许于我而言，小镇是我内心最神圣的地方，是一种人生的寄托和信仰，我不允许任何人来玷污和诋毁我的小镇。

人群一阵沉寂，似乎都被我突然的强势给镇住了。许一多的脸一阵红一阵白，眼神躲闪着，不敢和我直视。

"你横什么横？许一多说的都是事实，事实胜于雄辩！"钱多多脖子一梗，眼珠一瞪，打破了沉寂。他的声音比任何一次都大，似乎是在用声音的大小来壮胆。

"你凭什么说我作弊？"我厌恶地反驳道。

本来想沉默的我，终于忍无可忍。也许是因为上午第四节体育课后姜昕语的态度让我伤心了，或许是我的底线被触及了。

妈妈经常和爸爸说，人是有底线的，不要轻易去挑战一个人的底线，因为这个世界上谁也没有义务为别人放下自己的底线。

那么刚刚的他们恰恰是一次又一次地在挑战我的底线。

"这还要证据吗？"钱多多鄙夷地反问。

"任何事情想要真相，必须要靠证据说话！"我反驳。

"你就是真相！"钱多多眼睛直直地盯着我，那种感觉像一头临近暴怒的野兽。我能理解他的愤怒，毕竟这是我第一次和他真正意义上的对战，而且是当着全班同学的面，他那么爱面子，怎能把他的面子让我这个插班生给践踏了！所以，他相当愤怒！

"难道我就不能做对一道难题吗？难道做对难题是你们学霸的专利吗？"我语气咄咄逼人。我也很愤怒，这种愤怒更多的是来自被冤枉后的委屈。

"一个平时连及格都困难的人，难道会做难题？这不是在跟数学老师开玩笑吗？"钱多多反应很快，一下就反驳过来了。

"不及格不代表不会做难题！"

"会做难题怎么会不及格？"

"你！"我气急，胸部快速地起伏着，那种愤怒似乎随时都会从胸腔里喷薄而出，"即便我真的作弊了，你们又能怎样？是把我打了还是要把我杀了？"我怒吼着，如一头彻底被激怒的困兽。

"啪啪啪……"钱多多突然鼓起了掌，边冷笑边说道，"好，好，好，你早点承认不就行了吗？干吗非要狡辩呢？我们不会骂你更不会杀你，对吧？"说完，他扫了一眼安静的人群，那眼神似乎在找寻一种共鸣。

"对嘛，我们可是文明之都，怎么可能做这么不文明的行为呢！"许一多懂得察言观色，立即接上了钱多多的话。

看着钱多多那得意忘形的样子，我终于明白自己掉进了他挖的陷阱中，而且是那么愚昧。

"我没有作弊！"我咬牙切齿地说道，眼睛死死地盯着他。

"刚刚我们都听到你主动承认自己作弊了，现在怎么又反悔了？是不是觉得不好意思了？没关系，我们会原谅每一个主动承认错误的人！"钱多多再次阴阳怪气地说道，那嘴角浮起的笑容分明带着嘲讽。

"我没有作弊！没有！没有！"我紧闭眼睛，捂住耳朵尖叫，"你们没有证据，为什么非要给我安一个作弊的帽子，你们凭什么？"我的声音歇斯底里。

"你要证据？"童心突然插话，"姜昕语就是最好的证据！她能证明你到底有没有作弊！"

我一愣，猛地睁开了眼睛。

姜昕语被童心拉着胳膊不安地站在人群中，眼睑低垂，双手的手指绞在一起。

"姜昕语，你来告诉大家，于师太到底有没有偷看你的？"童心扯了扯她的手臂，急急地说道。

我紧紧地盯着姜昕语，眼神带着所有的期盼和等待。不知为何，虽然内心忐忑不安，但我还是愿意相信她，相信她会给我一个公正的答案！特别是体育课后，我觉得她应该不会再像之前那样嫌弃和挤兑我了。

"你说话呀，你是最有发言权的。"看姜昕语不说话，童心用手肘撞了撞她，催促道。

同学们所有的目光都齐刷刷地盯着她，似乎等待她最后最有力最有效的判决。

姜昕语终于抬起了头，目光迅速地扫了一遍人群，在扫到我的时候，眼神明显地躲闪了一下，然后嘴角尴尬地扯了扯，露出了一个比哭还难看的笑容。

一种不祥之感瞬间包裹着我，我心痛地垂下了眼睑。

"嗯……"她支吾了一声。

"你看，你还不承认，连姜昕语都指认你了，你还想抵赖？"钱多多兴奋地说道。

我不想看他们丑陋的嘴脸，更不想为自己辩护，因为我知道，在这里，我所有的真相都是假象，所有的辩护都是无用的，我除了接受和忍耐似乎别无选择，即便用心去帮助别人之后，换来的依然是嘲笑和讽刺。

良久，空气终于轻松了，人群散尽。

"啪"地一声，我把那张数学试卷狠狠地拍在桌子上，那道张老师嘴里所谓的难题上打着一个血红的、大大的"X"，而我早已泪眼模糊。泪眼迷蒙中，我依稀看到姜昕语突然转头看了我一眼，那眼神很复杂，似乎诉说着什么，但我却没有任何力气去分析和解读了。

"今天我们体育期末考试了。"回家的路上，我对坐在副驾驶位置上的妈妈说道。

"嗯，你的强项，满分吧！"妈妈没有回头，明明应该是反问句，却被她说成了祈使句，可想她对我的体育是多么的自信。

"没有。"我简单地回应。

"哦？"妈妈狐疑地转过头，瞄了一眼我。那突然皱紧的眉头似乎在质问我，连体育都没有满分，你还有什么科目让我值得骄傲和放心的？

后视镜里也多出了爸爸的一双带着疑惑的眼睛。

"我帮了一个同学，"我想了想还是老实说了，"她跑步跑不快，如果我不拉着她跑的话，她肯定会不及格，体育不及格，她就没有资格去竞选区三好学生了。"

"哦？"妈妈眼皮连着眉毛一起往上挑了一下，似乎很意外我会这样做。

爸爸的目光更多的是赞赏。

"但是我很后悔自己这样做……"我嘟囔道。一想起中午发生的事情，心里堵得慌。

"为什么？"爸爸妈妈竟然同时问出口。

为什么？对呀，为什么我会后悔呢？是因为觉得自己的付出应该得到的回报没有得到吗？还是觉得今天助人为乐的举动像一个小丑？抑或是事件的发生和发生后的答案是背道而驰的？

我摇摇头，真心回答不上来，但是我是真的后悔。

"漫漫，"妈妈低声唤了我一声，随后舔了舔嘴唇，柔声说道，"其实妈妈很赞赏你今天的行为，你能主动和同学互动，主动去帮助他们，这是一件很了不起的事情，这样的你一定会受同学们喜欢的……"

我身子一激灵，腮帮子鼓了鼓，淡淡地反问道："如果我帮了她们，结果她们还是不喜欢我呢？甚至恩将仇报呢？"

"哦？"妈妈再次很意外，她用探寻的目光直视着我的脸，似乎想从那里捕捉些被欺负的蛛丝马迹，随后用试探的语气问道，"漫漫，是不是同学们欺负你了？"

"没有！"我急切地努力否定道。但恰恰这种太反常的反应让妈妈起了疑心。

"漫漫，你告诉妈妈，是不是有同学嘲笑和欺负你了？"她脸色凝重，双目犀利。

"嘿嘿……"我咧嘴一笑，然后耸了耸肩膀，嗔怪道，"老妈，你不至于吧，我随口这么一假设，你就当真了？你也太单纯了吧！这年头还会有什么校园欺凌呢？"说完，我再次耸了耸肩，假装轻松地舒了一口气。

我明显地发现妈妈的脸色变了，一阵红又一阵白，像川剧里的变脸。我猜是不是我的这段话刺痛了她曾经的童年记忆？

"如果真的有人欺负我，我也会还回去的，现在的人都是欺善怕恶型的，只要你狠一次，担保以后不会有人敢再欺负你。"我不知是吃错药了还是情绪压抑太久，竟然说出一些让自己都觉得不可思议的话。难道这些话是藏在我内心很久的最真实的反应吗？

后视镜里，爸爸的目光再次出现在那里，似乎在怀疑自己的耳朵是否听错了什么。

而妈妈脸上的肌肉明显地抽搐了一下，嘴角尴尬地扯了扯，张了张嘴想说些什么，但又闭上了嘴，转回了头。

空气中明显有了压抑和不和谐的气氛。

良久，妈妈再次转过身子，表情严肃地说道："漫漫，不管如何，妈妈都希望你不要去嘲笑和欺负别人。"随后顿了一下后，补充道，"当然，如果别人嘲笑和欺负你，你也要学会自我保护，但是前提一定是你不能先去嘲笑别人！"

"为什么？"我瞪着好奇的眼睛看着妈妈。

妈妈的目光明显地躲闪了一下，而我恰恰是在她逃避的那一瞬间，冲进了她的眼底，穿越到了她的童年记忆。

"章呆子，钱呢？"盛明辉恶狠狠地问道。他双手撑在校园的围墙上，把章音死死地圈在他的手臂之内。

"已经第四天了，你一分钱都没有赔偿给何玲娟，你到底是什么意思？"他再次质问，刻意压低的喉咙让声音变得更加有质感，那是一种从喉咙深处发出的威胁。

章音低着头，咬着下唇，双手绞在一起，不说话，任由盛明辉一声比一声急，一声比一声响地叫喊："钱呢？钱呢？钱呢？"

"问你钱呢？"他突然失去了耐性，猛地推了章音一把，大吼道。

"我，我……没钱……"章音吓得不敢喘气，支支吾吾地说道。

"没钱，没钱去找你父母要啊，难道没钱你就不赔偿了吗？"盛明辉对她又是一推。

章音的身子踉跄了一下，低声回应："我，我不敢……"那声音轻得像蚊子。

"不敢，不敢也得敢！不然怎么办！"

"还有三天，必须要见到钱，不然你就等着到老师办公室，让他找你的父母赔偿吧！"

盛明辉恶狠狠地抛下这些话后，转身离开了。

我看见章音后背顶着墙壁，缓缓地蹲下身子，然后双手交叉趴在膝盖上，肩膀不停地抖动着，我想她是哭了！

看来昨晚梦境中看到的都是真实的，章音确实要赔偿妈妈，只是赔偿什么东西呢？什么东西会让章音不敢对父母说，情愿被盛明辉这般威胁，把所有的害怕一个人扛着呢？

我很好奇。

半晌，章音终于直起身子，擦了擦眼泪，仰头看了看天空，走回了教室。

教室里，盛明辉正猫着腰凑在妈妈的课桌前窃窃私语，边说边笑，一脸的邀功样。我猜他肯定在说刚刚是怎样恐吓章音的，章音又是怎样的表现。

看到章音走进教室，他突然挺直了身板，厉声命令道："章呆子，过来！"

章音踌躇了一下，怯怯地看了一眼毫无表情的妈妈，然后犹豫着走了过去。

"你自己告诉何玲娟什么时候才能把钱给她？"盛明辉用手指敲了敲她的脑袋，再次命令道。

妈妈的脸色很凝重，因为凝重所以不大看出她真实的表情。

"我，我……"章音支支吾吾着，不知道该说什么，或者说她还没有想好到底要怎么说。

她舔了舔嘴唇，好几次张了张嘴巴想说话，但是喉咙似乎突然失声般，没有说出来。一会儿，她似乎鼓起了勇气，深深吸了一口气后，嘟囔道："何玲娟，我……我真的，真的没有钱……"随后，她垂在大腿边上的右手攥了攥裤子，伸进了裤兜，从口袋里哆嗦着掏出了10元钱，结结巴巴地说道，"我，我只有10元钱，这，这已经是我全部的家当了，这还是我从……从我爸爸的口袋里……偷……偷的……"最后她的声音越来越低，根本就听不见在说什么。

"什么？"盛明辉不等妈妈反应，一把抢过了章音手里的 10 元钱，在半空中挥了挥，嘲讽道，"你摔碎了何玲娟的新手表，现在说只有 10 元钱赔偿，你当我们都是小孩啊，都好骗啊？你想用 10 元钱来结束这件事，我告诉你，没门！"说完，他直接把钱扔在了章音的脸上，就像扔一件恶心的垃圾。

"何玲娟，你再告诉她一次，这手表到底要赔偿多少钱？"他和妈妈说道。

妈妈很奇怪，竟然没有说话，只是盯着章音看。我也终于明白章音要赔偿的是什么东西了。

"何玲娟不说，我来替她说，100 元，100 元啊，你听清楚了没有啊？"盛明辉看到妈妈没有回应，直接自作主张地帮妈妈说话。

"你现在想用 10 元钱来打发何玲娟，亏你也想得出来，你怎么不问问人家何玲娟愿不愿意呢？"说完，他使了眼色给妈妈。但是妈妈依然没有说话，似乎眼前发生的事情和她毫无关联。

"她肯定不愿意啊，你还是要赔偿啊，没钱就自己想办法去要钱，三天之后再交不出钱，你就试试看！"盛明辉这次不但又帮妈妈说了话，还借妈妈的名义再次赤裸裸地威胁了章音。

章音偷偷地瞄了一眼始终不说话的妈妈，眼睛扑闪了一下，两颗泪珠顺着脸颊流了下来。她蹲下身子，捡起了被扔在地上的 10 元钱，然后拿起来用嘴吹了吹，又在自己红色的短袖衬衫上擦了擦，竟然再次递到妈妈的面前。

"喂，你是不是聋子啊？和你说了要 100 元，你怎么又把 10 元给何玲娟了呢？你是不是打发叫花子啊？"盛明辉很愤怒，塌鼻子不断地抽动着，嘴里大叫道。

而令人意外的是，妈妈竟然接过了章音手里的 10 元钱。盛明辉傻眼了，但是他是一个特别会见风使舵的人，立马换一种方式帮妈妈发声："何玲娟先把 10 元收掉，余下的 90 元你必须在三天后给她。"

"不然这 10 元不拿，到时再等你赔偿还不知道什么时候呢！"他不满地嘀咕着。我估计他现在胸闷，怎么也理解不了妈妈为什么会收下这 10 元钱。其实我也很纳闷，为什么妈妈会这样做？

章音嘴角扯了扯，眼睛不舍地看着妈妈把这 10 元钱叠整齐，然后小心翼翼地塞进了自己的裤袋里，还不忘拍了拍，稳固它在口袋里的位置。

而我终于知道梦境中章音为什么哭得如此得撕心裂肺，原来就是为了赔偿妈妈的那 100 元手表费。这一刻，我对妈妈充满了怨恨和鄙夷！

第十七章

章音的自信

阳光恰到好处地洒了进来，如调皮的孩子跳在章音的身上、脸上，她嘴角上扬，眉眼绽开，嘴巴一咧，一排整齐又洁白的牙齿露了出来……

"漫漫，你在想什么呢？妈妈和你说话，你都听不到……"妈妈不满的声音突兀地闯进我的耳朵，硬生生地把我从她的童年世界里扯了出来。

　　我怨恨地瞪了她一眼。

　　她不明就里，看我一脸的不开心，调侃道："怎么？被我打断你的天马行空生气啦？"

　　我翻了翻眼皮，没吱声。妈妈做梦都不会想到我会有一种特异功能，穿越到她的童年，看到她那么丑陋不堪的一面。其实我也很惊讶，自己怎么突然会有这样一种超能力，或许是因为我是她的女儿，也或许是因为我是一个被欺凌者。

　　前面车流如蜗牛蠕动，车内空气沉闷。

　　爸爸双手握着方向盘，眼睛直视前方，一路用沉默把我们和他隔离成了两个世界。

　　"世界真的很小……"妈妈打破了沉默，有感而发。她是一个喜欢唠叨的女子，最受不了的就是冷场。

　　我和爸爸都没有接话茬儿，但这丝毫不影响她想说话的欲望，"今天我们公司新来了一个翻译官，把我给愣晕了，你们猜她是谁？"妈妈转头看了看后座的我，又看了看旁边的爸爸，兴奋地问道。

我还沉浸在刚刚在她眼底看到的怨恨中，根本就不想搭理她，只是不知为何感觉妈妈的语气中除了兴奋之外，似乎还带着另一种东西，只是这种东西我很难用言语去形容。

"她竟然是我的小学同学，要不是她主动和我打招呼，我根本不可能认出她，"妈妈根本不在乎我们的冷淡，继续说道，"不过她还真没什么变化，就是脸上的雀斑少了很多，而且现在混得也很好，听说还是我们公司请猎头挖来的……啧，啧，看来真是人不可貌相啊，一切都是命啊……"她完全沉浸在一种回忆中。

"是章音吗？"我突兀地问道。很奇怪，在妈妈说是小学同学的时候，我脑海里第一个冒出的人就是她。当妈妈说她脸上有雀斑时，我就更加确信是她了。

"嗖"一下，妈妈的脖子就像是机器人般迅速地转过来，惊讶地问道："你怎么知道？"那眼神何止是错愕，还有疑惑和意外，甚至有点紧张。

我狡黠地笑了笑，没有回应。

"你认识？"她再次问道，随后不等我回应，直接摇了摇头，"不可能，你不可能会认识她。我小学毕业后就再也没有见过她，你不可能会认识……"

爸爸疑惑的目光又一次出现在后视镜，他肯定也很意外我怎么会知道妈妈小学同学的名字。

从妈妈的表情中，我能感觉到她很紧张又很担心。

"漫漫，你快点告诉妈妈，你是怎么知道的？你竟然还叫得出她的名字，说明你对她很熟悉，难道你真的认识她？"妈妈整个身子都转了过来，双手紧紧地抓住椅背来保持身体的平衡，眼睛直视我，急急地追问我。

"我知道的很多……"我脱口而出。

明显地发现，妈妈的身子猛地一激灵，脸色一沉，眼神躲闪了一秒钟。

"你知道什么？"妈妈再次追问，语气里的那种紧张和不安更加明显了，脸上透露出了那种想要知道又不敢知道的矛盾。

"雀斑、头虱、呆子、书包、小树苗……"我迎着妈妈那欲说还休的目光，冷静地一字一顿地说道，"还有手表……"

我不知道自己为什么要说这些，而且为什么要说出来！只是我发现，在我说出这些时，每吐出一个字，心头就像是放下一块石头，轻松了很多。

"漫漫，你在说什么呢？前言不搭后语。"爸爸不解地问道，趁着红灯，他特意转过头茫然地看了我一眼，又看了妈妈一眼。

"爸爸，这是我和妈妈之间的秘密，"我对着他吐了吐舌头，调皮地说道，"所以你无须听懂……"

爸爸扯了扯嘴角，无奈地摇了摇头，继续沉浸在他的世界里。

妈妈紧紧地盯着我，那种幽怨又委屈的眼神如空气中的尘埃，弥漫在我面前，浸染着我的身体。看到妈妈那一阵红一阵白、肌肉都在跳动的脸颊时，我觉得自己是残忍的，而且是很残忍。

"漫漫，你是怎么知道的？"良久，妈妈终于开口了，语气很飘渺，像尘埃。

莫名我就想起她曾经和我说过一句话：其实每个人都是一粒尘埃，不要太在乎别人怎么看，怎么说，最重要的是做好自己。

我看着妈妈哀怨的目光，竟然一时语噎，张了张嘴巴，想说些什么，又闭上了。是的，我该怎么说，说我是通过你的眼睛穿越到你的童年，然后看到了你是怎样欺负章音的吗？还是说我也不知道怎么会看到你的童年所发生的一切？

这别说让父母听起来像是天方夜谭，我自己都觉得像在讲神话故事。等一下，妈妈刚刚所有的表情和反应都代表我说的是对的，那么我是真的可以穿越到她的眼底，看到她的童年记忆了！之前，我还一直抱怀疑态度，此刻我突然变得很自信。哇，天哪，我竟然真的有这种功能，这不是在做梦吧，那我以后是不是也可以穿越到别人的眼底呢？比如姜昕语、比如钱多多，还有童心，或者说我们的张老师……再等一下，我是不是应该给我的这种特异功能取个比较独特的名字呢，一定要特别，嗯……让我想想……嗯，就叫"偷童年的人"吧，就像马克·李维写的那本《偷影子的人》一样，这个名字很与众不同……

我竟然咧嘴笑了。

"漫漫，你傻笑什么呢？快告诉妈妈你是怎么知道的？你看你妈妈，被你搞得像神经病了。"爸爸的声音打断了我美好的思绪。

我快速地扫了一眼后视镜，他正对我挤眉弄眼。我把目光移向了妈妈，她全身的肌肉似乎都僵硬了，从一开始的姿势保持到现在，双手依然紧紧扣在椅背上，青筋暴露，眼睛始终看着我，眼底很空，像一个黑洞……

啊！

我在尖叫吗？刚刚那一股蛮狠的力量用最快最狠最出其不意的方式把我扯进了妈妈的眼底，直接甩在了一块空地上。

环顾四周，我很熟悉这个地方，是妈妈学校的操场。还好没有下雨，不然我不就成为泥人了？原来我每次进来的方式是和妈妈眼底的目光有关的。

这一次对我这么狠，看来是我真的把她给惹恼了。

我摇摆了一下身子，挥动了一下手臂，又摇晃了一下脑袋，发现都能动。兴奋又激动的我"噌"地站了起来，然后大摇大摆地在凹凸不平的操场上走了一圈，还跳上了单杠，双腿伸直，煞有介事地晃了晃。

随后"砰"地跳了下来，舒展了一下身子，抬头看着天空：天真的很蓝，是那种湛蓝，云也真的是很白很白，是白得找不到一点瑕疵的那种白。我深深吸了一口气，空气中有绿草和泥土的味道，我已经很久很久没有闻到这种原始而朴素的味道了。

我突然很好奇，妈妈的童年学校到底是怎样的。既然这一次我可以随心所欲地走动，那何不好好地观赏一下这个如四合院般的校园呢？

就在我抬起腿的瞬间，一阵刺耳的铃声骤然响起，一群孩子像捅了马蜂窝，风风火火地从教室里飞了出来。一时间，寂静的校园沸腾了。

我的目光穿梭在这些人群中，找寻那最熟悉的身影。我很清楚，我要关注的不是这些陌生的人群，而是每一次穿越过来都会看到的关于妈妈的故事。

在这里，我就像是个隐形人，没有人能看到我，所以我很轻松地穿过人群，来到了妈妈的教室——五年级。她那个年代，每一个年级就一个班，不像现在的我们，一个年级要有八个班。

这真是奇怪的一幕。

明明下课了，全班同学却都安坐在椅子上，每人捧着一本书，连盛明辉都认真地在那里闭着眼睛念念有词。

这是干什么呢？我看了一眼坐在盛明辉后面的妈妈：她把下巴抵在桌上，双手举着一本英语书，嘴里有一句没一句地念叨着，一副心不在焉的样子。

"何玲娟，这个英语单词你会不会啊？教教我呗……"妈妈的同桌吴辉突然拿着书本，指着上面的英语单词，凑近妈妈问道。

"别烦我，我也不会！"妈妈厌烦地别过头，一口拒绝。

"那怎么办，马上要口试考试了，等一下到陆老师那里，怎么过关啊！这口试可是占了这次期末考试成绩的40%呢……"吴辉边挠着脑袋边嚷嚷着。

"就是，就是，这学期才刚刚学，什么都还不懂，就要考试，实在太烦了。"盛明辉转过身子，把脑袋挤了过来，也开始嚷嚷。

"读不来，我的舌头怎么也卷不过来，明明是中国人，干吗非要学什么英语啊，我们说话又不用说英语，说了也没用，父母听不懂啊……"盛明辉继续叽叽喳喳地抱怨着，塌鼻子一抽一抽，很气愤的样子。

"对，对，就是这样，前几天我和我爷爷说'yes'，他竟然问我谁'淹死'了……"吴辉边说边作出一副眩晕状。

"扑哧！"我和妈妈同时笑了出来，当然他们是看不到我也听不到我的笑的。

"你们俩别逗了，等一下就考试了，还不快读读熟……"妈妈对着他们挥了挥手，两只手捂住耳朵，看着书本开始念叨。

铃声刚响起，我就看到一个微胖的女子捧着一叠试卷急冲冲地走进教室。她的到来不但让整个教室安静了下来，而且空气中还弥漫着紧张的气氛。

不用猜，就能知道这肯定就是刚刚吴辉嘴里的那个英语老师陆老师。

"同学们，今天是英语期末考试，我们先考口试部分，大家依次排好队，一个个来。"陆老师直截了当地说道。说完，从前排座位搬了一张椅子放在讲台上，然后一屁股坐了下来，跷着二郎腿，准备口试考试。

"大家抓紧时间啊，口试完毕后，我们还有笔试。"陆老师再次说道。

教室里一阵骚动，同学们都拿着书本排起了队。而盛明辉和吴辉两个人却一直在推推搡搡，似乎谁也不想排在谁的前面。这很明显，越排在后面不但多了复习的时间，关键还能听到其他同学是怎么念这些单词的。

妈妈也是磨磨蹭蹭的，坐在椅子上半天不动。全班坐在椅子上不动的除了妈妈之外，还有另一个女生，就是章音。不过她和妈妈的反应完全是天壤之别，从她微微伸出的脖子，还有抬起的屁股，特别是那双跃跃欲试的眼睛，这一切都说明她是那么迫切地想去参加口试考试！但可能因为别的原因，她不敢排在最前面，而是等所有的同学都排好了，她才会去排，但是妈妈始终坐着不动。

几分钟后，章音明显地坐不住了，她的整个屁股都脱离了座位，双手撑在课桌上，身子前倾，一副蓄势待发的样子。但她还是不敢跨出一步，因为妈妈还坐在位置上。

终于，妈妈起身了，无精打采地走向队伍，排在了盛明辉的后面。章音在妈妈刚刚站定后就飞奔过来，带来了一阵风。

"章呆子，你急什么急？"盛明辉踮起脚尖看了看正认真听学生口试的陆老师，压低喉咙说道。

章音低下头，没有吱声。

"反正你又读不出，急也没有用。"盛明辉再次说道，语气中充满了不屑。

这一次章音抬起了头，嘴巴张了张后又闭上了。

终于轮到了吴辉，他在一阵结结巴巴中结束了口试测验。接着就是盛明辉，同样的结巴还加上含糊。陆老师的眉头是越蹙越紧。当轮到妈妈的时候，我看到她脸色煞白，做了几次张嘴的姿势，就是没有发出声。

我看着这些于我而言简单到不行的单词，急得为她捏了一把汗。

意想不到的一幕出现了，章音突然紧紧贴着妈妈，低着头在她的耳后根，轻轻地、小心翼翼地说道："appear、bag、car、dog、egg、five、girl、home……"

妈妈照着她的声音，吞吞吐吐地念道。

良久，陆老师抬起眼睑，轻声说道："还行，就是不够熟练，以后多读读。好了，去吧……"她对着妈妈挥了挥手。

我听到妈妈如释重负般舒了一口气，嘴角露出了轻松的笑容。

随后我把目光移向了章音：她正口齿清晰、声音响亮地读着课本上的单词，那上扬的嘴唇，那坚定的目光，充满着前所未有的自信。我第一次觉得她其实不丑，脸上的雀斑也很可爱。陆老师的眉头渐渐舒展，不停地点着头，嘴角漾开了满意的笑容。

"同学们，"陆老师站了起来，边合上课本边说道，"这次口试总的来说还是不错的，毕竟英语是这学期刚开始的，同学们能这么快学会，也很不容易了。但是今天我要特别表扬章音同学，她不但平时常来问我自己不懂的问题，而且特别努力。这次口试，每一个单词她都能准确无误地念出来，关键是发音很标准。"说完，陆老师对章音点了点头，表示赞许。

盛明辉偷偷地转过头，瞄了眼吴辉，用唇语说道："真的假的？"

吴辉摇摇头，同样用唇语回应："我不知道啊……"

"我希望同学们都向她学习，有必要的话，问问她学习英语的好方法。"

陆老师继续补充道。

刚刚都静默的同学们都转过身子看向了章音，唯独妈妈没有。

章音慌乱地低下头，双手在桌子底下不停地揉搓着，有点不习惯突然成为同学们的焦点，而且还是学习的焦点。

"章音，把头抬起来，英语那么棒，你要有自信！"陆老师再次说道，从她的目光里能感受到一股力量和对章音的赞许。

在老师的要求下，章音终于慢慢抬起了头，然后尴尬地扯了扯嘴角，有点不知所措，但明显地发现她躲闪的眼神里渐渐有了一种自信。

"好了，不浪费大家时间了，接下来是我们的笔试时间。"陆老师边摆弄着手中的一叠试卷边说道。

一会儿，整个教室传来沙沙的铅笔声。

"砰！"

我身子一激灵，发现到家了，我又回到了现实。急冲冲地冲进家门后，我就趴在鞋柜前，对着鱼缸轻声说道："快快，我发现了一个很有趣的事情，那个被妈妈欺负的章音竟然进了妈妈的公司……"

"对了，我刚刚还伤害了妈妈，把她搞得很郁闷很难过的样子。

"我又一次穿越进妈妈的童年了，竟然发现章音帮妈妈作弊，我觉得太不可思议了。

"好了，不说了，我想再次跳进妈妈的眼底，去看看后续她们是怎么发展的……"我语无伦次地说完，就急急地奔向厨房。

厨房间，妈妈站在水池边，开着水龙头，人却在发呆。

"妈妈，妈妈……"我站在她背后，叫她。

她猛然回头，我一下扑到她的怀里，随后，抬起头紧紧地盯着她惊诧的眼睛。

我又一次跌在了坑坑洼洼的操场上。这一次我无暇顾及别的，就急急地奔向了妈妈的教室，凭直觉，那里正在发生着什么……

"今天是本学期的最后一天，也是大家结束五年级即将升入六年级的一天。成绩单我已经让班干部都发给大家了，大家好好看看，总结一下，然后拿回去也给自己的父母看看，毕竟这是你们一学期的成果嘛……"一个年轻的男老师，戴着一副金丝框眼镜，斯斯文文地站在讲台上，和颜悦色地说道。

随后，他走下讲台，从盛明辉的课桌上拿起一本薄薄的本子，再次说道："这里呢，还有一本《成长手册》，这是这学期才有的，里面呢记录了各科老师对你们平时学习的评价，还有班主任对你们在学校的评语。你们可以打开看看哈，当然也希望你们能给自己的父母看看。"说完，扫了一眼整个班级。

我立马跑到妈妈的身后，伸长脖子，看她打开的本子，在数学和语文这两栏里，两个红色的"优秀"字样很醒目。莫名地一种自豪感油然而生，不管如何，拥有一个优秀的妈妈是每个孩子的骄傲。翻到班主任那一页，我看到几个苍劲有力的字：该生平时成绩优异，积极参与学校各项活动，都有很突出的表现。在校和同学和睦相处，团结友爱，具有助人为乐的高尚品质。最关键的是，能带动全班同学，一起学习一起进步，创造了一个融洽的学习氛围。

妈妈的脸越来越红，嘴角的笑容特别不自然，那是一种受之有愧的表情。我偷偷地瞄了一眼她的成绩单，英语这一栏赫然写着 95 分。

我由衷地为妈妈感到高兴，更为妈妈能得到老师这么高的评价感到骄傲，只是内心又是如此忐忑，这种忐忑就像是明明做了贼却被别人公认为好人，脸上火辣辣的。我正诧异自己怎么会有这种感受，在看到妈妈突然低下头、侧头偷偷看向章音的时候，我才醒悟自己刚刚的这种感受源自于妈妈，因为我和她是生命共同体。

"还有，今年学校别出心裁，为了鼓励我们的孩子，特意给每个班级设了几个奖项，"男老师举起了手中的奖状，在半空中挥了挥，笑容满面地宣布，"下面叫到名字的同学，请上台领奖，这可是我们学校头一遭啊，大家可要好好珍惜这份荣誉，很难得的。"

教室里一阵沸腾，大家都挺直脊背，兴致勃勃地等待老师能叫到自己的名字。

"好，大家都竖起耳朵啦，我开始叫了。"

"先是班级的领袖之星，何玲娟。"

"哇！"大家一阵惊呼，随后是如雷鸣般的掌声。

妈妈明显地一愣，她可能也没有想到自己会得到这份殊荣。在老师的催促下，跌跌撞撞地走向了舞台，接过奖状，脸上一片红晕。

我不知道妈妈是因为激动兴奋脸红，还是因为觉得这份荣誉于她而言有点烫手。

"接下去是我们班的助人为乐之星，"男老师继续报道，"盛明辉、吴辉、盛连强三位同学。"

盛明辉"噌"地一声，立马站了起来，从他茫然的脸上可以看出，他像是在做梦，也就是说做梦都没有想到，自己还能评上"助人为乐"奖。

"啪"地一声，我似乎听到三记响亮的耳光打在这三个人的脸上，很脆很响！

看着这三个平时欺负章音的恶霸喜滋滋地站在讲台上，接受同学们的掌声，我真想上去挥他们一拳，抢过这些奖状扔在他们的脸上，质问他们：你们有什么资格获得这种荣誉，你们拿在手里不觉得丢脸，不觉得烫手吗？整个班级，谁都有资格获这份荣誉，唯独你们不配！

但我做不到，因为我是另一个平行世界的人，但我能在心里狠狠地骂他们，所以也觉得很爽很舒畅了。

"下面是最后一位，也是最后一份荣誉。"男老师晃了晃手中的最后一张奖状说道。

同学们都伸长脖子，拭目以待。

"班级进步之星，章音。"男老师笑意盈盈地看着坐在最后一排的章音，继续表扬道，"章音同学，这学期的进步是大家有目共睹的，特别是在英语上，陆老师不止一次在我面前表扬她，说她简直就是英语天才，所以在这里，我也要好好表扬一下章音同学。"

没有惊呼，没有掌声。而我用尽吃奶的力气来鼓掌，没用。

章音在一阵静默之中，缓缓地走向了讲台，从容地接过了老师手中的奖状，并深深鞠了一个躬。

"还有一件事我要和大家说一下，就是章音同学接下去就不在我们学校学习了，她即将转去别的学校就读，所以今天除了是学期末的总结也是章音同学的欢送会。"男老师幽幽地说道，语气里明显地带着一种不舍。

"章音同学和我是一个村的，可以这么说，我是看着她长大的，所以她的脾性她的家庭情况我都很了解，只是这次她突然转学让我也很意外。不过无论如何，我们大家一起祝愿她去新的学校能越来越优秀，能更加快乐地成长，当然不要忘记我们这个班……"男老师说完，带头鼓起了掌。

"啪啪啪……"全班响起了热烈的掌声。我刻意留意了妈妈，她拍得很重很重，似乎要把之前所有遗漏的掌声都放在这一次，而且她拍得特别久，眼神里流露出一种从未有过的歉意，很淡，却很真挚。莫名地我的心头一痛，脑海里闪现出她在车上那幽怨又害怕的眼神，我知道，那是一个母亲不想破坏自己在女儿心目中的形象的眼神。其实每个人都这样，习惯把自己曾经的无知和错误隐藏起来，特别是在自己在乎的人面前。

我看着笑得很灿烂的妈妈，心里默念道："妈妈，对不起，不管曾经的你是怎样的，我还是依然爱你！"

讲台上，阳光恰到好处地洒了进来，如调皮的孩子跳在章音的身上、脸上。她嘴角上扬，眉眼绽开，嘴巴一咧，一排整齐又洁白的牙齿露了出来……

第十八章

谢谢曾经的你

"不用对不起，我知道的。"

"啊？你怎么知道？"

"因为我是名侦探柯南。"

"哈哈，你好坏啊，竟然复制我的名言。"

"没事，用笔记本交换……"

我们像打着哑语，而笑容早已抑制不住地从嘴角偷跑出来，等说完，早已笑作一团。

期末考试的脚步越来越近了，整所学校都笼罩着一股奔赴战场的味道。同学们完全进入了备考状态，我也被这种紧张的气氛所裹挟，沉浸其中。套用最近班级里最流行的一句话：我爱学习，学习爱我，沉迷学习，无力自拔……

因为这，大家似乎都在争分夺秒，课间十分钟也被充分利用起来，不管有没有用心，都捧着一本书，煞有介事地在那里看。午休时间，除了吃饭，基本都属于老师的，不是数学老师来讲评一道数学难题，就是英语老师抽空来默写单词，偶尔语文老师也来凑热闹，找几个平时不爱背书的同学抽背几首古诗。让人奇怪的是，大家也不再像之前那样怨声一片，而是毫无怨言地接受这一切的忙碌，有时候还是主动的，特别是像姜昕语这样的学霸，时不时邀上几个要好的学生去老师办公室请教问题。也许这就是大城市的教育和学习节奏吧，平时怎么嘻嘻哈哈都没关系，一旦到了紧要关头，目标清晰一致，大家铆足劲往前冲，都不想落后。不像我们小镇，即便今天就要考试了，小伙伴们还在操场上你追我赶，嬉戏玩耍，很难看到考试应有的状态。

今天，一跨进教室，就看到姜昕语已经站在讲台上带领大家在读英语课文。我急急地奔向自己的座位，放下书包就从里面抽出英语书，一张写满字的练习纸连同带了出来，轻轻地落在了我的脚边。

我弯下腰，捡起了这张纸，同样捡起的还有好奇。

是的，最近一段时间，在我的书包里每天都会出现这样一张纸，上面不是数学的难题整理或错题整理，就是英语的课外阅读和首字母填空，偶尔还会有一些语文课外的知识点整理。这几天晚上，我做的最多的就是按照这张纸去做一些复习，发现很多都是我所欠缺的，是我急需的。

只是这个活雷锋到底是谁呢？是谁这么有心帮我整理出来，还偷偷放在我的书包里的呢？她这样做的目的是什么呢？

我疑惑地扫了一遍教室，想捕捉些蛛丝马迹，看看到底是哪一位英雄竟然这么大胆，给我这个让全班同学都嫌弃的人雪中送炭的？我把目光在一个个同学身上逗留，猜测，再否定，随后开始打量正认真带读的姜昕语。

难道是她？看字迹似乎有几分熟悉。

这个念头刚闪现，我就被姜昕语突然从书本里抬起来的目光给吓到了，她狠狠地瞪了我一眼，又用嘴巴努了努课本，似乎在说：人家都在读，你不好好读，在干吗啊？

她的目光暂时打消了我想破案的念头，却加剧了我想找出真相的欲望。

一定要在期末考试前找到真相。我暗暗对自己说道。

中午，我匆匆扒了几口饭，就匆匆忙忙往教室赶，想趁着同学们都在吃饭的时间，看看他们的笔迹。这样一来，应该就能找到真相。这是我在早自习结束后，暗自预谋的。

还好，教室里如我所愿，空无一人。我准备从第一排开始入手，一个接一个查看，这样不会乱也不会漏，最关键的是即便本子上没有写名字也能以最快的速度对号入座。我像做贼一般，弓着背、猫着腰，手忙脚乱地翻看放在课桌上的书本，时不时还要朝教室门口望一望，怕同学突然闯入，到时给我扣上一个偷窃者的罪名，那就麻烦了。当然，我还竖起了耳朵，警惕着外面的每一个声音，只要有点声响，我就立马直起身子，装作若无其事的样子……

这是姜昕语的英语笔记本。当我走到姜昕语的座位时，她的笔记本赫然映入我的眼帘，这本笔记本对于我来说还算是熟悉的，曾经她给我抄过笔记，我记忆犹新。

"学习虐我千百遍，我待学习如初恋……"钱多多的声音突然就在门口响起。

我的手一哆嗦，笔记本"啪"地掉落在地上。我吓得手忙脚乱，如果现在捡起来放上去，显然是来不及了，急中生智的我一脚把本子踢到了我自己的座位旁。

"这是你新创造的呀？"许一多的公鸭嗓子随后就响起了，"你的创意真多，不过这句比起那句好听多了，有意境哈……"

"切，你都不知道初恋是啥味道，就说什么有意境。"钱多多白了许一多一眼，嘲讽道，随后把目光看向了正准备走向自己座位的我，冷冷地哼了一声。

我紧张得全身冒汗，双脚发软，嘴里祈祷着，千万别过来，千万别过来啊！如果他像平时那样，一下蹿过来就会看到躺在我座位旁的那本笔记本，以他好奇的脾性，一定会拿起来看，这一看，后果不堪设想……

我闭着眼睛，心像悬着的水桶，七上八下，咬紧牙关，努力把步姿表现得轻松自然。

教室意外的安静。

"啪"地一声巨响，我故意把放在课桌上的书本都推到了地上，蹲下身子，快速地捡起来，顺便捡起了姜昕语的那本英语笔记本，随后假装若无其事地坐到了位置上。

"吁……"我轻轻舒了一口气，狂跳的心脏还在撞击着我单薄的胸腔，后背被汗黏着的校服告诉我，刚刚的我是多么紧张害怕，甚至恐惧。

我边整理凌乱的课本边用眼角的余光偷看钱多多和许一多，他们两个正把头凑在一起，盯着一份英语报纸窃窃私语，在讨论着什么，似乎忘了教室里还有一个可以让他们肆无忌惮嘲笑和欺负的人。

我心里偷乐了一下，回忆了一下，最近好几天没有受到他们的嘲讽和欺凌了。看来期末考试是一件好事情，可以分散他们的注意力，也让我过几天清净又有尊严的日子，不再每天都诚惶诚恐，担心被欺负和嘲笑。

翻开姜昕语的英语笔记本，里面娟秀又干净的字迹瞬间吸引了我，让我突然忘记自己真正的目的，直至门口传来脚步声，我才茫然地从本子上抬起头。

"姜昕语，你把你的英语笔记本借我一下好吗？我看看哪些重要笔记是我没有记下来的……"童心对着走在自己身边的姜昕语央求道。

"嗯，好的，我马上拿给你。"姜昕语点了点头，朝着自己的课桌走去。

我后背又是一阵冷汗，看着手中的笔记本，突然想起什么，连忙胡乱地塞进了书包，身子僵硬地坐在那里，一动都不敢动。

"咦，我的英语笔记本呢？怎么不见了呢？"姜昕语发出了一声惊呼，开始在课桌上翻找，随后又从抽屉板里拿出书包，低着头翻找。

"怎么会不见呢？会不会被人拿走了？"童心边走过去边说道。

"不会吧，谁会拿我的笔记本啊？这人有病吧？"姜昕语把头从书包里抬起来，抿了抿嘴唇，边环顾教室边叫道。

不知是无意还是有意，她的目光扫过了我的脸。

我脊背挺直，身子僵硬，眼睑低垂，像一座雕像般坐着，连呼吸都没有了。

"你是学霸，谁都想要你的笔记本呢，你以为呢？也许真的是某个人给拿去占为己有了呢。"童心阴阳怪气地说道，目光有意无意地落在了我的身上。

"我们刚刚进来时，整个班级就于师太一个人在。"钱多多突然冒出来，眼睛不怀好意地看了我一眼。

"哦，我知道了。"姜昕语拍了一下脑袋，叫道。

我身子一激灵，全身的汗毛都像刺猬的刺一样竖起。

"是我昨晚看的时候放在床头，今天早上太匆忙给忘记了……"姜昕语继续说道，说完，不好意思地挠了挠头。

"噔"地一声，我听到刚刚那颗悬着的心一下落进了心窝里。一种说不清道不明的情绪开始在我体内发酵。不知怎么，我总感觉姜昕语似乎知道了些什么，她是在故意帮我掩饰，给我一个台阶下。

我把手再次伸进书包，轻轻抚摸着这本笔记本，心绪难平。突然手指肚被一个什么东西给微微戳了一下，用手摸了摸，心里一惊，感觉又是一张纸。我偷偷地瞄了一眼教室，他们都回到了自己的座位上，正认真地做着作业。

急急地从抽屉板里拿出书包，打开一看，果真一张熟悉的纸静静地躺在书包里。我二话不说，立马掏了出来，仔细一看，是好几篇不同命题的英语小作文。

太好了，我这个英语基础不好的人，作文是我最大的天敌，这几天正在为怎么写好作文发愁，如今竟然有人帮我整理好了！这幸福来得太突然了，我有点眩晕……

我欣喜地一遍又一遍地看着这张纸，突然想起了什么，匆忙地从书包里掏出了姜昕语的英语笔记本，猛地打开，简直不敢相信自己的眼睛，纸张上的字和笔记本上的字一模一样，都是那么娟秀和干净。

真的是她？真的是她？真的是她？我像疯子一样在内心一遍遍地追问。是的，我感觉自己在做梦，这个高傲得像公主一样的女孩会主动帮我，而且还费尽心思。

我把纸张紧紧地捂在胸口，用力憋住快要滴落的泪水，对着姜昕语的后背轻轻地说道：谢谢你！

期末考试终于结束了，这两天我处在一种彻底放松的状态中，每天睡到自然醒，然后和快快聊聊天，说说小镇的小伙伴，说说妈妈的童年，说说姜昕语的事情……下午看看电视吃吃零食，就等着爸爸妈妈下班。

说真心话，我不是很喜欢这样的生活，像被关在笼子里的小鸟，明明有翅膀，却没有飞翔的自由。但这又能怎么办呢？一来这个城市这么大，除了父母，我举目无亲又没有朋友，出去到哪里呢？二来还是城市太大，爸爸妈妈根本就不敢放我出去，不是担心走丢，就是担心被坏人骗去。所以，我只能板着手指数着日子等周末，这样他们就有时间陪我出去玩了。

"漫漫，漫漫……"妈妈的声音从门口传来，听语气带着一丝兴奋。

"你快出来，我有话对你说……"急脾气的她，再次叫道。

我"蹬蹬蹬"地从房间里跑出来，看见她还来不及换鞋，就满脸欣喜地说道："漫漫，明天妈妈带你出去玩，好吗？"说完，一脸期待地看着我。

"好啊，当然好。"我不假思索地回应。要知道再这样下去，我都快憋出病来了。

"不过，你要先答应我一件事。"妈妈看着兴奋的我，要求道。

我小嘴一嘟，不情愿地说道："干吗啊，还有要求啊，我就知道你不会这么好心想带我出去玩的。"说完，脚一跺，转过身子，大幅度地摆动着手臂，以示自己的强烈不满。

"别啊，我不是还没有说完嘛，"妈妈急了，直接冲过来一把拉住了我，"你别生气听我把话说完嘛……"

我瞥了一眼她的脚，向来有洁癖的她竟然连鞋子都没有换，看来是真的急了，"好吧，看在你那么紧张的份上，就原谅你了，你说吧！"我下巴一抬，眼皮一翻，傲娇地说道。

妈妈一愣，但立马反应过来，不好意思地说道："是这样的，你还记得那天我说我小学同学到我们公司的事情吗？"她有点不安地瞥了我一眼，小心翼翼地说道，"她说明天和我们一起吃个饭，聊个天，叙叙旧……"说完，她紧张地盯着我的脸，等待着我的反应。

"哦？"我眉毛一挑，轻描淡写地问道，"就这事？"

其实鬼知道我有多兴奋激动，我是那么好奇这个满脸雀斑、却可以隐忍整整五年的被欺凌的女孩到底是个什么样的人。如今听妈妈说要见面，我的好奇心就更加强烈了，不知道她们之间会聊什么。会不会聊到童年？聊到那些不堪的事情，还是会刻意回避吗？我天马行空的想象又开始了……

"你愿意吗？"妈妈用手推了推我，轻轻地征求道。从她那小心翼翼的眼神里，我感觉到她是那么在意我的感受，或者说她是那么在乎这一次的相聚。

"嗯，当然！"我用力点点头，对着她咧嘴一笑。

"真的？"妈妈眉眼瞬间舒展，语气欢快地说道，"听说她的女儿也在海阳中学，不知道你们会不会认识……"

我没有搭腔，继续对着妈妈咧嘴一笑。

"以后不可以这样笑，女孩子家要笑不露齿……"妈妈边嗔怪边走向门口换鞋子。

看着她轻快的背影，我心里有种莫名的感动。明天，明天会是怎样的？我看着窗外阳光明媚，心里暗自嘀咕……

上午十点，我和妈妈坐在了这个城市中心区的一家叫"ELLE.ME"的咖啡馆里。章音和她的女儿还没有到。

我环顾了一下这家有点文艺复古气息的咖啡馆，可能时间还早，人不是很多。妈妈似乎有点紧张，她已经不止一次端起桌上的柠檬水喝，时不时拿起手机看时间，又时不时侧头张望咖啡馆的大门。

今天的她穿了一件白色连衣长裙，向来扎起来的头发，破天荒地披了下来，整个人看上去很仙很有范儿。而我也被她逼着穿了一条白色的连衣裙，其实我最讨厌穿裙子的女孩，但为了满足妈妈，这一次我竟然妥协了。

我想，也许我还是很在意妈妈的感受，也许我是懂她的。

就在我胡思乱想的时候，咖啡馆的门打开了，一张熟悉的脸探了进来。

"姜昕语？"我低呼。

妈妈循声望去，连忙对着又走进来的一位年轻女子招手，"章音，这里……"

这就是章音？

一位穿着白衬衫牛仔裤的女子，披着一头长波浪，款款地朝我们走来。只见她满脸微笑，嘴角自信地上扬着，即便是简单随性的穿着都掩不住她自带的气质，直接点说应该是气场。总之，咖啡馆里寥寥无几的人都转头看向了她。

哦，应该还有同样一脸错愕的姜昕语。她也是白衬衫牛仔裤跟在章音的身后，正用疑惑的眼神看着我和我妈妈。

平时除了校服之外，都穿裙子的她，今天的打扮很亮眼，是我喜欢的风格。

"嗨，何玲娟，这是我的女儿，姜昕语。"章音笑意盈盈地介绍道，随后看了一眼身边的女儿，柔声说道，"语，这就是妈妈的同学，还有她的女儿。"

这声音太好听了，很柔很轻却带着一种韧性，像棉花糖，像QQ糖……我又开始我的天马行空了。

"阿姨好，"姜昕语的声音打断了我的想象，她乖巧地招呼完我妈妈后，又把目光移向了我，笑着招呼道，"嗨，于漫漫，我们又见面了……"

"你们认识啊？"妈妈瞪着眼睛，很意外地看了看姜昕语又看了看我，像发现了什么新大陆。

"是的，阿姨，我和于漫漫是同班同学。"未等我回应，姜昕语抢先回答了。

要不是因为知道了那些救急的纸张是她给我的，我肯定会觉得她很恶心，这副讨巧的嘴脸很虚伪，但现在却让我觉得自己应该向她学习。

"阿姨好，我是于漫漫，还是姜昕语的同桌。"我抿嘴一笑，主动和章音打了招呼，并延续了姜昕语没有说完的话。

"哦，真的啊，这么巧？"妈妈惊叫道。也许前一分钟她还在担心我和章音的女儿因为陌生很难相处，那么现在这种担心已经是多余的了。

我发现，在这段对话中，章音始终没有说话，她没有像妈妈那样一惊一乍，而是保持微笑，用柔和的目光看着每一个说话的人。

我点了一杯热巧克力，姜昕语也点了一杯热巧克力。当服务员端上来的时候，我主动先递给了她，她报以我微笑，很真，和那次体育课冲向终点后的笑容一样，让我的心很暖。

妈妈和章音面对面坐着，她们聊着这么多年来的变化，说着生活工作和婚姻家庭，却始终没有涉及童年的那个话题。

我偷偷地瞄了瞄妈妈，感觉她想要说点什么，但却不知从何说起，或者说不知该怎么开口，那种欲说还休的样子，让她看起来总有那么一点心不在焉。

不得不承认，从章音的言谈和举止，都能看出她目前优渥的生活状态，还有由内而外透出的自信。我不止一次偷偷地瞄她，脸上的雀斑明显比小时候少了很多很多，只有鼻梁处有几粒，但这丝毫不影响她的整张脸蛋，反而觉得特别可爱俏皮。也许真的如她妈妈说的那样，长大了，雀斑就会消失的。还有那一头齐腰的大波浪，想当初可是长满了头虱，让每个人像见了鬼一样躲着她。如今，那些同学看到她，还会像那时候这样躲着吗？我想肯定不会，因为她身上有一股强烈的亲和力。

"章音，你变化好大啊，要不是那天你叫我名字，可能我根本不会认出你……"妈妈撩了一下头发，不好意思地说道。

"呵呵，是呀，很多人都这么说，都说我的变化实在太大了……"章音端起面前的咖啡，轻轻地抿了一口，若有所思地说道，"时间让每个人都在成长，你也一样，变化蛮大的，不过依然还是那么漂亮，像一个公主……"说完，她放下咖啡杯，笑了笑。

"哪有……"妈妈脸一下红了，谦虚地说道，"你是越来越漂亮，气质也很好呢……"

不知为什么，章音的这些话给人感觉就像是客套话，但听起来却那么真诚，真诚得让人觉得就是事实。

"小时候，我可是有名的丑小鸭呢！哈哈……"章音笑着自嘲道。

我心里咯噔一下，立马看了看妈妈，她的脸一阵红一阵白，有点尴尬。不知为什么，我突然很想亲耳听见她们两位怎么说自己的小时候。

"阿姨，您怎么可能是丑小鸭呢？您现在看上去那么漂亮……"我直接抢话。

妈妈的脸色立马变了。

"呵呵，小姑娘就是嘴甜……"章音没有回答我的问题，而是用另一种方式夸赞了我。

我不知道她是在照顾妈妈的感受，还是不想把这个话题继续下去。

气氛有点尴尬，大家一下都沉默了。

我不安地看了看妈妈，她低着头用银制勺子搅拌着咖啡，像一个考古学家在研究这把勺子到底来自哪个朝代。

章音嘴角微扬，慢慢地端起了桌上的美式咖啡，微微启开双唇，小小地抿了一口，然后闭上眼睛，像在回味一个美丽的故事那般，一脸的享受。

我一脸歉意地看了看坐在对面的姜昕语，她突然举起了装着巧克力的马克杯，用眼神和我示意了一下。

我又一脸茫然地看着她，也举起了马克杯，不知道她什么意思。

"砰"地一声响。

她把杯子碰上了我的杯子，随后笑着对我说："谢谢你！"

我猛地一惊，差点就把杯子给扔了！这是什么情形？她怎么突然和我说谢谢呢？我转头看了看妈妈和章音，她们也一脸茫然。

"谢谢你帮我通过了体育考试……"姜昕语继续说道，白皙的脸上浮起了红晕，眉眼却弯成了一道弯月。

我恍然大悟，脸腾地就红了，心里的所有冰块在这一刻裂开并渐渐消融……

"我也谢谢你，谢谢你这么用心帮我……"我轻轻地碰了一下姜昕语的马克杯，真诚地说道。

"你知道啦？"她很意外，眼睛瞪得滚圆，惊喜地问道。

"当然，"我自豪地扬起下巴，笑着说道，"我是名侦探柯南，嘿嘿……"随后，脸一红，不好意思地补充道，"不过有件事对不起……"

"不用对不起，我知道的。"

"啊？你怎么知道？"

"因为我是名侦探柯南。"

"哈哈，你好坏啊，竟然复制我的名言。"

"没事，用笔记本交换……"

我们像打着哑语，而笑容早已抑制不住地从嘴角偷跑出来，等说完，早已笑作一团。

妈妈和章音两人被我们笑得莫名其妙。但这一次很意外，向来好奇的妈妈没有问我到底是怎么回事，而是眼睛盯着脚尖，双手不停地揉搓着。

"章音。"她低声唤道，抿了抿嘴又舔了舔嘴唇，嘴角抽动着，一副欲言又止的样子。

章音微笑着看着妈妈，似乎料到了她想说什么，但又似乎在等待妈妈亲口说出来。

"章音，"妈妈再次唤道，这一次她似乎鼓起了勇气，抬起看着对面的章音，认真地说道："谢谢曾经的你……"

说完，她深深吁了一口气，似乎卸下了一块千斤重的石头。

"谢谢曾经的你那么善良；谢谢曾经的你帮我过了英语口试；谢谢曾经的你原谅了曾经的我……"妈妈继续说道，声音里明显有了哽咽，眼眶都红了。

我也异常感动，本以为妈妈不会说出来，却没有想到她这么勇敢地说出来；这么勇敢地直视自己的曾经；这么勇敢地认错……我瞄了瞄章音，她眼眶也泛红了，而她身边的姜昕语，同样眼睛红红的。

"其实，我也要谢谢曾经的你……"章音突然说道，嘴角带着笑。

她的话让我特别意外，我所看到的听到的都是妈妈在欺负她，怎么她要谢谢妈妈呢？

"谢谢你曾经的包容，没有让我赔偿那100元……"章音柔柔地说道，说完，眼睛一眨，泪水滴了下来。

"你还记得？"妈妈喃喃道。

　　"嗯，我都记得，那天毕业典礼之后，你偷偷地把 10 元钱塞在了我的书包里。"章音笑着哽咽道。

　　妈妈嘴巴一瘪，然后"扑哧"一笑，泪水纷纷掉下来。

　　"谢谢你还记得……"

每一个阶段都是一次成长

　　我已经感动得一塌糊涂，把之前藏在内心的一些疑惑噼里啪啦地说了出来："妈妈，你为什么帮章音阿姨擦书包呢？还有，那棵小树苗到底是怎么回事？"

　　妈妈和章音同时一愣，连姜昕语都疑惑地看着我。我不管这么多，我那么迫切地想要知道答案。

　　"哦，书包啊，"妈妈不好意思地一笑，撩了一下头发，眼神看着窗外，像在回忆般缓缓地说道："那天盛明辉把章音的书包给踩脏了，看着她不反抗也不哭泣，我心里挺难受的，但我又不敢阻止盛明辉，因为我怕他反过来再来欺负我，所以那天我偷偷地帮章音擦了书包，这样心里感觉好受点……"

　　"至于小树苗，这件事我记得特别清楚。"妈妈继续说道，"那天看到吴辉打了章音，章音躺在田埂上一动不动时，大家都吓坏了。后来当她醒过来向吴辉索取小树苗的时候，我发现这棵小树苗早已不能存活了，因为我爸爸是在镇上的园林里上班，一些相关知识我还是比一般同学懂，所以我就假装说章音不能种小树苗，会传染给别的树苗，"妈妈低下头，不好意思地笑了笑，再次说道，"其实我这样说就是想让章音不要再去种这棵小树苗了。但我吃完饭后，就去河边搬了一颗生命力旺盛的小树苗放在了章音植树的地方，后来又担心章音自己跑去乱挑小树苗，所以又跑去河边把所有的小树苗都推进了小河里，这样她只能用我给她的小树苗……"说完，妈妈收回了目光，又撩了撩头发，很羞涩地说道，"那时候，我也挺怕盛明辉他们的，总担心自己再次回到一年级刚开始的时候……"

"这些我都不知道……"章音一把握住了妈妈的手，哽咽地说道。

"现在知道也不迟……"妈妈同样声音哽咽，神情激动。

我和姜昕语对视了一眼，我想这种眼神她一定会懂。

"唉，漫漫，"妈妈回过神突然不解地问道，"这些你怎么知道的？"

我一愣，看着三个满脸狐疑的人，心想：坏了，这该如何是好？编什么样的故事才能蒙混过去呢？

开着空调的咖啡厅里，我竟然出了一身冷汗。

"滋……滋……"桌上的两部手机竟然同时震动。

妈妈和章音同时拿起了手机。

"哦，漫漫，"妈妈惊呼，"你们班主任说，你参加的市田径比赛得了三等奖！"她双眼发光，兴奋地看着我，早已把刚刚的问题抛到脑后了。

"哦，语，"章音也惊呼，"你们英语老师给我报喜讯了，你参加的市里英语比赛获得了一等奖。"她同样双眼发光，兴奋地盯着姜昕语。

"哇，哇，哇！"我和姜昕语激动地从座位上蹿起来，兴奋得抱作一团，开心跳跃，全然不顾别人诧异的眼神。

"喂，姜昕语，你今天干吗穿得那么休闲啊？平时看你都穿得像小公主。"

"哦，你今天穿得像小公主呀，因为你做了小公主，我就不和你争了……"

"喂，你怎么那么讨厌，我才不是小公主呢。"

"不，我妈妈说，女孩一定要把自己看做是公主，这样即便一开始你不是公主，总有一天你也会变成公主……"

"唉，章音，你当时为什么要转学啊？"

"哦，我爸爸妈妈说，他们有能力让我读更好的学校了，所以就转学了……"

"哈，我还以为是因为我们一直欺负你，所以你要转学。"

"不，当然不是这个原因，我爸爸妈妈说，每一个阶段都是一次成长……"

附 录

妈妈友时代

——新时代新女性自助、互助、共助的趣缘社群组织

当别人还在喝心灵鸡汤的时候，
我们已经走在自我探索的路上了……

"妈妈友时代"本着自助、互助、共助的宗旨，开展一系列集教育、成长、两性、婚姻、情感于一体的"妈妈友"沙龙，让我们女性朋友的身心灵都有安放之处。

我们的每次活动都会以"妈妈友时代"这个身份出现。

"妈妈友时代"是中国新时代新女性自助、互助、共助的趣缘社群组织：缘来如此，兴趣使然，一起自我探索、共同成长、彼此成就，共建、共享、共同获得我们身心灵可以诗意栖居和自由飞翔的互联网＋精神家园。

1. 每周开展各类探索探讨的课题沙龙（两性、婚姻、教育、情感……）；

2. 每周一次线上互动（讨论社会热点、社会困惑、社会焦虑、孩子教育……）；

3. 有规划地组织各类主题活动（旅游、美容、美食、插花、公益、读书会、讲座、观影等）；

4. 定期录制视频、音频，每个妈妈都有机会参与进来，成为视频和音频里的主角；

5. 共享群中妈妈们分享出来的资源。

亲爱的，外面太冷，让我们一起抱团取暖吧……

妈妈友线上互动沙龙第 1 期
——有多少次孩子在校被欺负，你却毫不知情？！

在百度上输入"校园霸凌"，弹出的事例数不胜数。

2016 年 12 月，一篇《每对母子都是生死之交，一位妈妈泪诉校园霸凌》的文章被无数媒体转载，成了人们关注的焦点。

2017 年，《最强大脑》爆出的文章更是引起了上万次的转发，"听音神童"孙亦廷因校园欺凌移民国外。

就在前几天我看到一篇报道，特别震撼：说的是安徽县级一所小学里的副班长，竟然利用权力受贿几万元，一旦孩子反抗，竟然让他们喝尿吃屎。如此这般变态的行为居然没有一个孩子站出来反抗，更没有一个孩子去和班主任汇报，连对自己的父母都是缄口不谈。

为什么这么严重恶劣的事情，学校和家长竟然都不知情？

由此，昨晚在"妈妈友时代"群里，一帮妈妈们开始围绕这个话题展开了热烈的讨论和分析。下面请大家一起来看看妈妈们是怎么看待这个社会热点的：

——乐妈：我没有切身的体验、经历，但我看过的几部电视剧有关校园欺凌的，严重的会导致孩子退学，最严重的是导致孩子自杀。

——朱妈：是的，我自身经历过，那段记忆像一个黑洞把我卷在里面，即便事过 30 年，每个片段都历历在目。

——乐妈：我突然想起我小学初中的时候，有一个女同学，从小一起长大的，经常会散布我的谣言。我不明白为什么，就记得当时很痛恨她，想着以后会恨一辈子吧。初中毕业分开后，突然间就不恨了，当时想的是没有爱也就没有真的恨吧。

——黛西：我自己身上目前还没发生过，但我儿子的同班同学，小学被隔壁班级的小朋友欺负过。那是一个自闭症的孩子。妈妈知道自己孩子被欺负后，难过得哭了。虽然我儿子没被欺负，但也有一点心理阴影。他不愿去上小学对口的初中，担心遇到那几个坏孩子。他开始认识到学校环境很重要。

——徐妈：大家讨论得好热闹，我刚到家看到。关于这个问题，我孩子还真的有亲身经历。半年前他刚进入市区的高中，自我介绍时说自己是郊区的，导致后来一直有几个男生叫他乡下人、傻逼。后来分班不在一个班级，一次在学生食堂，碰到那个男生当着我儿子同桌的面又这样骂他，他忍无可忍把那个男生一把推到地上打了一顿。再后来碰到时，那个男生都是笑盈盈地称他涵池兄。几个月后儿子一次偶然机会跟我谈起这件事，问我他这样做对不对。

——汐说：这是个不老的话题。其实小学我一直属于被欺负的，那时我默默地用眼泪独自承受委屈、不公，而不愿去告诉妈妈。我在班里是另类的，一个穿着城里小孩衣服的、一个从上海回到几百里乡下读书的小孩，百炼成钢，造就了现在的我，所以我觉得孩子也有自己的承受力，其实他（她）不弱。

尹妈发出质问：为什么会选择你的孩子作为被欺凌的对象？你有没有想过当时你被这些同学欺负的时候，为什么偏偏选择了你呢？一个班里面那么多学生，就选择你，你有没有想过是什么原因呢？

为什么会选择你的孩子作为被欺负的对象？

——朱妈回应：我想过，当时自己长得比别人丑，性格比较孤僻，然后别人在欺负我的时候，我不会去反抗。

——乐妈回应：以前从来没有想过，现在想想要么她嫉妒我吧，我比她漂亮，学习比她好。当时就是想不明白，家里离得很近的，我也会去她家。

后来才知道还是一个老祖宗的（前几年刚弄清楚）。

——尹妈：就是因为家长一度认为孩子还小不懂事，同学之间打打架很正常，殊不知已经上升到一定程度，不能用道德层面来对待了。我们现在就是缺少法制教育的力度。

——朱妈：就是一种羡慕嫉妒在作祟，她就想用这种抹黑你的方式来绑架别人的辨别意识，从而达到她的目的——"其实你没那么美好。"就像我前几期的公众号里说的那样，人都会选择对自己有利的方式来阐述问题一样，她会把自己放在一个"正义、善良、正确"的位置，把你放在一个"邪恶、错误"的位置。

——李妈：为什么别人不欺负就欺负你家孩子呢？我去老师那里反映情况，老师就用这个话把我弹回去！其他学生看到老师是这种态度，也就默认了这种欺负人的状态。

——张妈：被欺负的人，本身对自己不够自信，自己内心里自卑，让自己不敢反抗！

总结：

1. 个性问题。孤僻、不合群。

2. 行为问题。爱出风头，爱表现，爱多管闲事。

3. 思想问题。从小家庭教育缺失，喜欢没事招惹别人。

4. 你威胁到了他的利益和受众。

5. 身体疾病。有传染病或某些疾病。

6. 有不良的习惯，比如喜欢吐痰、喜欢去偷看人家东西。

◎当你身上的优点不足以撑起你的磁场和吸引力时，换句话说，当你身上的优点没有办法掩盖你身上的缺点时，如果你爱出风头、爱表现，通过一些让人厌烦的行为去获取一种存在感的话，那么你很有可能就会成为一个"被欺负"的对象。

◎环境影响。环境分为"家庭环境"、"学校环境"、"社会环境"。家庭环境中又分为启蒙教育和延续教育，也就是说，父母的言传身教对孩子的影响很大，这可能会直接关系到你孩子在团队和群体中的一种为人处世的方法。学校环境分为师资和生源。这两者对孩子的影响也很大，师资好学校好，一般生源也好，老师的整体素质和教养也能直接影响孩子在学校的言行举止。

那些孩子为什么喜欢去欺负别人？

——王妈：我见过的问题少年很多都是由于家庭因素，父母缺位，被迫面临一些本不该是他们年龄所该承受的东西；然后学习找不到价值感，就从别的方面去证明自己；但是这时的途径很有限，往往就会误入歧途。我初中的时候和同学一起去她家附近的学校一起学插花艺术班，然后就见过几个学西点的学生由于对老师不满，伙同外面所谓的朋友、也就是俗称的小流氓一起打老师。那时候我就感觉环境太吓人了，好学校周边没有这样的情况的。我当时就感觉环境很重要。

——乐妈：所谓的校园欺凌，其实这个是持续的一个动作，不是一次两次。家里的大人吵架时，态度如何，是不是也会影响到孩子对待外人欺负时的态度？

——乐妈：欺负孩子的孩子，他们是缺少关爱，他们想通过惹是生非来获得存在感。

李妈：欺负我家孩子的家庭，主要是奶奶带；后来实在成绩太差了，妈妈带，父亲不带的。

——任妈：家长的溺爱，在家就是小霸王。还有家里没有温暖，父母感情不好，经常吵架甚至动手打架。校园暴力也会跟一些暴力游戏有关系。

——黛西：很多欺负人的孩子都是出自家庭教育缺失的，和这些家长自身的素质有关。

总结：

1. 找寻存在感。家庭的不健康，学校的不出色，个人英雄主义感。每个人都在找寻一种存在感，当在别的地方找不到存在感的时候，就会通过另一种极端的方式来获得存在感，让别人来关注到你。

2. 个人英雄主义。每个人都有个人英雄主义，孩子也不例外。我们大人有辨别是非能力，有自控能力，去选择实现或体现自己个人英雄主义的事情，但我们的孩子不会。

3. 找寻成就感。现在的成就感越来越难获得，特别是对于我们这些孩子来说。当教育成为一种产业，孩子的成就感越来越低，两级分化更是严重。所以当在学校和学习上找不到成就感的时候，孩子就会在别的地方找寻。欺负一个人，不管是在行为上还是心灵上他都会得到一种很深的成就感。这种成就感来得很快，很快就能满足他的虚荣心。

4. 发泄情绪。当一个人的情绪无法发泄时，或者说没人帮他疏导时，也许打人骂人，去做一些极端的事情，就能缓解自己的情绪，就不会让自己心太堵。就像我们大人一样，当情绪到一个极端时，我们也会通过不同的方式去发泄。比如：我们总是在骂孩子的时候，怒火会越来越大，情绪会越来越失控……

5. 家长的溺爱。从小就是"小霸王"的心态。习惯了去支使别人，习惯去使唤别人，无法容忍别人对他的不听话。当别人提出反抗时，喜欢用武力来解决。

6. 耳濡目染。成长在一个暴力的家庭，从小耳濡目染父母的行为，形成了一个"一言不合，就动手"的习惯。

7. 和游戏有关。现在很多游戏里都有暴力，而且获得胜利，都是以暴力解决，所以孩子们的认知就觉得暴力可以解决一切。

面对校园欺凌，妈妈们是怎么说的……

——尹妈：我跟儿子就这样说的，别人要是敢动手欺负你，你一定要把对方打倒。

——朱妈说：我也曾和我的孩子这样说过，但是他不敢。他说自己长得太瘦小，根本就不是别人的对手，所以忍气吞声。

——乐妈：我倒不担心女儿。人家说你女儿不会被欺负的好吧，我就不担心了，我也不担心她会欺负别人。

——尹妈：还是那句话：人不犯我我不犯人，人若犯我我必犯人。

——徐妈：对的，我也是这个原则。

——任妈：我家娃是小学五年级来上海的，可能跟同学不熟悉，一直被班级同学欺负。有一次被一个同学打了一拳，老师说他家长很无赖说了也没用。我去家里找，我说以后不打就行了，之前的算了。父母护着孩子，说他们孩子不可能打人。后来我急了，跟父母吵起来了。我说，你记住，你儿子再敢动我儿子一根手指，我跟你拼命！还让我儿子还了一拳。

——李妈：有一次放学了，那个孩子跑到我儿子旁边抢了眼镜扔地上。我在后面看到跑过去抓住他，警告他！可能我情绪当时也有点失控，但是后面还是在欺负……

——任妈：如果遇到矛盾打起来还好，如果无缘无故地挨欺负一定要还回去。

——Hei：当遇到欺负你的人，不要害怕不要退缩，狠狠地盯着对方的眼睛，约去操场单挑。来的话狠狠地打，必须赢。

——陈妈：我让儿子用眼睛狠狠地瞪着他，然后用眼神来示威。

——小清：我女儿在幼儿园，有人欺负过一次。我知道后，到幼儿园，让我女儿当着老师的面，把那个欺负她的孩子指认出来。我就问他为什么要抓我女儿。他说是不小心。我又问全班的人，还有谁打我女儿了。所有人都说没打。

——朱妈：我读书时，一个女孩就是这样，她被人欺负，她爸爸跑到教室里骂我们。后来谁也不敢欺负她了。她就成了我们的大王。

——李妈：我们班的一个孩子校服被人写了傻逼的字样。那个家长来学校给孩子们上了一堂班会课，说自己的孩子学了跆拳道的过程，并已经学到黑带。然后孩子们都有自知之明了，不敢这样了。

——朱妈：其实，每个孩子都是在试探别人的底线。如果你的底线足以包容他的挑战，那么你就很容易被欺负。刚刚李妈说的那个事例，其实不是这个孩子学了跆拳道，而是他的妈妈怎么做的！

为什么我们的孩子受到欺负，不敢回家和父母说？

——徐妈：我经常说我儿子太爱表现了，导致我的孩子不跟我说他被欺负的事情，他知道我会这样说。

——徐妈：他们不想我们出面。

——Hei：是家长和孩子没有建立良好的沟通渠道。换句话说，当孩子有诉求时，我们没有给出良好的解决方案。

——李妈：我儿子不让我说也不让我找老师，他觉得没用的，说了反而在学校里他们更要欺负他。

——徐妈：我儿子是希望还能跟同学和好。如果家长出面就搞得更糟。

——物语：我女儿小学三年级被男同学欺负。孩子直接打电话给她老爸。她老爸电话里说：打，必须打赢，什么结果老爸来承担。女儿放下电话，回到教室，直接把男孩打趴下。后来一战成名，谁也不敢欺负她了。

——Hei：主要担心和老师或是家长沟通，会受到下一波欺负。

总结：

1. 他们不想让父母难过，担心，甚至小看他们。

2. 小孩也有自尊，也好强，也希望在父母眼里和别人眼里是个强者。而被欺负，就被扣上了"弱者"的帽子，他们怕被别人看轻。

3. 适得其反。父母的加入反而会加剧事态的发展，加剧自己在学校的被欺负。

4. 我们父母没有和孩子建立一个良好的沟通机制。换句话说，就是当孩子在平时发出诉求的时候，我们没有给他一个好的方案，甚至是根本不搭理。

5. 希望自己的忍让能得到他们的同情，能反转事态，从而成为朋友。

6. 内心没有安全感。现实生活中的排外，然后孩子在一个陌生的环境找不到归属感。

为什么我们的孩子面对欺负不敢说"NO"？

1. 长期缺乏安全感的孩子，比如家庭父母的缺位，父母对孩子的不关心，在家里和学校长期找不到存在感。

2. 个人因素。比如个子比正常孩子矮小，身体有残疾或疾病等。

3. 性格上的问题。性格比较孤僻、胆小，不合群，平时独来独往；或者爱表现，人都有羡慕嫉妒恨心理，有句老话说"枪打出头鸟"。

4. 社会的排外性，在陌生的环境，孩子找不到归属感。

5. 被强制警告和威胁。比如，你说出去我会找更多的人来揍你什么的。

怎么让我们的孩子面对欺负说"NO"

——喜儿：有一本绘本，好像是讲一只小猩猩，老被欺负。后来呢……他懂了，只有自己变强大了才好。所以，如果大人只是一味地告诉他要打回去，弱小的还是不敢，甚至为了打回去而打回去。当对方发现他是胆怯的，更会加剧进一步的伤害。所以平时还得强身健体，培养高尚正气的人格。由里而外散发出强大的气息，即使平时笑盈盈很有礼貌，别人也不敢轻易挑衅。

——黛西：说一个我以前某个同事解决暴力的方法。我同事小时候，很瘦小，但人很聪明。一开始学校里有小朋友欺负他，他打不过人家。后来他想了个办法，结识一个身材高大、能打架的朋友。那个小朋友成绩不好，他就辅导人家作业，成了朋友。有了这个高大威武的朋友做后盾，原来欺负他的那些小朋友就不敢碰他了。

——喜儿：怎么让自己的孩子面对欺负时说"不"？首先我觉得做父母的平时就要给孩子百分百的支持，要耐心听孩子愿意和跟你说的种种。让孩子知道无论什么时候，都不用害怕，至少我还有爸爸妈妈。当孩子发现被身边的人孤立的时候，至少不会绝望。

——黛西：融入集体这点我觉得很重要，身边有朋友，别人就不敢欺负你。这需要孩子的情商。

总结：

1. 告诉孩子，如果有人打你，一定要大声喊出来，表明自己的态度："你不要打我！打人是不对的！"

2. 如果对方继续打或者抓住自己，按住对方的手，把对方的手从自己的身上剥离，并迅速离开，确保不会有进一步的伤害。

3. 如果对方继续追打或者场面不可控，立即寻找身边成年人的保护，可以是老师、家长，或者管理员。不一定在每次有问题的时候就要求助于外力，但需要让孩子明白：当自己的能力无法应对时，老师和家长都是可以保护他们的力量。

4. 当然也有另一种情况，我们并没有引导，孩子被打以后，自己打回去了。要不要制止？其实这也是孩子们在面对暴力时最真实的反应。我们当家长的，不需要对孩子的行为做出指责、呵斥。这样会让孩子觉得伤心："我受了欺负，妈妈却帮别人说话。"而把爸爸妈妈划入到了对立面。而是应该正确地引导孩子："回击别人欺负时要注意分寸。如果欺负停止了，你的回击也要停止，不要造成主动的攻击和伤害。"

5.告诉孩子，在任何场合，一定要有一些好朋友。真正容易被欺负的人，往往都是孤立的。只有融入了集体之中，才拥有了震慑危险的力量。

6.最重要的一点，不管在外面遭遇了什么事情，都一定要告诉家长。很多孩子被欺负时一声不吭，不敢告诉家长，就是因为在他们曾经的经历中，告诉了家长之后，换来的不是安慰，而是责备。

应该让孩子知道，家在任何时候都是可以信任的港湾。不管事情的结果如何，做父母的都应该尝试着去理解、安慰和包容。让孩子敢于把担忧和恐惧表达出来，而不是压在心里。

总结：

1.强大自己，内心强大了，才能自带气场。其实那些欺负你的人，就是抓住你内心不强大的弱点，进行一次次地试探，来试探你的底线在哪里。

2.资源置换。当自己的某一点（比如身体矮小、个性怯弱）会成为别人欺负的对象时，学会发现自己最有优势的一点，去和那些需要你这点优势的同学置换资源，成为好朋友。

3.融入集体。学会主动去融入集体，主动分享。

本期分享就此结束了，感谢各位"妈妈友时代"群里参与此次互动的妈妈们……

每个孩子都是父母手心里的宝，每个孩子都是上天赐给我们最好的礼物，每个孩子都是我们生命的延续和生活的支撑，让我们在教孩子懂得自我保护的时候，也要对"校园欺凌"说NO！

妈妈友沙龙（原创）第 6 期
——为什么被霸凌的是我的孩子，而不是别人的？

——孩子，妈妈怎么做，才能让你和别的孩子那样主动积极学习？

——妈妈，你让我们班的孩子都不要讨厌我，我就可以好好学习了！

一个母亲的自述

我的儿子今年五年级。他是一个比较内向、胆小、不善于表达却非常善良的男孩。舍不得踩死一只蚂蚁，不忍心去欺负一只小动物，甚至看到流浪狗都会伤心一个晚上。从小，我就教育他，不可以动手打人，不可以张口骂人，我们要做一个好人。就是这样一个在我心里美好又善良的孩子，竟然遭受到了同学们的欺负。

记得三年级的时候，他第一次告诉我，他被同学欺负了。我的第一反应就是，孩子，你是不是不乖？他用沉默回答了我。而我也就认为真的是他不乖，引发了同学之间的小吵小闹。

因为孩子成绩不好，所以我总觉得不好意思和老师去沟通。有一次我主动和班主任沟通。她告诉我，我的孩子上课不认真，不是做小动作就是睡觉，心思完全不在学习上。后来，我和老师说把我的孩子安排在最前面的座位，这样在老师的眼皮底下，他也许会收敛。结果，老师却把我的孩子安排在更后面的位置，而我也没有再去和老师沟通。

直至有一天，我的孩子回来说，妈妈，你给我新买的笔又被我的同桌给拿去了。我看到他在使用我的铅笔，我告诉他，这是我的笔，结果他把我的笔从四楼丢了下去。那一个星期，我的孩子总共丢了20支铅笔。

那天，我因为这件事，鼓起了勇气去学校找班主任。当时办公室三位主课老师都在。当我把这件事根据孩子回来和我说的原话阐述出来的时候，三位主课老师同时回应，这是不可能的。人家成绩很好的，怎么可能做这种事情！当时我真的很愤怒，觉得老师就喜欢成绩好的，袒护成绩好的。那一刻，我觉得自己很委屈又很无助，想大哭一场。

有一次，我的孩子和同学用一次性杯子玩倒水游戏，结果那位同学竟然把100度的沸水直接倒在了我孩子的头上，导致他一块头皮、脸颊和肩膀烫伤、起泡、脱皮。在我看到孩子无助恐惧的眼神，我的心就如被那杯沸水淋了上来，灼痛！

事情远远没有我想的那么简单，欺凌依然在进行。儿子慢慢开始被孤立了。老师让他一个人坐，因为没有同学愿意和他坐。任何集体活动都不会有我儿子的影子，即便是小小的结对互动，都没有同学愿意和他一起参与。我的孩子彻底被孤立了！天哪，我越来越焦虑，越来越恐惧。

为了能帮到我的孩子，我不但主动积极参与他们学校的公益活动，而且还花巨资让他学习"机器人"课程。但是这一切根本就没有用。不管我怎么鼓励和激励，给他讲多少大道理，我的孩子还是每天不开心，不愿意学习，也不愿和我交流。

我明明和他同在一个屋檐下，却隔着整个世界。我不知所措又走投无路。这困惑像魔咒一样把我紧紧裹挟，让我透不过气来。我的孩子到底怎么了？我该怎么做？谁能告诉我，我该怎么救我的孩子？

当这位妈妈分享她的故事后，妈妈友们展开了热烈的讨论：

——其实我的孩子也被欺负过。那是他小学的时候，一个自称是他好朋友的同学经常欺负他。当我孩子告诉我这一切，并要求我和这位同学的妈妈去说的时候，我选择了不说。一是因为我知道这个同学是单亲家庭，觉得没有必要再去伤害和指责他；二是因为他从小就比较叽歪，喜欢打小报告，偶尔会放大别人的缺点。但我万万没有想到的是，就是因为我当初的不说，对我的孩子造成了一定的心理压力。好在后来我意识到问题，带着孩子一起走出了这段阴影。如今我的孩子在高中生活很开心，每个同学都喜欢和他相处。

——我的孩子也曾被欺负过，而且还是老师。当时因为我孩子上课说话，就被老师直接打了一记耳光。后来我儿子直接去和班主任说，班主任没有及时处理。放学后，他告诉我，我非常生气，就直接去找班主任，然后把那个打我儿子的老师一起叫上，让他给我儿子道歉。

——我的儿子因为当时老师的变动，情绪产生了波动，在课上做了一些反常的事情，然后被老师和同学孤立。后来我陪他一起走过了痛苦的三年，用母爱和智慧疗愈了他。如今，我的儿子一切都很好，基本走出了这段可怕的记忆。

——我的孩子也被同学欺负过。有一次，同学把 502 胶水都倒在他的校服上，结果校服都黏在一起，根本弄不开。但我的孩子却一笑了之，说同学只是好玩。

那么为什么这位自述妈妈的孩子非但没有解决问题，反而会演变得越来越严重，完全进入一个恶性循环呢？

他一开始的诉求没有得到妈妈的帮忙？有可能。

他的性格导致受到同学的欺负？也有可能。因为很多欺负者都会选择一些看上去势单力薄、性格内向的孩子下手。

但真相应该不止是这两个，或者说这两个原因根本不足以让他的问题变得这么严重和恶化。

那么到底还有什么原因呢？

首先，我们分析了这个孩子。

先从性格开始分析。

一个人的性格除了基因遗传外，还有是受到环境的影响。

所谓环境的影响，其实最大的是家庭的影响，特别是对于孩子来说。很多时候，我们会说：从一个孩子身上基本能折射出一个家庭。

第一问：你的孩子从一开始就是这个性格吗？都是胆小、不善于表达吗？

妈妈自述：

我是二婚。这个孩子是我和我前夫的。小时候，他是一个比较开朗的孩子。但是自从我生了二宝之后，他就开始吃醋了，越来越不愿意和我说话。因为我在怀孕的后期和后来的一段时间，都把精力和心思放在了二宝身上，根本没时间去照顾他。其实我现在的老公对他也不错，也没有对他不好。所以我也纳闷，真的是家庭环境导致了他现在的性格吗？

孩子控诉：

妈妈，你给了我一个不完整的家

你自说自话就把我带进一个陌生环境。这个陌生的环境，你称之为"家"，但我却感觉不到"家"的温暖。因为除了你，其他人都是陌生的。

当你把弟弟带进我们的世界，你把所有的心思和情感都给了他，我突然觉得你不爱我了。因为我完全没有在你的言语和行为上感受到你对我的爱。我好害怕，你也想把我给"抛弃"了。从此，我就成了一个没有父母的孩子。我该何去何从？

妈妈，我想成为你的幸运、你的骄傲。但是不知为何，我总觉得自己是你的累赘，让你分心的累赘。在这个"家"，我找不到自己存在的价值，我没有成就感，你知道吗？因为你从来没有真正意义上把我带进这个"家"，让我感觉到自己是这个"家"的一分子。

当孩子在家里缺乏安全感，得不到存在感，长期处在一个恐惧和焦虑的状态下，那么这种状态会跟着他走进校园，成为他和同学及老师交流的障碍。

也许他对任何人都存在着抵触和敌意。这种敌意和抵触也许不会通过言语来传达，也许就会通过行为来发泄。这种状态一旦成为一种习惯，它就会陷入一个恶性循环，导致一系列问题出现。与其说是同学把他孤立化，不如说是他把自己给藏起来了。因为他长期得不到保护，就形成了一层厚厚的盔甲。

如果只是一个或几个同学孤立他，那么也许真的是同学的问题，但是现在是全班同学都在孤立他；如果说只是一位老师说是他的问题，那么也许真的是老师戴上了有色眼镜，但是三个老师异口同声地回应相同的答案，那么这个问题一定不是那么简单！

第二问：面对所有人的不友好，他为什么还选择不说？不反抗？甚至开始自暴自弃？

妈妈自述：

我现在的老公长期不在家，偶尔回来也是忙于工作。我就像是在守活寡，更别说对我的孩子，根本就没有时间和机会与他互动和交流。

孩子控诉：

妈妈，我享受不到孩子应该享受的父爱

妈妈，我缺失爱。我知道这世界上有"父爱"，但我从来没有享受到"父爱"。在生父身上，我没有得到过父爱；在继父这里，我也没有得到过父爱。

妈妈，因为你缺爱，所以我也缺爱。当你享受不到完整的、应得的爱的时候，其实你也无法给予我完整的爱。一个缺爱的人是没有能力给另一个人完整的爱的。

妈妈，我的世界不止是孤独的，而且是沉寂的。因为没有人与我说话，

没有人聆听，没有人互动。你把我从一个寂寞孤独的地方（你的子宫），辗转又带到了另一个更加寂寞孤独的地方（你的新家）。那里我虽然和你在一起，但是却隔了整个世界。

妈妈，我有距离感。这种距离感不是指空间的距离，而是指心灵的距离。那种距离，因为你的忙碌和爸爸的忙碌，越拉越远，远到我不知道什么是爱。

妈妈，你能告诉我，"父爱"是什么吗？"父亲"的职责又是什么吗？

父爱其实在孩子的成长中扮演着很重要的角色。母爱和父爱相结合才能撑起孩子健康和安全的天空。

当父爱长期在孩子的心里缺失，孩子会产生一种奇怪的心理：既想扮演父亲的角色，又抗拒扮演父亲的角色。

想扮演父亲的角色，是因为想让自己可以和父亲一样强大，保护妈妈和弟弟，保护自己；抗拒扮演父亲的角色，是因为不知道怎么去扮演好这个角色，因为他不知道一个父亲应该做什么，不应该做什么。他没有模仿的对象。

这种矛盾的心理，让他与同龄小孩的思想和行为越来越不同，导致他越来越被孤立。但是我想：如果他拥有同龄的朋友，或者是来自于妈妈朋友的孩子，那么他还会是这样的吗？

第三问：难道你的孩子没有朋友吗？难道你没有朋友吗？

妈妈自述：

我没有朋友，我的孩子也没有朋友。因为我一个人带着两个孩子，没有人帮我分担，所以我根本没有时间和精力去发展我的交际，经营我的友情。

孩子控诉：

妈妈，我体会不到童年的快乐

妈妈，你从未告诉我人需要朋友。因为有了朋友，也许我就不会孤独，不会被欺负。

妈妈，你从未想过创造机会让我拥有朋友，哪怕只是一个，你都没有。有人说，童年的很多快乐都是朋友给予的。可悲的是，我到现在都还没有体会到快乐，我的童年是灰色的。

妈妈，你习惯了孤独，凭什么认为我也会习惯孤独，并且要接受孤独。你的精神寄托很多是在我和弟弟身上，而我的精神寄托有些是需要放在朋友身上。

谁也不会知道，其实我比谁都希望有朋友。越是孤独的人，其实越想有朋友。

妈妈友给出的建议：

1. 用母亲的角色，通过言语和行为，去向你的孩子表达一个妈妈对孩子的爱。

2. 赋予他一种家庭责任，让他知道自己在这个家庭中的重要性，找到一种存在感和成就感。

3. 陪伴和鼓励。陪他去做他感兴趣的事情，鼓励他做一些新鲜的尝试，比如去交一个朋友。

4. 努力给孩子创建平台，挖掘和培养他的闪光点和能力，让他把自信和尊严用实力"赚"回来。

5. 去结交朋友，先让自己有朋友，再把朋友的孩子发展成自己孩子的朋友。因为孩子的一些快乐是父母无法给予的。

此次参与活动的妈妈们对"妈妈友时代"群想说的话：

闵：始于缘分，终于善良；愿意一路陪同和支持。

黄：开着一家服装店。有温暖，有创意，正能量，又能学习，加入这样的群，很受益。

梨：全职妈妈。有这样的群体，不但可以学习，也觉得有存在感，愿意帮群里做任何力所能及的事情。

沈：全职妈妈，喜欢打太极。非常喜欢这个群体，愿意为群里做任何事情。

朱：被群主的气质所吸引。除了做美容，就是一个全职妈妈。需要这样的平台学习，接触更多的女性，融入社会，获得智慧和能量。

宋：全职妈妈，两个孩子的妈妈。为教育焦虑，很想获得更多的教育方法。注重孩子的心灵和人格的培养。

何：蛮贴合现在家长焦虑心理。想和更多的妈妈们一起探讨。

长期征集"妈妈友微言"，如果你有好的微言，请联系我们，谢谢！

不管你在世界的哪个地方，只要你有这方面的创意和爱意，请加入我们这个充满温暖和智慧的大家庭，和我们一起互动吧！

"妈妈友"征集令：

美容、美食、健身、读书、影视、教育等所有话题，只要你愿意和我们分享，我们就愿意把你的分享通过公众号推送出去，让更多的妈妈能获得你的智慧。

（分享你所喜欢的话题，分享你所擅长的东西，分享你所欣赏的书本和影视，分享你所困惑的问题及焦虑，分享你所探索的教育理念……）